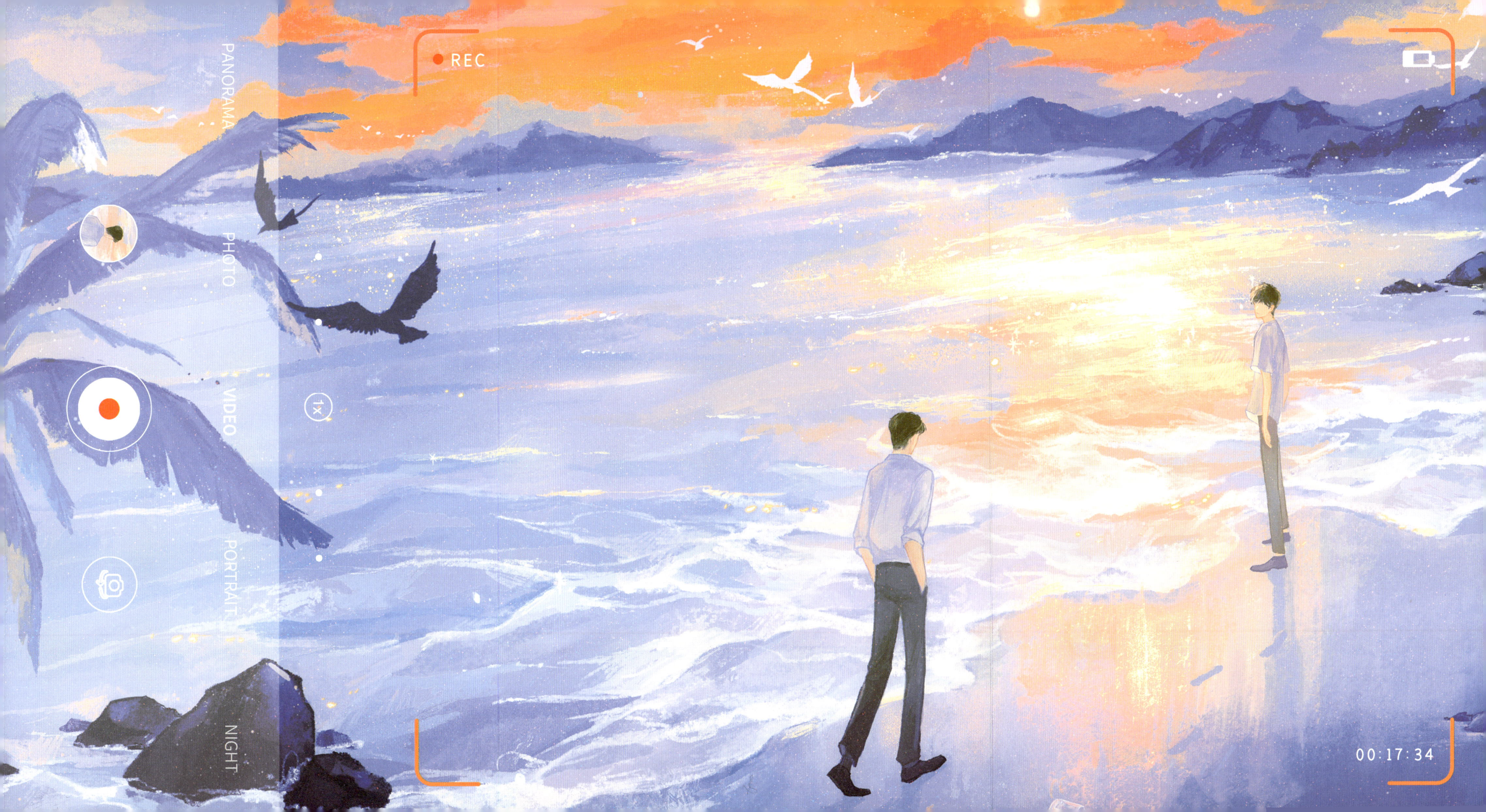
REC
PANORAMA
PHOTO
VIDEO
PORTRAIT
NIGHT
1x
00:17:34

高温不退
Forever

三三娘 著

长江出版社
CHANGJIANG PRESS

目 录
contents

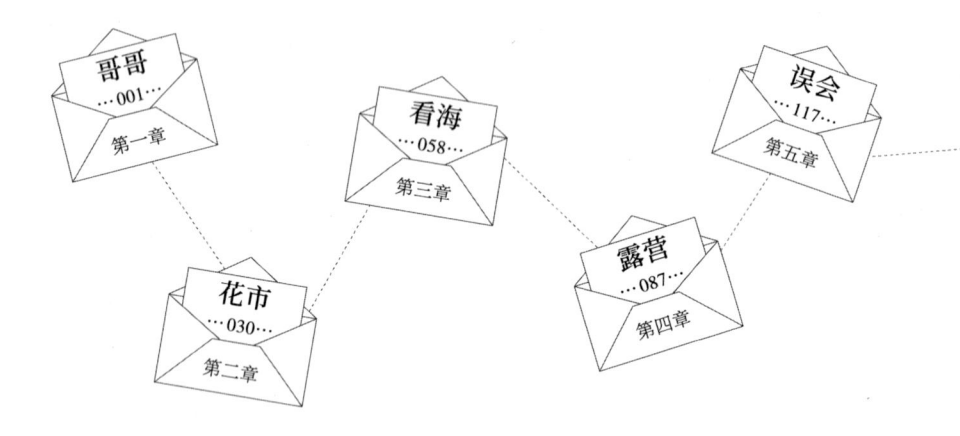

第一章　哥哥 …001…

第二章　花市 …030…

第三章　看海 …058…

第四章　露营 …087…

第五章　误会 …117…

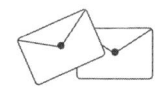

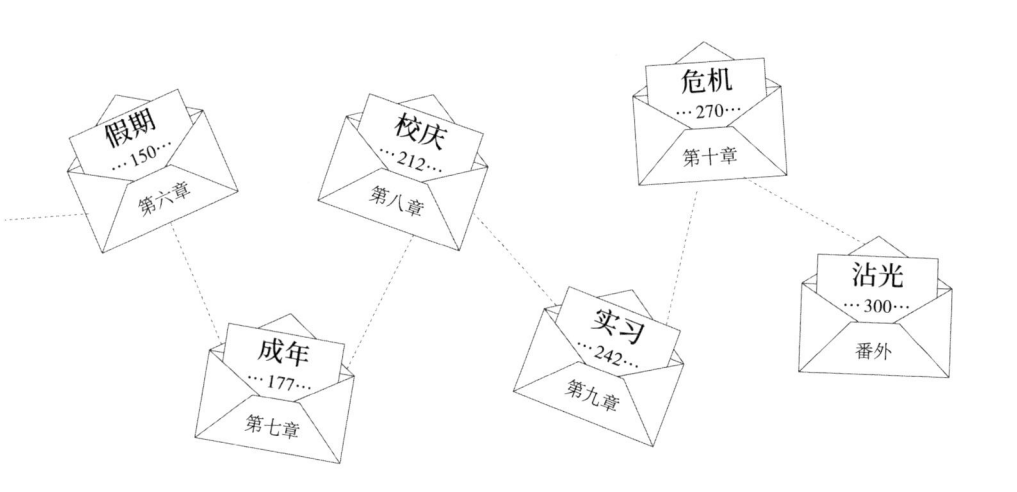

| 假期 ...150... 第六章 |
| 成年 ...177... 第七章 |
| 校庆 ...212... 第八章 |
| 实习 ...242... 第九章 |
| 危机 ...270... 第十章 |
| 沾光 ...300... 番外 |

叶开甫走路时跌的第一跤

跟跟跄跄起步的第一步

第一次奔跑

都在陈文迪的见证下

一晃十六年

第一章　哥哥

上午十点。

陈又涵坐在临窗的位子上，地点是对方约的，宁市的人都觉得有情调，只有他嫌牙酸。

一个面容白净的人坐在他对面，下垂眼，尖下巴，声音里带着哭腔。

陈又涵玩着手上的打火机，转一圈，按起一簇火苗，又盖上，反复数次后，不动声色地看了一眼时间。

有人迟到了，而且是迟到快半个小时。

这人再不来，他都想掀桌了。

对面的人抽抽噎噎的声音逐渐淡去，与这城市的车水马龙一起，沦为毫无意义的背景音。陈又涵心思放空，眼神转向窗外的街道。

虽然是冬季，但宁市绿意尚浓，空气里都带着花香。马路对面，有个少年在等红灯。他穿格子衬衫，领口敞着，里面是件白T恤衫，卡其色裤子，裤腿向上卷了一卷，脚上踏着双高帮帆布鞋，背后是个束得很高的背包，黑色肩带从胸前斜横过，勒出了劲瘦的胸膛轮廓。

那人是叶开。

绿灯亮了，叶开随着人群一起走上白色斑马线，身影很快被人潮淹没。

陈又涵收回视线，对上眼前这个人，被眼泪揉湿的纸巾在桌上堆成了山。

咖啡厅的玻璃门被推开，叶开略略站住张望了一下，看见陈又涵，对他扬起手臂懒懒地挥了挥，意思是"我到了"，而后才不慌不忙地走过去。

"迟到了半个小时。"陈又涵站起身，让他进去里面的位子。

叶开一进去，陈又涵对面的人便停止了抽泣，怀疑又戒备地看着他。他把那个潮牌限量的肩包取下，向服务生点了饮料，又转过头面对陈又涵说："老师拖了堂，本来还想叫我去办公室聊竞赛的，我说我爸出事了，需要我去处理。"

一个"爸"字让陈又涵稍愣了一下，随后他才流畅地回应："说我点儿好，行吗？"

"你得了吧，上次说好的滑雪板都没给，言而无信的人没资格提高待遇。"

陈又涵失笑，叶开把目光转向对面的人，抱歉地笑笑："对不起，我爸爸没给你添麻烦吧？"

叶开这声"爸爸"叫得既顺口又乖巧，以至对面的人面露茫然之色："你不是单身吗？"讶然过后是恍然的恼怒之色，"陈又涵，就算你想跟我分手，也不用这么骗我，谁不知道你未婚啊？而且你……你的孩子怎么可能这么大？！"

"抱歉，其实我一直是隐婚状态，所以……"陈又涵十指交扣，颔了颔首，未尽的话语里，意思不言自明。

叶开半个身子陷进沙发，感到好笑地看了他一眼，一手搭着沙发漫不经心地说："你跟我妈早就离婚了，她应该不会管你二婚的，只不过……"他又转向对面:"你还这么年轻,真的要给我当小妈？你不知道吧,他的年纪也是假的,他都……"叶开掩唇小声说,"四十六七啦。"

陈又涵:"……"

自己硬生生被他说老了快一轮半。

愤怒和被欺骗的耻辱席卷了全身,对方停止了哭泣,挂着眼泪的眼眸低垂,心里在这一瞬间做好了衡量。什么爱情？都是胡闹。自己为什么要为了陈又涵这种没有心的男人哭哭啼啼？

一直充斥着哭声的空间安静了三秒,对方站起身,十分流利地说:"分手费打我卡上,提前祝你五十岁生日快乐,人渣!"

"哗!"

褐色的液体顺着陈又涵英俊的面容往下流淌,浸入他的衬衫前襟。

陈又涵:"……"

他在叶开的爆笑声中抹了把脸,将额发往后捋了捋,而后端起杯子,从容地喝了一口咖啡。

叶开笑得喘不上气,那种漫不经心和玩世不恭的神色都消失了,伪装被卸下,一张脸看着干净又天真。好不容易止住笑,他伸出手掌:"任务完成,打钱。"

陈又涵面无表情,语气冰冷:"叶开,你的雪板没了。"

盥洗室的镜子过于明亮清晰,照出了陈又涵的狼狈样子。昂贵的衬衫上满是褐色污渍,这么多年来,他还是第一次这么惨。他慢条斯理地洗过手擦过脸,回到卡座上,见叶开握着杯子喝水。叶开身材瘦削挺拔,喝水的仪态也端正,是个"三好学生",拥有着叶家日复一日严苛家教下出来的贵气。

光线也偏心,故意更给他勾勒出漂亮的侧脸。

上午十点多,阳光还是金色的。

陈又涵落座，一双长腿在桌下架起二郎腿："四十六七？二婚？你的剧本准备得够'狗血'的啊。"

叶开放下水杯，看到陈又涵的模样又开始笑，同时嘴硬地说道："你见过一个三十二岁的男的领着个高中生孩子吗？把你往大了说，不是更显得你长得年轻吗？"

陈又涵一时之间竟无法反驳，咬着牙玩世不恭地笑了笑："照你这意思，我还得谢谢你是吗？下次不然说个四十吧，总比年近半百好听。"

叶开终于忍不住，"扑哧"一声笑开来，"先把滑雪板补上，我再考虑考虑。"

陈又涵也跟着笑，双眸看着他，屈指在他的额上弹了一记："行，买，双份，买一送一。"

严格来说，陈又涵算是叶开的哥哥。

差十六岁叫"哥哥"有点儿占便宜，但他和叶开的姐姐叶瑾是高中同学，听叶开叫一声"哥哥"名正言顺。他思来想去，要怪也只能怪瞿嘉女士一胎生得太早，二胎又生得太快。

陈、叶两家是世交，陈又涵游手好闲，偶尔还被强制去她家一块儿上补习班，跟叶瑾的感情是江河日下，和叶开的交情却是与日俱增。叶开学走路跌的第一跤、迈出的第一步、颤巍巍走的第一米、第一次奔跑，都在他的见证下。

一晃十六年。

那年陈又涵刚二十岁，在宁市一家中外合资的大学里面混日子。接到当时的对象的分手电话时，他正在陪四岁的叶开玩球。他把人抱怀里捏了捏，问："想不想吃冰激凌？"

"想。"

"哥哥带你去吃冰激凌好不好？"

"好。"

"但是哥哥有个条件,你得叫我'爸爸'。"

这话要让瞿嘉听到,陈又涵可能明天就能被扫地出门。

小叶开眨了眨眼睛:"可是你是又涵哥哥。"

陈又涵哄道:"乖,叫我一声'爸爸',哥哥就请你吃一个月的冰激凌,而且绝不告诉任何人。"

叶开又眨了两下眼,偏头想了一下,利落地达成交易:"好吧!"

冰激凌店。

陈又涵买了三色球的冰激凌,让小屁孩儿坐自己怀里,对分手对象说:"其实,有件事,我一直都瞒着你……"

"爸爸,我还要。"还没等他酝酿出这足够羞耻的开场白,叶开便糊着满嘴的冰激凌要求再点一次单。

陈又涵:"……"

你竟然还会抢答?

对面的人瞪大了眼睛,震惊的眼神在两个人之间来回扫:"陈又涵你……"

"其实,我一直是身不由己。"

男人眼里都是愧疚和不舍之色,英俊的五官都成了他的帮凶。

或许是因为叶开粉雕玉琢的,太可爱了,乌黑滚圆的双眼也很懵懂真挚,总而言之陈又涵分手很顺利,效果很惊人。从此以后,叶开就作为陈又涵的"分手大师"而存在,随着年岁渐长,这项业务技能也越发炉火纯青。十五岁时,陈又涵送了他一卷书法名家的卷轴。叶开还以为是什么诗词歌赋,打开一看,上面只写了四个大字——业界良心。

真是一个人敢送,一个人敢收。

作为一个浑身上下都散发着咖啡味儿的当事人,陈又涵痛心疾首,叶开却已背上肩包准备逃离"案发现场"。期末临近，他基本很难随心所欲了。

陈又涵没想让他这么快就走，拦着他："这就期末了？要关多久？"

叶开想了想，天翼中学管理严格，他也肩负重任，因此保守估计地说："一个月吧。"

"一个月？"前"学渣"表示无法理喻，"我给瞿嘉写投诉信。"

瞿嘉，天翼中学校董主席，叶开的母亲，一个让陈又涵见了就想绕道走的女人。

叶开笑道："你以为每个人都像你一样啊。"说着推他，"劳驾，让一让。"

陈又涵支着脑袋将长腿交叠，就是不给叶开让路，明知故问："我怎么了？"

"也没怎么，"叶开斟酌了一下措辞，勾着唇角讽刺道，"就是每次跟你打配合，我都想顺便送对方去眼科医院看看。"

"小兔崽子"骂人越来越利索。陈又涵漫不经心地问："那你呢？"

叶开愣了一下，躲过他的视线："不劳您操心，我视力很好。"

纵使是宁市最著名的餐吧，在下午两三点钟的时候也门可罗雀。

陈又涵和老板乔楚是旧识，两个人某种程度上臭味儿相投，一时间引为"最佳损友"。餐吧还没到营业时间，大灯未开，深夜的灯红酒绿此刻都被笼罩在灰蒙蒙的光线中。吧台后，一个侍应生低着头在擦杯子。

高大的身影在高脚椅上落座，陈又涵敲敲桌子，要了一杯威士忌，"乔楚呢？"

乔楚刚巧从后场转出来，见他一个人，心里了然，故意说道：

"哟，今儿个怎么回事？没人陪呀？"

"刚分手。"陈又涵勾了勾嘴角，"我发现你很关心我的感情状态呀。怎么？闲得慌？"

乔楚跟他瞎贫："我可听说了，等你的人从这儿一直排到西江大道，你就没瞧得上眼的？"

浮冰在杯壁上碰撞出清脆的声音，陈又涵浅饮一口："最近没兴趣。"

"是没兴趣，"乔楚拖长了语调，一股话里有话的劲儿，"还是因为别的什么啊？"

陈又涵笑骂了一句，"啪"地点燃了手上的打火机。火苗抖了抖，他点上烟，深深地吸了一口。乔楚陪他抽了会儿，临时想起什么："对了，我有个人要介绍给你。"随即招手叫个人："去，给那个谁？小九！打电话，就说陈少找。"

陈又涵指间夹着烟，眯眼说道："谁？"

"一个学生，大名叫伍思久，我就说你肯定忘了。"

"学生？"

"你是不是资助了太多人，一时半会儿自己也忘了啊？"

陈又涵确实资助了很多贫困学生，附近外地的、远方山区的，本地的低保户也有。上百号人他也记不过来，逢年过节就收到一些手写贺卡，看过后领了心意便随手一放，令助理回赠的红包倒是丰厚。

"不是忘了，是根本就没哪个记得的。"他指间夹着烟，笑了笑，"怎么了？刚好在你这里打工？容我提醒一句，雇童工犯法。"

"首先，他是兼职；其次，他成年了好吗？！"乔楚立刻自证清白，"他一直记挂着你呢，想当面跟你道谢，天天问'陈少今天来了吗？'快一个多月了。"

陈又涵挑了挑眉，从指尖萦绕开的烟雾模糊了他低垂的侧脸："别搞得这么麻烦，以后我少来就是了。"

毕竟他资助谁，也就是让助理拉个清单的事，纯为行善积德，压根就没抱过什么被对方感恩戴德的心思，要有人真上门来跟他煽情一通，他还嫌烦。

乔楚还想再多嘴两句，一抬眼，看到门口逆着光站了一个人，身影高瘦，想进来又不敢进来的样子。

乔楚笑起来，等对方走进店里，便把人推到了陈又涵眼前，一张脸一下子暴露在了灯光之下。他嘴唇抿得紧紧的，眼睛不敢看陈又涵，只好向下垂着，只是偶尔才抬起来瞥一眼，又赶紧低下去。

陈又涵笑了笑，这人果然稚气，即使是穿着餐吧里的制服围裙，气质也与普通员工截然不同。

"来，我介绍一下，这是伍思久。小九，陈少就不用我多说了吧？"乔楚说道。

陈又涵把烟摁灭了，伸出手去："陈又涵。"

一圈白色的衬衫袖口刚好到手腕，蓝宝石袖扣折射着灯光，剪裁考究的西服包裹着他的胳膊。伍思久拘谨着不敢握陈又涵的那只手，等乔老板推了推他，他才如梦方醒，伸出半截手臂，轻轻地在陈又涵宽大的手掌里握了握，又迅速地缩了回去。

乔楚半真半假地开玩笑："你不是总想当面跟他道谢吗？怎么这会儿手缩得这么快？"

人都到眼前了，又是这么拘谨紧张的模样，随意打发恐怕伤了对方的一腔谢意，陈又涵难得匀出了些不多的耐心，笑了一下，问："吃过了吗？"

伍思久说没有，陈又涵便带他出去吃饭。

微信工作群里，信息刷新不停，陈又涵垂眸凝神看着工作汇报，听着杯盏轻轻磕碰的声响。乔楚说伍思久很内向，有种没见过场面的拘束感，连这瓷器脆响中也透着一种怯生生的感觉。

陈又涵不说话，伍思久也不敢随意起话题，便默默地喝汤等着。

过了半晌，陈又涵找水喝，一偏头，看到了伍思久拘束的眼神。陈又涵微怔，刚好群里动静歇了，他放下手机，像个长辈那样问："还在上学？"

陈又涵想到上午叶开编派他"年近半百"，心里不免感到好笑。他对叶开是哥哥做派，眼前的伍思久恐怕比叶开还要大上几岁，他反而表现得像差了一辈。

这是他第一次主动问起什么，伍思久眼睛都亮了，答得挺快："在天翼中学上高三。"

"天翼？"陈又涵哑然失笑，"这么巧，宁市是只有这一所学校了吗？"

伍思久不解，不知道陈又涵脑子里是对应到了叶开，只是看他唇边勾出一丝笑，便也跟着笑。

"天翼中学的学费不便宜，入学也挺严格的。"

"嗯，我是学艺术的。"伍思久点点头，目光越过大理石的圆桌面，望着陈又涵。

他是宁市的低保户，父母离婚，在这样的出身条件下，那些不多的艺术天赋反而成了鸡肋，或者说心理上的累赘，食之无味，弃之可惜。夜半时他想让自己认命放弃，偏又倔强、不服气，经年累月地冒出发酵的酸气。

听到有个有钱人愿意资助他上学时，他的第一反应是——对方是否搞错了对象？

但事实是，他真的被资助了，连同他的绘画课、他繁杂的画具耗材，连同天翼中学这样一般人根本难以负担的私立学校学费。他哪里想象得到，对陈又涵这样的人来说，普通人至高无上的梦想，其实不过是他工作间隙顺手朱笔一批的事。

"既然是在高三这么紧要的关头,怎么还有空出来兼职?"陈又涵随口问。

"想尽量减少……"伍思久的手在桌子底下攥着餐巾布。

"我的负担?"陈又涵愣怔之后,心里生出些荒诞的哭笑不得感,"不必,你好好学习,天天向上。"

伍思久点点头,连忙说:"我的文化课很好的,艺考也不会有问题。"

陈又涵"嗯"了一声,没太当回事。聊到"好好学习,天天向上",他脑子里就出现叶开的身影。他们社交圈里的人,都仗着出生就在金字塔尖,并不拿学习考试当回事,更衬得叶开的"三好学生"称号弥足珍贵。

回忆到这里,陈又涵松开筷子,从桌上抄起手机和车钥匙。

"又……"伍思久把没有分寸的"又涵哥哥"四个字咽下去,说,"陈少,你要走了吗?"

陈又涵"嗯"了一声:"有空打我电话。"

这句话冲淡了伍思久心里的失落情绪。他立刻像只小狗一样竖起耳朵,重新振作了起来。

手机振动起来时宿舍还没熄灯,但叶开已经上了床,正拧开了台灯看书。手机屏的光荧荧地照着他的侧脸,在上翘的鼻尖上留下一个光斑。他看了一眼来电显示,接起电话压低声音:"喂?"

陈又涵靠在路灯的灯柱上,半仰着头看着不远处灯火通明的男生宿舍,指间习惯性地夹了根烟。

"睡了?"

"没有,刚准备睡。你干什么?"隔着电话陈又涵也能听到他的狐疑,"不是又有事了吧?"

陈又涵无声地笑了笑："没有。"烟头在黑夜中静静地燃着。

"说话。"夜色中，陈又涵的声音很低沉。他催促着，带着不容置疑的命令语气。

"快熄灯了。"

"这不是还没熄吗？"

"……"

"你在阳台上吧？"陈又涵轻松戳穿他，"往你左手边看，我在东门。"

叶开探出阳台往左边看去。他这栋宿舍楼就挨着学校后门，这一探他就看见远远的路灯底下的确站了个人，那人长腿交叠，背靠着灯柱，留给他一个利落的剪影。

陈又涵提高音量，又恢复了那股吊儿郎当的调调："看够了没？腿都站酸了。"

叶开心虚地缩回身，无语了一会儿："我警告你，我是不会翻墙的……"

"真行，不愧是好学生。"陈又涵半真半假地调侃，"那现在宿舍楼还没关吧，下来见我。"

"我……"手机里传来挂断电话后的忙音，叶开举着手机愣了半晌，眼见着陈又涵把香烟掐灭了，双手插在裤兜里，姿态散漫地看着自己的方向。

叶开低声骂了一句，拉开门，以最快的速度蹿了下去。

到了后门边，陈又涵果然隔着铁门在等他。月色下，他换下了白天被泼咖啡的那一身衣服，衬衫熨帖平整，看来还没来得及去乔老板的场子里鬼混。

"看够了没？要不要给你打个灯啊？"陈又涵戏谑道。

叶开收回视线，回怼："你不是想见我吗？现在见到了，回吧。"

"你遛狗呢?"陈又涵从裤兜里伸出一只手,对他不耐烦地挥了挥,"别废话,保安来了。"

叶开不惯着他,优等生和"学渣"有着不可跨越的鸿沟,根本讲不到一块儿去。

"我喊了啊。叶……"

叶开停住脚步,无语地转过身,挑衅地说:"你喊啊。喊了以后,妈妈绝对让我过年前都不准再见你。"

这是什么杀敌一千、自损八百的破招儿?陈又涵看着叶开,不为所动。半晌,他勾起一边唇,从裤兜里摸出手机打开通讯录,又漫不经心地说:"瞿老师,我,陈又涵……晚上好,嗯,没什么,就是想带小开出去吃夜宵,行吗?"

叶开瞪大了眼睛,难以置信,口形显而易见:你疯了?

陈又涵嗤笑一声,演不下去了,将根本就没拨出过电话的手机锁屏:"开个玩笑。走吧,早就跟你的班主任请好假了。"

叶开:"……"

岗亭里的保安闻声出来,看了陈又涵手机里的电子请假条存根,给叶开放行。

陈又涵的车就停在旁边,叶开跟上去,拉开门坐进副驾驶位,系安全带时看到夹缝里有一部手机。

"这是谁的?"

陈又涵一看,心里估计是那个伍思久的,吃饭时没见他玩手机,倒真是有定性。他没解释,随口说道:"朋友的,给我吧。"他将手掌往叶开面前伸,单手倒着车。等了半天叶开也没动静,他扭头一看,对方点亮了手机屏幕。屏幕光只能照出他的半张脸,看上去没什么表情。

"看什么呢?"

叶开把手机戳到陈又涵眼前:"这是你?"

陈又涵眯眼一瞧,这屏保图片有点儿眼熟。

照片不知道是什么时候偷拍的,光影乱,距离又远,不过倒衬得他有种别样的落拓不羁的气质。

这会儿正是夜市最忙的时候,到了常去的地方,陈又涵随便点了些烤串,又要了两瓶啤酒,本想给叶开点个饮料,但叶开不想喝,怕摄入糖分太多白天犯困。他晚上其实基本不吃东西,陪陈又涵也真的就只是陪着坐着。

但陈又涵看样子也不怎么有胃口,点的东西基本上没动。

叶开手抵着唇,轻轻咳嗽了一声。他跟陈又涵有来有往地互怼惯了,太安静反倒不自在。陈又涵动了动嘴唇,刚冒了个音节,叶开就条件反射地说道:"什么?"像只警觉的小兔子。

"你激动什么?"

"没有,你到底要说什么?"

陈又涵举起一只鸡翅,无奈地说道:"我就是想说,他们家鸡翅不错。"

"⋯⋯"叶开接过他手里那串烤翅,内心一时间生出了非常迷茫的哲学疑问:我干吗来了?是睡觉不香?还是成绩太好,飘了?

眼见着叶开泄愤似的张嘴啃下鸡翅,陈又涵的一声"哎"飘在半空中,等叶开被呛得满脸通红,他才慢悠悠地补充说道:"就是有点儿辣。"

叶开找不到水,泪眼蒙眬间抓起什么狂灌,冰凉的液体顺着喉道滑进肠胃,那阵火烧火燎的感觉才渐渐缓了下去。他双眼湿润,嘴唇红肿,幽幽地看着陈又涵:"我喝酒了?"

"对。"

叶开又确认了一次:"我刚才喝的是啤酒?"

陈又涵双手半举,表示投降:"这真不怪我。"

叶开叹了一口气,把头埋进胳膊里,瓮声瓮气地说道:"不可以把我扔在路边。"

"好的。"

"要洗澡。"

"可以。"

交代完两件"后事",叶开抬起头,微红的眼睛可怜兮兮地看着陈又涵,鼻音也起来了:"别告诉我姐姐。"

"绝对不会。"

叶开又张了张嘴,一时没找到什么要补充的,眼神迅速茫然起来,而后便一头睡了过去。

陈又涵长叹一口气,看着叶开:"祖宗,你可真是我祖宗。"

叶开还在学走路时,被哪个不长眼的长辈捉弄,对方玩笑似的用筷子尖蘸了点儿酒骗他舔舔。瞿嘉虽然生气,但毕竟老一辈的人思想就在那儿,多数小孩儿惨遭此玩笑"荼毒"过,她不便小题大做,只能作罢。没想到叶开却倒头"呼呼"睡了一整天,把全家人吓得半死。从此后,叶开被严令滴酒不沾,各家酒会宴席上再没人敢劝他喝酒。这是叶家的小少爷,哪怕滴酒不沾也不妨碍继承家业,而他全家上下包括姐姐又都把他保护得紧,这就导致叶开的酒量毫无长进。

陈又涵约他出来吃夜宵时,并没有预料到这一出。

要洗澡,就得脱衣服,叶开穿的是校服,裤子是松紧带的,省事得很,但陈又涵伸了手又缩了回来,最后站起身来,一边一手扯领口一边打电话:"喂?嗯,叫个人过来……废话,难道还要我亲自伺候?"

被半夜从主宅叫来的佣工风风火火地赶到公寓,一看情况,麻利地开始给叶开脱衣服。

少年身体劲瘦，骨架还在成长，但隐隐已有了青年人的轮廓。

佣工费劲地将叶开搬进浴室，陈又涵略别过头，扔过一条大毛巾，将叶开劈头盖脸地盖住了，命令道："给他裹上，裹好。"

不多时，一墙之隔传来花洒声。

陈又涵双臂平展，一双长腿交叠架着，闭眼靠在客厅沙发上。喉结滚了滚，深深地舒了一口气后，睁开眼，从裤兜里摸出烟和打火机，一脸烦躁地点燃了。

等他抽完一根烟，佣工终于出来，拘谨地请他去帮忙扶一下人。陈又涵摁灭烟头，问道："衣服都穿好了？"

佣工忙点头，陈又涵起身，刚走了两步，浴室里传来"砰"的一声巨响。陈又涵愣了愣，继而脸色剧变，跑进浴室。浴缸内情况一目了然，佣工兴许是扶着叶开靠坐在了打理干净的浴缸里，但醉得这么深的人哪儿有什么平衡力？叶开在浴缸里磕到了脑袋，正摸着额角露出一脸又痛又迷茫的表情。

陈又涵怒不可遏："你是怎么做事的？！"

佣工吓得惶恐，又知道以这位大少爷的脾气，这时候解释就是找事，因此便干脆像个木头一样什么话都不说。陈又涵一肚子火，连骂也懒得骂了，让人立刻走。

叶开扶着浴缸，长腿支棱着，眼睛盯在陈又涵脸上，但分明没有聚焦。

"好疼啊。"他眼角红红的，像是含了眼泪。

这是疼哭了。

陈又涵又气又好笑——废话，能不疼吗？他把人折腾出去，说道："真是欠你的。"

到了客卧，陈又涵脸上不耐烦，手上动作倒是轻柔，小心翼翼地把人放到床上，盖好被子。见叶开还半睁着眼睛，他笑道："干吗？睡醒了？不睡了？"

叶开眨了眨眼，没听懂。

陈又涵的大手盖上他的眼睛："睡吧。"

眼前的黑暗将叶开的意识也再度带回到睡意深处，他闭上眼，说："别走。"

陈又涵坐在床边："嗯，不走。"

叶开在枕头上蹭了蹭："睡。"

叶开醒来时，花了几秒辨认出这是陈又涵的家，他曾经来过几次，留宿却是第一次。空调和加湿器都在安静地运转，叶开抓着被角，脸颊有点儿泛红，对即将面对陈又涵这件事竟也生出了点儿不好意思的感觉。他下床落地，走向客厅，看到冰箱贴下压了一张字条，上面写着——给你请过假了，吃了早饭再走。

原来陈又涵已经走了。

餐桌上放着的虾饺和艇仔粥还冒着热气。叶开换上校服，咬一口虾饺，发一会儿呆，过了很久才出门。

那天过后，叶开很长时间都没见过陈又涵，陈又涵也没有来找他。

叶开也忙，除了准备期末考试，还要代表本市去参加一个省级辩论赛，因此除了复习外还有一堆的培训、模拟辩论需要找资料。以往陈又涵不找他，也会和他聊两句微信，这段时间却一反常态，很是安静。叶开刚开始还时不时掏出手机看两眼，后来也就渐渐静下了心。

周五上午，第四节下课，叶开又是一阵风地冲进办公室——要请假条。

班主任已经见怪不怪了，从抽屉里拿出假条簿直接撕给了他："最近跑得很勤哪，比赛准备得怎么样？"

叶开有点儿不好意思:"还行,下午去市图书馆再补充些资料。"

"加油,一定能拿奖!"班主任鼓励道。

叶开笑笑,回教室拎了背包,手上捧着厚厚一沓资料往校门口走去,午饭也顾不上吃了。

几乎是迈出校门的第一瞬间,他就注意到了停在路边的黑色保时捷SUV。陈又涵最近开的也是这一款车。叶开敏感地多留意了几眼,这一犹豫的工夫,就看到从车上下来一个人,准确地说是一个男孩儿,穿了件简单的T恤衫和直筒牛仔裤,脚上是一双帆布鞋,脚踝处的裤子卷了两卷。这打扮倒有七八分叶开的风格。只不过那男孩子比叶开高,因此看上去要更挺拔一些。

叶开多看了两眼便收回了目光,将假条递给门卫。门卫扫了一眼,把假条收在夹子里,冲他挥了挥手。

叶开说了句"谢谢",转身往公交车站走去,走了两步,停住不动了。刚才那个男孩子绕到了主驾驶位那边,弯着腰对里面的人说话。车窗是半摇下来的,露出车主的脸。虽然车主戴了墨镜,但叶开还是第一眼就认出来了,那是陈又涵。

叶开只觉得一口气猛地滞在胸口,愣了有一两秒才惊醒过来,赶紧转身躲了起来。

他也不知道自己为什么要躲,这几乎是本能反应。

岗亭的转角处不起眼,叶开捧着资料,眼见着陈又涵从车上下来,一手撑着车顶一手搭在车门上,指间习惯性地夹了一根烟,戴着墨镜的脸似乎有些不耐烦。

想了想,叶开调出陈又涵的号码,拨了过去。

"喂?"对面的人接得倒是挺快。

"在哪儿?"

"公司。"

叶开眯了眯眼，语气十分自然："有空吗？我下午请了假，一起吃个饭？"

电话里陈又涵倒是答得爽快："行，二十分钟后到校门口。"说完对那个男孩子挥了挥手，打发他走了。

叶开松了口气，等那男孩子进了校门，陈又涵坐进车里去，才从岗亭后转出来，边走边对电话里说："我在我们校门口看到一辆保时捷，跟你的那辆好像。"

陈又涵罕见地犹豫了一下："你到校门口了？"

"啊，刚出来，怎么了？"

"没怎么，就是我，过来吧。"

叶开挂了电话，从从容容地走到陈又涵的车边，敲了敲窗户。陈又涵侧身过来替他打开了车门："上车。"

"你这不在校门口吗？还让我等二十分钟。"

陈又涵看着倒车镜倒车，嘴上答得毫不含糊："本来就是来找你的。"

叶开懒懒地睨了他一眼，没拆穿他。

他带叶开去了一家他们常去的私房菜馆。领班见是他来了，把他们领到庭院的一个小亭台里，一边添茶一边说："陈少好久没和叶少过来了。"

这地方是个园林四合院，老板也是他们社交圈里的人，置了这园子给这群人吃喝玩乐瞎闹腾，有时候也谈谈生意、组组局。

陈又涵点点头，报了几个菜名，都是叶开爱吃的菜。领班笑着奉茶给叶开，说："陈少就是有心，您喜欢吃什么，他都记得。"

叶开不置可否，笑道："你不也记得？"

领班愣了愣："瞧您说的，我们记得那是应做的本分。"后面的半句倒没说出口，他知道分寸。

陈又涵喝了口茶,似笑非笑地打发人:"堵不上你的嘴了?还不出去。"

叶开后来在学校里又遇见过几次那个从陈又涵的车上下来的男孩儿。要打听个人不是什么难事,他很快就知道了那男生是高三文科班的,叫伍思久,没什么朋友,平时是挺安静的一个人,似乎有点儿孤僻,成绩还行,是个艺考生。

叶开打听过伍思久,自然有殷勤多事的人把伍思久的消息隔三岔五地递过来,叶开渐渐地拼凑出了他和陈又涵往来的日常。陈又涵偶尔会来接伍思久放学,送些礼物,诸如球鞋、衣服、数位板、画册之类的。叶开听了也就应一声,虽然有些好奇,但并没有什么多余的反应。也许是什么熟人的孩子请陈又涵照顾一二?

比起关注陈又涵的人际往来,叶开还有更要紧的事要忙。

天翼中学是叶家名下的资产,叶开的母亲瞿嘉是天翼中学的创始人,也是任职至今的校董主席。叶家把唯一的继承人叶开放在这里接受教育,足以说明他们对自己的教学质量的信心。也因此,叶开的一言一行、每一张答卷的每一分也都注定会被放大给别人看。虽然成绩很好,但他也不想搞出期末马失前蹄的糗事,因而心思多半也放在了备考上。

期末考试结束那天下了很大的雨。这座南方城市的四季并不分明,只有下雨的时候才让人有了点儿冬天的感觉。叶开坐在教室里,眼前摊着工工整整的英语答题卡,距离考试结束还有半个小时,他又检查了一遍,确定没有什么漏填和错填的地方后,就放下了笔。学校不许提前交卷,他单手支着下巴,开始发呆。

他这会儿想起很多事来。可能是真的太久没见陈又涵,某些往事鲜明了起来。

他想起十六岁的年龄差，两个人却有着不可思议、超越年龄断层的熟络关系；想起陈又涵指间夹着烟，一边给他做饭，一边漫不经心地数落他的样子。

铃声响起，打断了叶开的思绪。他安静地等老师收卷，并没有加入那些兴奋地对答案的大军。回到教室，他草草地整理了一下自己的书包，几乎是第一个冒雨出了校门。

今天是全市高中联考，高二和高三的学生同样是今天考试。因为雨下得大，校门口的广场上停满了车，都是来接人的。教学楼很吵闹，相反校门口这里却安安静静的，行人寥寥无几。远方的雷声"隆隆"作响，叶开撑着伞，雨幕让他看不清行人，但他依然辨认出了那辆眼熟的车。

他犹豫了三秒，走向那辆黑色保时捷。

陈又涵靠着座椅闭目养神，听到车门被打开的声音，瓢泼的雨声也顺着那点儿空间一起挤了进来，整个世界顿时喧闹起来。他没睁眼，不冷不热地问了声："考完了？"

叶开坐进副驾驶位，收起雨伞，看了陈又涵英挺的侧脸两秒，才开口"嗯"了一声。

陈又涵揉了揉眉心，这段时间公司很忙，他已经好几天没睡个囫囵觉了。正想问对方晚上有什么打算时，他琢磨过来不对劲的地方，猛地睁开眼坐直了："你怎么在这儿？"

叶开似笑非笑地看着他，嘴角微微勾着："不是等我呀？那我走了。"

说罢叶开便作势要去开车门。

"咔——"

陈又涵手疾眼快，身体先于大脑，把车门给锁了。

叶开笑着叹了一口气，雨伞在脚下蜿蜒着水迹。雨太大了，虽然撑着伞,他半个身子还是被淋湿了一点儿,头发也滴着水珠。他拨了拨额发,打开了空调:"借你这儿吹吹,人来了我就走。"

"不是这个意思。"

"你紧张什么?"叶开抽出两张纸巾擦手,慢条斯理地说,"爷爷来接我,等会儿就到。"他认真地看着陈又涵,"雨这么大,你不会连这一会儿都不让我待吧?"

陈又涵百口莫辩,干脆打方向盘踩油门:"你闭嘴吧!"

叶开拉上安全带,拨通电话:"喂?爷爷,你不用来接我了。嗯,我在又涵哥哥这儿……嗯,嗯,好的,没什么,晚上回去吃饭……好,好的,爷爷再见。"

挂完电话几秒后,他又接了个电话。

"嗯,对,我先回去了,你一个人可以吗?那好,到家了跟我说一声。"他整个人缩在座位上,神情很放松,眉间微微蹙起细小的褶皱,一脸很无奈但又挺温柔的模样。对方不知道说了什么,叶开抿着嘴笑了笑,又说"好"。

陈又涵等人挂了电话才问:"给谁打电话呢?"

"爷爷呀。"叶开莫名其妙地回。

"我说后面那个。"

叶开刚想回答,手机屏幕亮了。他的注意力几乎是瞬间被吸引了过去,一时便没有说话,而是专注地打字。手机又是"嗡"的一声,看来对方回消息很迅速。

遇上红灯,陈又涵忍不住看了他一眼。叶开看着特别高兴。

"跟谁聊天呢?"陈又涵又问了一次。

叶开连头都没抬:"啊?"

"我说,你在跟谁聊天?"

叶开的注意力完全没在他身上,到这会儿叶开才终于抬头看了他一眼，很茫然地说："哪个？"

陈又涵笑了笑："没什么。"

叶开终于把手机锁屏："一个初三的小学妹，问我考试的事情。今年天翼中学自主招生改革，她不太清楚。"

他说完，轮到陈又涵的手机响了。陈又涵看了一眼屏幕上的名字，把电话挂了，然后又把话题引回到了刚才那通电话上，问："刚才第二个电话是谁？"

叶开无奈，乖乖巧巧地叫了声"又涵哥哥"，语气一变，没耐心地说道："你今天挺爱管闲事啊？"

陈又涵打转方向盘切入车流，大言不惭又吊儿郎当地训斥道："又涵哥哥怕你小小年纪谈恋爱。"

"你怎么知道？你连人家是男的女的都没听清。"

陈又涵瞥了他一眼，微笑："我还用听清吗？"

叶开看他脸色不太好，便反唇相讥："你有什么资格说我？"

一聊起这个陈又涵就没辙，以他的风流，他确实没资格在这个问题上教育叶开。

车内的沉默气氛一直延续了一路，直到半个小时后，陈又涵一脚踩下刹车，将车在叶家正门前停住了。

车胎激出一道水雾，叶家岗亭的保安撑着伞侍立在车旁。他们知道这是陈又涵的车，因此里面坐着的多半是叶开，并不敢随意去帮忙开车门。

叶开"喊"了一声："你不跟我一起进去？"

"我去你家干吗？"陈又涵摸出一支烟，不耐烦地摆了摆手，"快滚。"

叶开下了车，在用人的大黑伞下俯身。

"又涵哥哥？"

"说。"

"你不会又在期末让我帮你的忙吧?"叶开微笑地看着他,手里抱着水迹未干的双肩书包。

陈又涵愣了愣,半眯着眼从嘴里抽出烟:"小孩子不要管这些。"又指着叶开警告,"不许谈恋爱!"

叶开"砰"的一下关上了车门。

为了专心备考,他一整个期末都没有回家,此刻一进门就被叶瑾扑了个满怀。

叶瑾环着他的脖子:"哎哟喂,不愧是高中生了,瞧这个子长的!"

他们家工龄最长的贾阿姨在旁边笑着点头:"小少爷的比例好,等再过两年肯定长得更高更好看!"

叶瑾捏了捏她弟弟的耳垂:"陈又涵送你回来的?怎么不请他进来坐坐?"

叶开心想那也得我请得动才行啊,把他的姐姐撇下:"忙着呢,哪儿有空来串门?"

叶瑾愣了愣,听出来叶开话里的潜台词,暧昧地问:"哟,又换了一个?"

叶开估计他姐姐还停留在不知道哪年的老皇历上,有心逗她:"你还以为他跟那谁在一起呢?"

"对呀,上次在饭店里碰到的那个,就那个高高瘦瘦看着很漂亮的那个。对!戴耳钉的!"

叶开笑了一下,接过贾阿姨递来的热毛巾擦手:"那都是前前前任了。"

贾阿姨担心他淋了雨感冒,忙推他去洗澡,一来二去这话题便中断了。

泡在浴缸里的时候,叶开想起陈又涵丰富的罗曼史。他不太了解陈又涵谈恋爱的路数，就知道陈又涵送礼物送得勤快。陈又涵的口位很飘忽不定，有时候是身材高挑的貌美模特儿，有时候又变成甜而乖巧的那一款，但大部分时候，陈又涵青睐那种冰山型的人，美貌而高冷，需要人上赶着去焐，焐热了……焐热了就分了。

叶开有时候觉得陈又涵受过情伤。

可又没有任何蛛丝马迹可以支撑他的这一猜测。陈又涵好像只是天生多情寡意。

陈又涵到天翼中学校门口时已经很晚了，大部分学生已经回家。他一眼就看到了孤零零地站在校卫岗亭檐下躲雨的伍思久。

伍思久看到陈又涵的车子后，眼睛明显一亮，用书包遮着脑袋，一路小跑着冲进雨里，冲到陈又涵的车边。他注意到副驾驶位上的那点儿水迹，但并没有多问。

"等很久了？"陈又涵语气很随意，只是随口一问。

伍思久小幅度地点了点头，又迅速摇头："没有。"

"寒假有什么打算？"陈又涵一边驱车前往市中心，一边与伍思久闲聊。

"画画、上课，明年要考试啦。"

听他这么一说，陈又涵才真实地感受到他是一个高中生，还是个高三考生。陈又涵"啧"了一声，说道："好好学习。"

伍思久一紧张，两眼紧紧地盯着陈又涵："我……我一直很用功，没有乱玩……"

陈又涵瞥了他一眼，笑道："怎么了？你紧张什么？"

伍思久松弛下来："没什么……"

他其实从没有幻想过，陈又涵居然真的会跟他有所往来。

最初的时候，是在皇天餐吧兼职时他隔三岔五地遇到陈又涵，有的是遇见的机会。后来，每逢陈又涵来，乔楚便总派伍思久去服务陈又涵那一桌。

伍思久是陈又涵资助过的这么多学生里，第一个从银行名单走入他的现实生活的，新鲜而又真实。陈又涵便真的开始偶尔关心他的学业，送一两件恰到好处的礼物。

伍思久觉得自己明白，陈又涵的那些耐心和关心，是顺手的、偶发的、漫不经心的。但是那又怎么样？陈又涵可是滋养了他的上学梦想。

他手里漏下的面包屑，可以当他的天空的星星。

"我以为你要说，好好学习，以后就不要去皇天餐吧兼职，也不要……找你了。"伍思久鼓起勇气说。

陈又涵有些意外，但一想到他每次和自己相处时的如履薄冰和拘束样子，大约也能理解。

"皇天餐吧你喜欢去就去，乔楚会照顾你，至于我这边，"陈又涵扶着方向盘转过路口，随意地说，"就算我很忙，对你的资助也不会断的。这些事我助理会处理好，你可以放心。"

伍思久张了张唇，想说他不是这个意思，但他收住了本能，而是抿住唇弯起两侧嘴角："如果我考了很好的学校，将来毕业，是不是也可以去 GC 集团工作啊？"

多孩子气的话，陈又涵果然失笑一声："你不是学艺术的吗？我想想，'GC'的艺术岗……影视集团和酒店集团应该都有，我不太清楚。等你毕业了，我可以介绍 HR 给你。"

"但是我听说像你们这样的有钱人，都有专业的艺术顾问团队，帮你们到处看展、拍卖、提供收藏建议。"

等红灯时，陈又涵瞥他一眼，漫不经心地调侃："也可以，但你得念到世界名校的艺术管理硕士才能摸到门槛。"

"我可以。"伍思久认真地说，"我还可以拿全奖出国留学。"

小孩子谈起未来，总是头头是道、信誓旦旦的，一副纵有万难不在话下的模样。陈又涵笑了笑，当他在天真说笑，给出恰如其分的鼓励话语："行，那就看你的表现。"

送人去了皇天餐吧，等伍思久换上制服开始上班后，陈又涵在吧台前坐下，要了一杯威士忌加冰。

他在这儿存了酒，吧台的那些调酒师对他的喜好和口味一清二楚。不过今天他刚拧开瓶盖，就被乔楚按下了。

"帮我试试新品。"乔楚拉过高脚椅，给调酒师 Kiki 递了一个眼色："赶紧的。"

那是一款新的烈性鸡尾酒，说是在国外酒吧里火得一塌糊涂，乔楚好不容易搞到的配方，还做了改良。

五分钟后，调完酒，Kiki 最后放入一片薄荷叶，把那个差不多只盛了个杯底的水晶杯推到陈又涵眼前："陈少，请。"

陈又涵抬起眼皮不冷不热地看了乔楚一眼："你又在打什么鬼主意？"

"瞧你说的，我是那种人吗？"乔楚一脸无辜的表情，"这不是看您见多识广，人称鉴赏大师、品酒专家、'宁市威士忌小王子'吗？求您赏个脸不行？"

陈又涵将信将疑地举起酒杯，抿了一口酒，脸色微变。

"怎么样？"

一股辛辣感从胃里一直顶到了嗓子眼儿，冲得人两眼直冒金星。陈又涵单手撑着额头，心里的直觉不太妙："你这是给大象喝的？"

乔楚紧盯着陈又涵，看他这模样就"哎哟"一声："坏了，我就说太烈了！"

他的语气怎么听怎么有股幸灾乐祸的味道。眼见着乔楚的面容和声音都越来越模糊,陈又涵一边比了个毫无威慑力的中指,一边骂了句脏话,一头栽了过去。

陈又涵有的是在皇天餐吧喝多了的时候,因此乔楚处理起来轻车熟路。一街之隔的五星酒店,陈又涵在那里长期有套房续住,乔楚首先给酒店客服经理打了个电话,让管家团队做好接应准备,然后让人把伍思久找过来。

"再找两个人跟你一块儿把陈少送过去。"乔楚叮嘱,"到地方后你就别回来了,他这次醉得比较厉害,身边离不开人,你就在那儿守着,行吗?按惯例算三倍加班费。"

伍思久一边听他说,一边愣着摘下衬衣外的咖啡色围裙:"我不用,我照顾他是应该的。"

轮到乔楚愣住,不尴不尬地笑了笑:"那行,那你好好照顾,有什么问题打我的电话。他宿醉后脾气比较差,你记得顺着他,说话、做事都机灵点儿。"

乔楚是例行公事,换谁去他都得提点这么一遭。伍思久攥着围裙,点着头,心里涌出些微不服气的感觉。他跟陈又涵的关系和这餐吧里的其他服务生不一样,乔楚大可不必把他当那些跑腿的人一般训话。

Kiki 手里拿了块雪白的毛巾擦酒杯,等乔楚从门口回来了,说:"陈少对伍思久是不是有点儿太好了?"

乔楚睨他一眼:"哟,你都看出来了?想说什么?"

Kiki 若有所思:"我是觉得,伍思久比较敏感。那句话怎么说的?不卑不亢?伍思久刚好相反。哎,他是什么星座来着?防御攻击性比较强……"

"扯远了。"乔楚咬上烟嘴,眯着眼,"没事,就是个小孩儿,反正都资助了,也不差嘘寒问暖几句。"

酒店内,训练有素的管家团队已准备好了一切:热了毛巾,放满了洗澡水，醒酒茶已备好，填腹的汤面也即将端上来。不过他们都没想到今天的陈又涵能醉到不省人事，别说吃面，就连水都喝不了了。

今天负责照料的随行人员也很有主意。管家团队被礼貌地请至门外，听到里面那个面生、稚嫩但很有主见的随行人员说："辛苦，接下来交给我就可以了。"

伍思久不知道乔楚下的是一剂猛药，陈又涵没有一夜都醒不过来。不过知道了也不妨碍他守着。他忙完一切，让陈又涵舒适入睡后，从书包里掏出了从不离身的素描本，一边照看着陈又涵一边练习速写。

后半夜，陈又涵开始咳嗽。伍思久又问酒店要了温度计，幸好陈又涵不是发烧。他估摸着陈又涵是有点儿感冒加烧嗓子，便打车过了三条街，找到了一家二十四小时营业的药房，描述了一下症状，把那半吊子药师推荐的药都给买了下来。他当然不知道，这种小事只要打一通电话给前台，自然有礼宾部的人想尽办法满足，这是陈又涵这样的客人享受惯了的小服务。

陈又涵第二天在头痛欲裂中醒来，醒后的一分钟内，脑袋一片空白，完全想不起昨晚发生了什么事。一分钟以后，他只手撑着床艰难地坐起身，骂了句脏话。

伍思久在沙发上打盹，听到动静，立刻站了起来："您醒了？"

陈又涵看见他也不算很意外，一边用手撑着额头，一边吩咐："给我倒杯水。"

其实不用他吩咐，伍思久已经帮他把温水准备好了。伍思久快速给陈又涵倒了水，说："我刚订了早餐，等一下就会送过来。"顿了一顿又说，"昨天晚上看你好像有点儿感冒，桌子上有药，不喜欢药片的话就泡冲剂。"

陈又涵不是很在意地应了声，习惯性地拉开床头柜的抽屉找烟，只是还没点燃，伍思久便将烟抽了出来："感冒了就别抽了。"

"胆子大了啊。"

伍思久愣了愣，低垂着眉眼小声说："没有，就是你昨晚咳得很厉害。"说罢把烟递回给陈又涵，认错说道，"那还给你。"

陈又涵接过烟，却没再动作。

恰好叶瑾给他打电话，他接起来，在叶瑾开口前一边清嗓子一边问："叶开呢？"

叶瑾拿着手机一脸莫名其妙的表情，心想明明是我给你打电话，你怎么这么好意思变被动为主动呢？

"还睡着呢，怎么？"

"没怎么。"陈又涵顿了顿，又说道，"你找我？"

叶瑾好笑地叹了一口气："是啊，约你吃饭。怎么样，晚上有空吗？"

"你约我？"

"你跟我吃饭次数还少了？"

陈又涵倒不是这个意思，主要想确定叶开在不在，但听叶瑾这意思是叶开不来，便想也不想地拒绝掉："没空，生病了。"

伍思久等他打完电话，问："叶开，是我们学校的那个叶开吗？"

陈又涵"嗯"了一声，从手机里翻出叶开的微信，犹豫着要不要打电话过去，一抬头，见伍思久还戳着，问道："不去画室？"

"你跟叶开认识啊。"

陈又涵没多说，只回答："不止认识。"

"他在学校里很有名的。"伍思久观察着陈又涵眉眼间的神情。

陈又涵不以为意地哼笑了一声，目光仍停留在屏幕上，只是已经从叶开的微信点进了他的朋友圈。叶开不知道周末忙什么去了，朋友圈发了张脚上的球鞋的照片，鞋上蹭得全是划痕和泥。"他呀，"他一边在朋友圈下留言，一边回道，"就是个小朋友。"

第二章　花市

叶瑾在陈又涵这儿吃了闭门羹，上二楼听了会儿动静，敲门推进去，倚墙一脸看好戏的表情："烙饼呢？一整个早上了，就听你在这儿翻来覆去的。"

叶开应了一声，从床上坐起来，头发乱糟糟的。他打了个哈欠，睡眼惺忪地看着他姐姐："困。"

"困？"叶瑾抬腕看了一眼表，"你以前哪里睡到这个时候？我看看，是不是病了？怎么脸色这么差？"叶瑾回头喊贾阿姨，让她拿温度计过来。

叶开揉了揉眼睛："没有吧，可能昨天去那个'非遗'村，累到了。"

"啧。"叶瑾摇摇头，说道，"行吧，好不容易到了休息日，一个两个都生病，约个人都约不到。"

叶开敏锐地抓住了她的话里面的重点："还有谁生病了？"

"陈又涵哪，还有谁？"叶瑾拿着体温计甩了甩，"刚才打电话约他吃饭，他说他病了。"

叶开"哦"了一声。

叶瑾给叶开测过体温，还好没发烧，估计就是睡眠质量不好。叶瑾略略放下心，约了闺密一起吃 brunch①，化完妆出门。听到汽车引擎声渐远，叶开立刻跳下了床。

"贾阿姨，帮我从药房里拿点儿感冒药！"

贾阿姨是管家，叶家人有什么事便吩咐她，她再让人去做。她又戴上老花镜确认了一眼体温计，是正常的，便问："小少爷吃吗？"

"不是。"叶开飞速套了件抓绒卫衣。

"那……是什么病状呀？"

这把叶开问愣了。他想了想："不知道，你就有什么给我拿什么，到时候看。"

贾阿姨笑道："药可不能乱吃。"

"知道，放心。"叶开抓过一只稍大点儿的双肩包，"放这里面，我先吃饭，好了叫我。"

贾阿姨看他高高兴兴的样子，也不像病了，哪有叶瑾说的那么严重，便想，还是大小姐关心弟弟，这叫"关心则乱"。

叶开背着一书包的药出门，活像个药贩子。

司机老陆早已等候在门外，见他走近，帮他拉开大门，两个人一齐穿过有喷泉和草坪的前庭。车库外，一辆黑色宾利静候在路边。

"别的车呢？"

老陆恭敬地答道："董事长今天有商务接待，开了迈巴赫走，卡宴被夫人借出去了。"

叶家深耕金融业，家训讲究的是个"低调不争"。叶瑾想买辆法拉利，从二十五岁盼到了三十岁才如愿以偿。其他的车都一辆赛一辆地低调。

---

① 早午餐。

生长在这样的家庭，虽说衣食住行的高规格是自然而然的，但叶开越长大便越不喜欢把这些暴露于人前。天翼中学并不是一家贵族学校，它是一所对普通人开放的重点私立学校，因此他从不允许这辆宾利出现在校门口接送他，日常跟同学出去也是打车居多。

他边掏出手机打开打车软件，边对老陆说："陆叔，我自己打车走，你歇着吧。"

老陆知道这个小少爷是什么性格，不再多话便退了。

叶开来陈又涵这公寓的次数也不多，不过他知道这里是陈又涵的绝对禁地，据他所知陈又涵还没有哪个对象是能享受被带到这里来的待遇的。他按响了门铃，等了一会儿没动静，又耐心地按了好几下，还是没动静。

陈又涵是病糊涂了，还是病晕了？叶开想了想，给陈又涵打电话："你不在家？"

陈又涵手里提着一大兜子药，正走出房门。他接起电话，叶开的声音金石般清越，透过听筒传来，令他不由得心口一松，好像被一阵风从里到外地吹拂而过。

电梯在其他楼层，伍思久按下了下行键，听到陈又涵声音里带笑："在外面呢，怎么？"

叶开停顿了一下："没事，听说你病了，过来看看你。"继而笑着说，"既然你在外面，那看来是我多想了。"

陈又涵扯淡不打磕巴，捂紧了听筒声音低沉地说："没多想，病着呢，都快病死了。"

叶开轻叹了一口气："那我把药放你门口？"

"不行。"陈又涵断然否决，"等我。十五分钟。"

叶开为难地说道："其实我只是带了一些感冒药和退烧药，你是感冒吗？"这个问题着实好笑，他出门时压根儿没考虑过陈又涵是别的什么病,此刻在电话里问出来特别尴尬。

陈又涵没给他退缩的余地,立马肯定地说:"对,感冒、咳嗽、嗓子痛。"

怕对方不信,他还欲盖弥彰地咳嗽了两声。

电梯到了,伍思久为他扶住门框,仰面看着他。

伍思久还没见过这种样子的陈又涵。

"……"

叶开弯了弯眼睛:"行吧。"

乔楚昨晚已经派人把车泊在了酒店停车场里。陈又涵取了车,送伍思久到路边,打了双闪缓缓停靠:"抱歉,不能送你去画室了,你自己打车吧,行吗?"

虽然陈又涵问的是"行吗",但伍思久知道,他并没有选择的余地。他点点头,没多问一句,听话地下了车,抱着书包在路边目送陈又涵的车汇入车流。

十五分钟后,电梯发出"叮"的一声,叶开抬头,视线和穿着一身皱巴巴的西服的陈又涵撞了个正着。

陈又涵扯了扯领口,没有用喷雾定型的额发垂下了两绺。

叶开打量他:"你这是鬼混到彻夜未归呀。"

"扯淡。"陈又涵一边开密码锁,一边骂道,"病糊涂了,早知道让你先进去。"

叶开觉得自己也是智商掉线,于是跟着笑起来。注意到陈又涵左手拎着的那一兜写着"某某大药房"的袋子,心里有了一个猜测。

"谁给你买的?"他似笑非笑,"这不是有人照顾吗?"

陈又涵从鞋柜里给他拿出一双居家棉拖,把那袋药随手放在了边柜上:"没谁,乔楚店里的一个兼职员工。"

叶开换上拖鞋,却并没有着急进客厅,而是打开了那个袋子,一盒一盒地翻看那里面都有些什么药。

陈又涵深沉而无奈地看了叶开一眼:"就这么好奇?"

"看看贾阿姨给我的对不对。"

"别看了,你给我带了什么我就吃什么。"

"……"

趁叶开翻着药盒时,陈又涵先去冲了个澡,出来时换了身舒适的居家休闲服,头发还半湿着,正用一条大毛巾擦头发。

"喝点儿什么?"

"除了酒都行。"

"藿香正气水?"

"如果你有的话。"

"别激我啊,我真有。"

叶开瞬间认怂:"水吧……"

陈又涵在他身边坐下,扔给他一瓶苏打水,接过叶开面前的茶几上那一大堆药,从里面挑选对症的。

"我的少爷,你这是把你们家的药房搬空了?"

叶开笑得呛了一下,自己也觉得不太好意思:"我姐姐只说你病了,我怎么知道你得的什么病?"

其实伍思久做的是同样的事情,只是陈又涵并没有看过那一袋药。如果叶开没来,他估计连药都不会吃,扛一扛就过去了。

"真行。"陈又涵不挑了,放下了那一书包的药,双眼似乎在笑,问,"谁让你来的?"

叶开往后一靠,靠上一堆抱枕:"我姐姐让我来的。"

陈又涵追问:"真的吗?"

这是一副得了便宜还卖乖的欠揍模样,叶开却奈何不得,继续往后退,恨不得把自己缩小,挤进什么犄角旮旯儿里。

"当然是真的……我姐姐不知道你有人照顾,知道了肯定也懒得管你。"

"那你呢?"陈又涵边说边伸手在叶开的头发上动了一下,手指拈了一点儿白色的毛絮。是从鹅毛抱枕里飞出来的。

叶开就像只紧绷、警觉的小鹿,陈又涵的手一动,他浑身都绷紧僵硬了,讲话也结结巴巴起来:"我……我什么?"

"你知道我有人照顾,你还关心我?"

叶开缴械投降,咬牙切齿地说:"我错了,我多管闲事,我吃饱了撑的。"

陈又涵忽然轻笑了一下,在叶开的额头上屈指轻弹:"小屁孩儿。"

陈又涵坐回去,吃了两片药,漫不经心地问道:"和上次的那个小学妹聊得怎么样?"

叶开不知道陈又涵怎么突然提起这一茬儿,都快忘了是哪个学妹了,随口敷衍地说道:"没怎么,就那样。"

"不许谈恋爱,听到了吗?"

"听到了!听到了!"叶开终于不耐烦起来,甚至有点儿恼羞成怒,"你真的管得很宽。"

陈又涵似笑非笑地看着他:"从小管到大,现在嫌我烦?尿不湿我都给你换过。"

"……"

叶开无声地爆了句粗口:"我又不是小孩子,可以停止提那些陈年往事了吗?"

陈又涵在他突然发脾气时愣了愣,蹙眉说道:"谁惯的臭脾气?你不是小孩子是什么?"

"我……"叶开辩无可辩,愤恨地冲他扔了一个抱枕。

左右无事,两个人打了几把游戏消磨时间,一转眼就到了下午。

手机屏幕亮了又灭，留下一个伍思久的未接来电。

陈又涵放下游戏手柄："忘了件事。"

叶开双手后撑着地板看陈又涵蹙眉，问道："公司的事？"

"没有，是一个学生，我忘了晚上跟他有约。"

"一个学生？"叶开一字一顿地往外蹦，匪夷所思地再度重复了一遍，"一个学生？"他忽然想起来了，"我知道了，是伍思久？"

轮到陈又涵感到匪夷所思："你认识？不是，你怎么知道？"

"之前看到你送他到学校。"叶开耸耸肩，拧开一瓶气泡水，"是朋友的孩子吗？"

"是我资助的一个学生，刚好在乔楚的店里兼职，就认识了。"

"所以刚刚那个药，也是他给你买的？"

"昨晚上他被乔楚支使过来照顾我。"陈又涵认真解释，"为了感谢，说了晚上要请他吃饭。"

叶开利索地起身："那今天就到此为止吧。"他抄起外套，拎起书包，"回见。"

陈又涵其实想干脆放伍思久的鸽子，转而去跟叶开吃饭的，但显然叶开没给他这个机会。他只好把话咽回肚子里，抓起车钥匙和叶开一道出了门。他退而求其次，想送叶开回家，但叶开再次拒绝了他："我要去趟市图书馆，你忙你的去吧。"

"我送你。"

叶开抿着唇笑，眼里有那么点儿不怀好意："又涵哥哥，你今天很奇怪呀，你不是在躲他吧？"

人精的后代果然也是人精。陈又涵默默闭嘴，目送叶开坐上专车后，才给伍思久回电话。

"嗯，是我，在哪儿？没有，睡过头了。"

汽车引擎轰鸣一声，驶入夜晚的洪流之中。

第二章 花市

伍思久提前在街角等他，身上背着画筒和书包。霓虹灯灯光将他的眉眼打扮得温柔，他低垂着眼的样子与叶开有几分相似，这是陈又涵从第一眼就辨认出的事实。

副驾驶位的门被打开，伍思久落座，将书包抱在胸前："又涵哥哥，你觉得好些了吗？"

陈又涵的精力异于常人，哪怕宿醉感冒也不妨碍他流连夜场，但伍思久的寒暄还是让他感到了一丝暖心："还行，想吃什么？辛苦你昨晚照顾我。"

伍思久抓着书包带子反复缠绕："都行，你定。"

陈又涵握着方向盘，在左转向的缓慢车流中，花了一秒的时间想了想："西临路有家万豪你知道吗？他们家的中餐厅不错。"

中餐厅在二十几楼，需要预约，但餐厅里的经理显然与陈又涵很熟。陈又涵不仅不用预约，一通电话过去，经理便把原本预留出的靠窗最好的位置给了他。原本的"Reserved[①]"立牌被撤走，换成了"VIP"。

侍应生在前方引路。环形的大落地窗将宁市华丽的夜景勾勒得宛如梦境，隔着一个街区便是宁市最正中的市中心，市立图书馆的玻璃幕墙闪烁着蓝光。

伍思久第一次进这样高级的场所，从进了电梯便开始手心冒汗，这会儿到了餐桌前，反而强行让自己镇定了下来，放下了书包。侍应生奉上餐牌后，陈又涵随口说："想吃什么就点。"

虽然是中餐厅，但那些名字还是起得洋气，什么配什么、什么烩什么。即使是普通的芦笋，这样娟秀的字体烫金烫银地印在特种纸上，也无端显得贵了许多。伍思久看了会儿，抬眸望向陈又涵，不愿将内心的局促和为难宣之于口。

---

① 已预留。

陈又涵也在看餐牌，没有注意到他的眼神，只说："要是没什么忌口的，那就听我点？"

伍思久如释重负。

餐厅经理在那边小声介绍着今天什么食材应季特殊，什么是刚空运到的。陈又涵忽然想起来："上次我带过来的那个客人，他喜欢的那道叫什么来着？"

经理对答如流："是两道黑松露，黑松露焗芦笋，以及松露和牛沙律。"

陈又涵轻笑一声："他确实喜欢，之前还让我给他做黑松露炒饭。"

经理应和着笑，听出了那位客人跟陈又涵关系非凡。

伍思久也听出来了，能让陈又涵亲自下厨做一道黑松露炒饭的，一定是很重要的人。这样的选项有很多，但伍思久便无端地确定是叶开。

"我也想试试黑松露。"伍思久出声说道。

他出了声，便知道自己失礼。经理看向他，面上挂着训练有素礼貌得体的笑。陈又涵不动声色地替他解了围："你想试黑松露的话，我比较建议你尝尝这道鳕鱼粒。"

雅致静谧的高空餐厅外，宁市错综复杂的车道堵成了红色长龙。

宁市的周末能从日出堵到半夜，市中心条条大路都不通罗马，两个小时过去都不一定下得了高架。叶开从图书馆出来，书包里都是新借阅的资料，沉得要命。家里司机过不来，网约车排不上号。谁让有钱人都住得那么僻静？出租车在这个点不爱跨区送客。叶开在坐地铁回家和就近住一晚之间犹豫不决。这个地铁站的客流量全国都排得上号，这时间他光进站都得排队半小时，何况今天还限流。他一个电话打给叶瑾："姐姐，帮我在图书馆这边订间房。"

过了会儿叶瑾发过来一个预订信息——西临路万豪宾馆。叶开将手机揣回兜，步行前往。电梯"叮"的一声在二十层停下。叶开放下书包，想起这家宾馆的顶楼是一家露天花园酒吧，可以俯瞰宁市夜景，还有很不错的 live①。他这个年纪喝不到酒，上去坐坐透口气也不错。

宁市四季如春，常让人迷惑在月份中。叶开脱了外套，只穿一件白色字母 T 恤衫上楼，刷了房卡顺利进入，过了一个布满绿植的玄关通道，眼前豁然开朗。乐队演奏刚要开始，乐手正在调音，露天的几张方桌都坐满了外国人，桌上点着香薰蜡烛，气氛很令人沉醉。叶开拣了张最后剩下的露天散台，要了杯无酒精的莫吉托，摸出手机给叶瑾随手拍了张夜景大片。

过了会儿，有人端着酒过来。叶开抬头，是个典型北欧长相的男人，个子很高，说自己是来宁市观光的背包客，想交个朋友。正巧乐队开演，这首歌真是中外皆知，两个人很自然地就着这首歌和原唱乐队聊了起来。等一首歌结束，小哥已经顺利地在他对面坐下，两个人碰了杯。一个喝的加冰威士忌，一个喝的则是无酒精的莫吉托，水晶杯里的液体在灯光下显得迷离。

叶开的英文流利，聊得热烈时，他便单手托着下巴，嘴角抿着笑，眼神在夜空下像璀璨星星，像朦胧月光，比威士忌度数更深。

陈又涵来这里用晚餐，推开玻璃门就看到这一幕场景，还以为自己眼花了。他只是上来抽根烟透透气，哪想着能在这里看到叶开。他大步走过去，劈手按住叶开的杯口："大晚上不回家跑这儿干吗来了？"

叶开也是一惊，宁市好歹是一线城市，怎么小成这样子？

北欧帅哥不明就里，见陈又涵气势汹汹，分辨不出好坏，便问叶开："What happened?②"

---

① 现场演出。
② 发生了什么？

陈又涵的英语不好，但不妨碍他骂人："Pen 什么？！"

叶开爆笑一声，在对面小哥的一头雾水中跟他解释。帅哥表情缓和，陈又涵不高兴了："你嘀嘀咕咕跟这个大个儿说什么呢？"

人都说北欧帅哥个个都是男模，眉目深沉，身材高挑，天生自带人鱼线。叶开戏谑地说："你是不是忌妒他比你身材好啊？"

"我忌妒他什么呀？"陈又涵礼貌又强势地冲那人做了个"请"的动作，加重语气："Leave, now!①"

叶开笑得肩膀都在颤抖，用尽各种礼貌用语向对方解释并道歉。小哥虽然不尽兴，但好在识趣，终于起身离开。陈又涵一屁股坐下，打了个响指，没好气地使唤服务生："威士忌加冰！"

"你怎么在这儿？"陈又涵烟不离手，在烟雾中眯着眼看叶开。

"堵车不方便回去。"叶开点了点手机，"我可跟我姐姐报备过了啊。"

"净折腾，喝完这杯马上给我滚下去睡觉。"

"你呢？你怎么在这儿？"叶开搅了搅冰块。

陈又涵无语地把打火机一扔："管得着吗？"

"谁管你啊。"叶开的笑容淡了下去。

气氛无可救药地冷场。陈又涵抓起杯子一口干掉酒，冰块在杯壁上碰撞，偏偏乐队唱了首特舒缓、特经典的英文情歌。有些外国人什么场合都能跳起来，就着夜景，就着灯光，手拉手走到花园露台上就开始抱着跳舞。陈又涵"啧"了一声，浑身毛孔都透露着不自在。叶开冲他说："又涵哥哥，去舞池吧。"

陈又涵的眼神里明明写着"你没毛病吧"，偏偏对上叶开的双眼，他却连半个"不"字都说不出。叶开站起身，走至他身前，笑道："不

---

① 离开，现在。

敢哪？"

陈又涵吐出一口烟，摁灭烟头："谁怕谁？"

其实谁会跳？谁都不会跳，两个人左左右右，前前后后，很好，跟着节奏再来一遍。叶开踩他无数次，笑得心口酸疼。陈又涵龇牙低声骂："你是故意的吧？"

"我又不会跳。"叶开无辜地眨眼睛。

接近年末，所有人都忙了起来。按照惯例，过完春节叶开便要飞去温哥华陪外公外婆。他们老一辈的华侨自然很想来宁市团聚的，但毕竟岁数上来了，十几个小时的飞行时间相当于酷刑，只能委屈叶开牺牲一下。叶开走之前，还需要参与一场叶家的年末答谢酒会。他作为宁通商行的未来继承人，每年都少不了几回要穿上正装、打起领带地装腔作势一番。

宁通商行是国内数得出的私人商业银行，年终酒会通常也被视为各行业新贵认识交流的机会，因此颇受关注。作为宁通商行的大客户，GC集团自然也在受邀行列，一般是陈飞一出席，顺道带着他不争气的游手好闲的唯一的亲儿子陈又涵。

酒会定在海边的瑞吉酒店里举行，议程很长，从下午三点一直到晚上八九点钟，先开会、表彰、总结，再进入推杯换盏互换名片的晚宴环节，最后还有个鸡尾酒舞会。

陈又涵前一晚在酒吧喝酒，睡到十二点才起，镜子前照出一张胡子拉碴的脸。他快速地冲了个凉，对着镜子刮胡子，这时手机屏幕上显示着"伍思久来电"。

伍思久刚陪他母亲逛完花市。他是个单亲家庭长大的孩子，和母亲的关系时好时坏，现在就处于好的阶段，因此哪怕抱了满怀带刺的花也很高兴："又涵哥哥！"

"嗯，怎么了？"陈又涵声音平淡。

"没怎么。快过年了，我刚逛完花市。你去过花市吗？"

陈又涵笑了笑："没有。"

"那改天我带你去！"伍思久毕竟是个刚成年的小孩儿，压根没想过以陈又涵的身份，又何至于自己跑去花市凑热闹找挤呢？

陈又涵一心只想着快迟到了，没怎么听进去他的话，敷衍地"嗯"了一声："在忙，先挂了。"

整理完仪容，先穿上上个月刚定制的晚礼西服，再戴上一块够买一辆跑车的表，宝石袖扣昂贵而低调，陈又涵抬腕喷了香水，拨弄了一下定型好的发型，对镜子里的自己还算满意。虽然黑眼圈没消，但刮了胡子换了衣服的他俨然又是个年薪千万的精英了。

他准备换辆车，便先回了陈家主宅。专属他的私人车库缓缓升起门，列出一排昂贵名车，个个锃光瓦亮、颜色醒目，但一想到沿海大桥那恨不得堵到天亮的路况，陈又涵顿时意兴阑珊，随手按亮了帕拉梅拉的车灯，真没劲。

刚把车开出车库，陈又涵便碰上了陈飞一的座驾。复古银顶迈巴赫的车窗缓缓降下，陈飞一一脸严肃的表情："上车。"

陈又涵乖乖下车，绕到另一边打开后座车门坐了进去。

陈飞一皱了皱鼻子，对男人打扮自己的行为很不屑，半带严厉地呵斥道："一天天没个正形！"

陈又涵低头看了看自己，挺无辜地摊了摊手："我今天挺上台面的。"

陈飞一不爱跟他斗嘴，沉默了一下，又交代道："等一下见了叶瑾，记得多聊聊。"

这事不是陈飞一第一次提，陈又涵知道他多半是来真的，有点儿使不上劲儿："你乱点哪门子的鸳鸯谱？"

"你跟叶瑾从小一起长大,两家知根知底,生意上又是枝叶相连,说句金玉良缘也不为过。再说,你一天天在外面瞎混以为我不知道?!叶通都知道!人家叶瑾不嫌弃你,你就烧高香吧!"陈飞一提起这个火气就大,忍不住开始咳嗽。

陈又涵眼观鼻,鼻观心,半个字都不愿意说,心想:一起长大怎么了?

因为宁通商行的这场年会,通往瑞吉的沿海公路豪车云集。迈巴赫在瑞吉恢宏奢华的正门口停下,门童替陈飞一打开车门,陈又涵没那架子,没等司机便自己从另一边下了车。门口早有宁通商行的人在接待指引,看到陈飞一先来了个礼数极致到位的鞠躬,将人往宴会厅的贵宾室领。

陈又涵一跟陈飞一在一起时,就自动降级为"纨绔子弟",在后头慢悠悠地跟着,伸手扯了扯打得太紧的领结。眼前一闪,是叶开的身影晃了过去,刚才还不耐烦的心情立刻阴转晴,陈又涵掉转脚步开溜,没两步便追上叶开,拍上肩膀吓了他一跳。

叶开原本是有点儿闷,想去空中庭院透透气,此刻见了陈又涵,又觉得不用了。

"谁给你挑的衣服?眼光不错。"陈又涵搭着他的肩,吹了声口哨。

"你傻了吧,哪年不是让造型师配的?"

"真会聊天,听不出我夸你今天好看吗?"

"我只是今天好看吗?你平常都瞎了?"叶开慢条斯理地说。

陈又涵又气又想笑,说话间来到空中庭院。这里已被宁通商行包下,除 VIP 外一律不得入内。门口守着两个戴墨镜、穿黑西服的安保,看见叶开先鞠了一躬,为他推开玻璃门。

空气被满目绿意浸染得新鲜而清新。

陈又涵到了室外就忍不住想抽烟,弹出一支叼在嘴里低头点燃了,长长地舒出一口气,架起二郎腿,抬手搭在叶开身后的椅背上。

"什么时候去温哥华?"

"大年初二。"

陈又涵算了算,也就没剩五六天了。

"到了给外公外婆问个好。"

"你得了吧。"叶开笑道,"外婆只会拉着叶瑾问你。"

话一出口,自己先愣了愣,勉强又笑道:"我随口说的。"

陈又涵拍了拍他的头:"大人的事,小孩子别操心。"

"你是怎么想的?"叶开掌心湿了,他揪了一片叶子无意识地搓弄,等反应过来时指尖已经染上了绿意。

陈又涵低头看着他玩叶子,把巴掌大的树叶叠一层,再折一层,语气松快地说:"我配不上你姐姐,也没什么想法。"

"那你……"叶开抬起头,愣愣地看着他的眼睛,问道,"你要结婚吗?"

陈又涵失笑,弹了弹烟灰:"不一定。"

"那……"

"那什么那?你哪儿这么多问题?"

"那你想什么时候结婚哪?"叶开忍不住问出口。

"神经。"陈又涵,"我没找到喜欢的人,怎么结婚?"

叶开张了张嘴唇。

陈又涵瞥他:"我的少爷,你又想问什么?"

"那你喜欢什么样的呀?"叶开问道,又觉得这个问题不合逻辑,凡事先问是不是,再问为什么,于是纠正道,"不是,你会喜欢人吗?"

"我的天哪。"陈又涵笑得连烟都夹不住了,"你是替你姐姐来刺探军情的吧?"

叶瑾才没这么无聊。叶开中肯地想,要是叶瑾想知道,会先派两拨私家侦探跟陈又涵两个月。

时候差不多了，陈又涵抬腕看表："行了，走吧，该回去受罪了。"

开会不得受罪吗？纵使内容精简再精简，可毕竟还顺带有行业报告，电子屏幕上的演示文稿翻过一页又一页，陈又涵打了个哈欠，看隔着两排在他斜前方的叶开正襟危坐，淡蓝的屏幕光将他的侧脸勾勒得瘦削精致，一折一曲组成一道无可挑剔的侧颜线条，哪儿都透着基因的偏心。陈又涵不自觉地微笑，心想自己像他这么大的时候还成天不着调，他却已经对这一切游刃有余了。

陈又涵看着叶开，别人也看着叶开，附带轻轻地交头接耳，有的还带上了谁谁家的大名，都等着跟叶开交朋友。

好容易挨到中场休息，陈又涵要了杯冰苏打水提神，扭头就看到叶开被包围了起来。这小子年纪不大气场却足，面对着一群长辈也毫无惧色，来来往往的试探话语都给滴水不漏地挡了回去，又乖巧又冷静。

叶通就站在陈又涵身后，笑得脸上皱纹都舒展："小开不错吧？"

陈又涵恭恭敬敬地问了声好："您一手栽培的，没有不好的道理。"

叶通低调谦逊一生，把所有的骄傲都给了孙子叶开，哪怕陈又涵的马屁透着一股敷衍，他也觉得悦耳得不得了。他把视线转向另一边的叶瑾，一身高定玫红色真丝西装，衬得她肤白貌美、个高腿长，又洒脱又妩媚，正端着杯鸡尾酒和闺中密友说笑。叶通点点头："我们叶家的孙女也是不差的。"

陈又涵被这句话激起警戒心，脊背的肌肉都绷紧了。

"又涵，你觉得呢？"

以陈又涵在人精堆里厮混惯了的本事，他竟连一声"是"都不敢说。

叶通"呵呵"地笑了两声，意味深长地拍了拍他的肩膀转身走了。

叶通一走，陈又涵松懈下来，这才发现手掌发麻，仿佛一身的精力都被抽空了。他烦躁地灌了自己一肚子的冰水，心里火得能放炮仗。偏偏叶瑾撇下朋友来打招呼，看他脸色不好还关心了一句："脸色这么差，没休息好？"

陈又涵几乎自暴自弃，恶劣地说："昨晚上没怎么睡。"

叶瑾瞬间懂了，暧昧地抿起唇笑了一下："我看刚才爷爷和你说话，聊什么了？"

陈又涵不能说实话，不知道这件事情叶瑾知道多少，又赞成多少，于是语焉不详地说道："没说什么，随便聊了聊。"

叶瑾拨了拨头发，眼神妩媚，语气却随意："今年春节怎么安排？"

陈又涵没回答，反而问道："你还是去温哥华？"

叶瑾笑出了一个浅浅的梨窝："没有，今年小开自己去。"

陈又涵生出股劫后余生的庆幸，稳住情绪装作不在意地说："孙浩在印度洋买了座岛，准备几个人一起去看看。"

姓孙的跟他们不是一个社交圈的，叶瑾果然无话可说，敷衍地羡慕说道："听着好棒啊。"

眼看着要冷场，主持人请大家就座准备下半场。陈又涵松了口气，抽出一支烟对叶瑾示意："不好意思，先抽根烟。"说罢也不顾叶瑾什么反应，径直绕过众人走向宴会厅大门。沉重的隔音门被推开，陈又涵倚着墙，长长地松了一口气，把烟叼进了嘴里。

"您好，先生，此处禁止吸烟。"一道金石般清越的声音响起。

陈又涵站直身体扯了扯领带："你饶了我吧。"

叶开从陈又涵手里摸过打火机，热的，带着对方不耐烦的体温。他举起手，"啪"地按出火苗，低低地笑："我帮你。"

陈又涵垂眸看叶开近在咫尺的侧颜。他低下头，就着叶开指尖的火苗深深吸了一口烟。

陈又涵闭着眼仰起脖子，面容在似雾的云烟里变得迷离，从下颌到喉结的曲线没入被稍解开一点儿的领带结。

里面传来隐隐约约的嘉宾致辞，他取下烟夹在指间，睁开眼对叶开笑："逛过花市没？"

"什么？"

陈又涵一撇下巴："走，哥哥带你逛花市。"

叶开被他拉得踉跄了一步："现在？"

"现在。"

叶开心想：你疯了。一墙之隔，嘉宾已开始下半场的分享活动，这是位一流名校的经济学教授，也是宁通商行的荣誉顾问，叶开还有问题需要向他请教。晚宴衣香鬓影，宾客云集，他还有许多叔伯长辈要问候致敬……一瞬间，爷爷的责骂、瞿嘉的语重心长碎片般纷纷扬扬涌向眼前，叶开的情绪起起伏伏，他看着陈又涵的背影，终于在一瞬间尘埃落定。他跟上了陈又涵的脚步。

陈又涵没开车，让礼宾处安排专车送两个人到花市，一路路况畅通，到地方只花了半个小时。两个人下车，高定西服，手工皮鞋，发型一丝不苟，在汹涌的人潮中活像两个 cosplay[①] 的。

G 省的花市说到底是年货集市，卖花、卖树、卖春联，也卖灯笼。年宵的花在摊子门口数以百计地摆着；还有各种树，金钱树、发财树、金橘树，凡是跟财有关的东西都被请进家里。欧月和年橘虽然八竿子打不着，但彼此的橘黄、橙黄、香槟黄也算是相得益彰。叶开第一次逛这种场合，看什么都新鲜，一下子就把那点儿愧疚心虚给忘了个一干二净。陈又涵随手扯掉领带扔进了垃圾桶，衬衫解开两颗扣子，单手插在裤兜里慢悠悠地落后叶开一步。

---

① 角色扮演。

这样的花市比较亲民，花很少有什么国外进口的，多半来自本地，朵朵新鲜水灵，有的连上面的露珠还没干。叶开看花了眼，看到向日葵问一嘴，看到满天星问一嘴，看到泡泡玫瑰也问一嘴。这些都是白问，反正陈又涵最后都会掏钱，叶开只是结结实实地被价格震惊了一把，扯着陈又涵的衣服小声说道："你知道贾阿姨每年在花艺上要多少预算吗？"说罢，他谨慎地比了个"五"。

　　陈又涵笑了，附身接过他手里的向日葵："产地不一样，别乱比。"

　　那几朵向日葵开得正好，被摊主随手用旧报纸裹了一裹，被陈又涵抱在怀里。白衬衣、黑西服配灿烂花色，在叶开眼底是一幅浓墨重彩的画面。他看着看着，鬼使神差地举起了手机。

　　陈又涵懒洋洋地侧身站着，一双长腿惹人注目，戏谑地笑："偷拍罚款。"

　　叶开收起手机："好呀，罚我九朵向日葵吧。"

　　陈又涵低头数了数："差一朵。"

　　叶开狐疑地走近他，虽然只是几块钱的事，但要是真少了一朵他得找摊主要去。然而陈又涵看着叶开，说："哟，忘了这儿还有一朵，齐了。"

　　叶开装没听到，转过脸时眼尾一瞥，看见包花的报纸头版刊登着一则公告——喜贺金婚。

　　硕大的标题下，印着两行黑体竖排小字："看此日桃花灼灼，宜室宜家；卜他年瓜瓞绵绵，尔昌尔炽。"想是子女特意为自己父母的金婚贺喜，意味含蓄而隽永，是老派的浪漫。

　　叶开愣在当场，别人的金婚贺词包扎了他的向日葵，他为这不期而遇的巧合打动，心也被这晴好日光晒成了透明澄澈的一片。

　　他抬起眼睛，眼神好亮，语调轻快："又涵哥哥，记得把这张报纸还给我。"

第二章 花市

"干什么？"

叶开说道："这是我自己买的第一束花，我要留作纪念。"

陈又涵哼笑一声，知道他满身的矫情少爷病又犯了，把向日葵塞还给他："得，您自个儿伺候着吧。"

今年的花市规模非比寻常，除了花花草草，也来了许多练摊儿的年轻人，售卖各种漂亮的手工花灯和真真假假的 vintage[①]；也有唱歌的，一把木吉他拨出一串清透音符，和着远处若有若无的非洲鼓的声音。

时间临近日落，叶开的脸被晒得通红，一身西服也早就热得脱了下来，连着陈又涵自己的一同被甩在肩上。

陈又涵见惯了他穿校服和 T 恤衫的样子，乍一看穿衬衫的叶开，没忍住多看几眼后又是几眼，说："过完年又长一岁。"

"嗯，十七岁了。"

陈又涵恍惚起来，总觉得那个小短腿叶开还在他眼前晃悠，比家里幼年的阿拉斯加还小，一转眼已经是个可以把白衬衣穿得很好看的少年了。

叶开总是很烦陈又涵把他当小孩子，然而其实那些他小时候的细节已经在陈又涵的记忆中逐渐淡忘了。陈又涵忘了他牙牙学语的样子，忘了他被冰激凌糊了满脸的样子，也忘了他背着书包端端正正地去上学的样子。

陈又涵不是个能记事的人，心里容不下很多东西，有些东西淡忘了，必然意味着有些东西已经挤了进来。

是叶开穿着 T 恤衫和帆布鞋过马路的样子，是叶开穿着白色球衣戴着棒球帽击打棒球的样子，和更多吉光片羽。

---

① 古色古香的旧物。

少年人正在不远处的摊子前，拨弄着掌心里一盆小小的多肉植物。

陈又涵笑了笑，走近几步靠近他。叶开还在长个子，两个人有将近十厘米的身高差。陈又涵将手搭在他的肩膀上，低下头陪他看着他掌心里那盆淡青色的小植物。

"陈又涵，你送我这个。"

小玩意儿费不了几个钱，叶开也好意思开这个尊口。陈又涵瞧着那又肉又短的叶子，"嗯"了一声，伸出食指勾了勾："有你小时候的风韵。"

"没完了是吧？"叶开发怒。

青春期的人最烦听人说小时候的事，陈又涵见好就收，收敛住笑意，问摊主："多少钱？"

"五十八。"

陈又涵扫码付完款，老板喊了一声，让正在写作业的小女儿帮忙打包。她手脚麻利，用厚厚的报纸将叶开那盆小植物包好，再用麻绳巧妙地编了个网兜。

气氛不尴不尬，高中生还在单方面生着气，故意落后一步，踩着陈又涵的影子一语不发，踩着踩着，一头撞上了陈又涵的背。叶开痛得闷哼了一声，捂住了鼻尖愤怒地说："你干吗呀？"

他问完了，捧着满怀的花，从陈又涵身后探出脑袋，看清楚前面逆光站着一个人。

原来陈又涵是遇见熟人了？

对方个子高高的，手里抱着盆金钱树。

是伍思久。

伍思久脸上的表情很怪，并非忽然相遇的惊喜和雀跃，反而有些尴尬。他干笑了一声："又涵哥哥。"

陈又涵"嗯"了一声，不冷不淡地说："这么巧。"

伍思久示意手中的盆栽："回家里才发现少拿了一盆,就跑回来取了。"

陈又涵点点头："那就快回去吧。"

他根本没想起今天下午,伍思久还在电话里跟他提了逛花市一事。那时的他心不在焉、兴致缺缺,却在下午跟叶开一起出现在了这里。

伍思久经过他们身边的时候,特意侧过头去看了叶开一眼。近距离看的时候,他才觉得叶开这么讨厌。

叶开平和但很冷淡的目光落在自己身上,对自己微微颔首的样子充满了教养,浑身上下透着他无法企及的从容气质。

天翼中学从初中部到高中部,没有人不知道叶开。他是宁通商行的少爷,是天翼中学校董主席瞿嘉的宝贝儿子,是竞赛成绩耀眼名列前茅的优等生,是话题中心,是天之骄子。从头到尾,关于他的一个坏字眼儿都听不到。

叶开这样子的人,为什么要跟陈又涵逛花市?这样平民化的地方,应该是他对陈又涵说"欢迎光临"才对。该在宴会高台上的人,就该好好待在宴会高台上啊。

伍思久停下脚步："你是叶开?"

叶开没有什么反应,倒是陈又涵若有若无地将他挡在了身侧:"你们认识?"

"天翼中学没人不认识。"

"你好。"叶开出声了。他的声音也那么好听,与他的长相、气质、身份无一不配。

"幸会。"伍思久这两个字说得轻巧,像咬着牙尖擦出来一般轻飘飘的,他又对陈又涵说:"又涵哥哥,新年快乐。"

等他的背影走远了,叶开才说:"在学校里总碰到他,倒是第一次打招呼。"

"你又不认识,想打就打,不想打就不打。"陈又涵从叶开怀里接过几捧花,被花粉熏得打了个喷嚏,"回去吧,晚宴该开始了。"

"你都这样了还出席?"叶开讶然地问。

陈又涵的领带早就被扔了,精心打理的头发耷拉了两绺下来,出了汗,衬衫变得垂软无形,西服更不用说,早就被折腾得跟咸菜没两样。这样子他要敢出现在宴会厅里,陈飞一估计当场就能丧失理智地追着他打。

"我的少爷,你还好意思说我?"陈又涵戳他的头,"跟玩了一下午泥巴一样。"

叶开忍不住大笑,小时候他爱当陈又涵的跟屁虫,经常缠着陈又涵带自己出去乱野,每次回来都得被关禁闭,而陈又涵也少不了陈飞一那一顿鸡毛掸子。

叶开心里掠过一丝微妙的感觉,胡闹的童稚时光隐没在眼前的黄昏中。十七岁,他马上就要十七岁了。十七岁过后便是十八岁,十八岁便是成年。

"又涵哥哥,过了明年我就十八岁了。"

"嗯。"

"十八岁不算早恋了吧?十八岁我可以谈恋爱了吗?"

陈又涵瞥他一眼,骂道:"问你妈去!"

十八岁能不能谈恋爱瞿嘉不知道,但她知道叶开在晚宴上姗姗来迟时,血压都快爆表了。

贵宾休息室。

瞿嘉压低声音怒骂:"上哪儿野去了?!"

陈又涵说了,如果长辈问起来,就让叶开老实供出他这个主犯。叶开问他不怕在爷爷那儿被扣分吗?谁知道这人打的就是这个主意。既然他上赶着"背锅",叶开也不跟他客气,从善如流地说道:"被陈又涵拉去逛花市了。"

瞿嘉愣了愣，骂也不是，不骂也不是，表情异常精彩，最后气得在叶开的屁股上狠拍一把："你少跟他玩！"

瞿嘉女士，是一名在加拿大长大、作风异常彪悍的女强人，叶瑾的升级版。叶家除了叶通，便是她唯我独尊。陈又涵知道瞿嘉不喜欢他，这就对了，要的就是不喜欢。只要瞿嘉看不上他，那么两家结姻亲这事便算黄了一半。

叶开哪里知道陈又涵的这些小心思，老老实实地换了身衣服，出现在宴会上时只推托说自己身体不舒服才来晚了一步。叶通最疼爱这个孙子，自然不会多说什么，只有叶瑾趁叶开落座之后悄悄说："又跟陈又涵偷跑出去了？"

叶开看了他姐姐一眼："你又知道了。"

等服务生给她换骨碟的当口儿，叶瑾压低声音地说："我看到他拉着你跑了。"

叶开和陈又涵玩得好，这谁都知道。叶开淡定地喝了口汤："谁知道他突然发什么疯。"

"带你去哪儿玩了？"

"花市。"

"花市？"叶瑾忍俊不禁，"你们两个人去逛花市？"

叶开"嗯"了一声。

叶瑾嗤笑："我都不知道该说你们两个谁更有闲心。"

除夕夜，万家灯火。

有钱没钱，回家过年；幸与不幸，都要过年。

伍思久很想给陈又涵拨一通简单的电话，跟他说一句简单的"新年快乐"，但陈又涵不知在忙什么，一直没有接他的来电。

床上填满了大大小小的东西，衣服、裤子、鞋包、文具、数码平板电脑，是很多高中生竞相追逐的新品。东西底下铺着购物袋和包装盒，有 logo①的、没 logo 的、烫金的、烫银的，个个雅致高级。

　　这都是陈又涵这两个月随手送他的礼物，是他学习成绩优异的奖励。

　　伍思久躺进了衣服堆，慢吞吞地把东西收拢进怀里，静悄悄地闭眼睡了。

　　叶家的团圆饭向来在家里吃，不重要的帮佣都早早地被放回家了，只有几个得力的像贾阿姨、陆叔这样的留下准备团圆饭。他们都是在家里待了数十年的老人，早已习惯了把家里人请到叶家，在另一栋别墅里团聚。

　　再有钱的家庭在这样的场合也不过是与普通人一样幸福。叶开被瞿嘉捏着手逗，像小时候一样。瞿嘉摸他的头发，捏他的骨骼，哪儿哪儿都透着满意，宠溺地说道："宝贝儿子，过完年就十七岁了，想要什么礼物跟妈妈说。"

　　叶开抱住她："想要妈妈身体健康、笑口常开，少骂我。"

　　一家人笑作一团，瞿嘉拿他根本没办法，又爱又气地拍他的肩膀："你少跟陈又涵玩，我就不骂你了！"

　　提起陈又涵，这又是一个话题。叶通端坐主桌边，声音沉稳中带着愉悦："又涵不错，虽然作风开放了点儿，但在咱们几个世交家族里看下来，我最看好他。"

　　能被叶通看好不是什么容易的事，叶开无端地觉得与有荣焉，心里"扑通"跳，几乎想马上给陈又涵打电话告诉他。叶征附和道："又涵是挺好。嘉嘉，你觉得呢？"

---

　　① 商标。

瞿嘉端起茶盏摆架子，慢条斯理地说道："一肚子的花花肠子，看一眼都怕得病。"

瞿嘉讲话是这个风格，这一呛声，其余人是静了，叶开却一口茶呛了出来，笑得差点儿断气。别人怎么想他不知道，陈又涵大概会回敬他妈三个字——过奖了。

叶征在桌底下掐了把瞿嘉，问叶瑾："宝宝，你跟又涵是同学，你觉得他怎么样？"

叶瑾早料到会有这一问，笑道："那得看你们挑的是哪方面了。合作伙伴当然好。"

叶征咳嗽一声，把话挑明了："那如果是作为伴侣呢？"

叶开把双眼睁得大大的，等着叶瑾的回答。

叶瑾想了想，委婉地说："我觉得妈妈说得挺对的。"

瞿嘉获得胜利，大张开双臂抱住叶瑾亲她的脸颊："宝贝真有眼光。"

吃完团圆饭各有各的节目，叶通跟老友看花灯喝夜茶，叶征和瞿嘉都约了人打牌，叶瑾跟几个闺密去开赛车玩刺激，剩下一个"三好学生"叶开。叶开也有人约，只是他不爱凑热闹，相比于唱歌、玩牌、开赛车的助兴节目，他更喜欢听唱片和看书。

翻开《维特根斯坦传》夹着书签的那页，叶开想了想，还是先给陈又涵拨了个电话。

电话一拨即通。

"新年快乐。"他省去了"又涵哥哥"的称呼。

"说吧，新年想要什么礼物？"陈又涵的笑声透过听筒传来，与黑胶唱片里流淌出的背景音融为一体，让叶开分不清遥远与此刻。陈又涵那边很闹，想必他又是在什么跨年派对上。

"谁稀罕似的。"叶开"喊"了一声，把平时看书写作业才戴的眼镜往额上一推，"我要的你送不起。"

"看不起人是吗？"陈又涵分开在泳池边群魔乱舞的男男女女，走向稍僻静的偏厅，"怎么，我们'GC'破产了？"

叶开想了想："那你送我一副眼镜吧，左眼一百五十度，右眼再加五十度散光。"

陈又涵差点儿以为自己幻听了："你寒碜谁呢？"

"我就要这个，我眼睛不好。"

"眼睛不好上医院去。"陈又涵一边骂道，一边在心里记了下来。

"今晚上聊起你了。"叶开靠上椅背，双腿交叠着搭上书桌。

"是吗？一想就知道没好话。你们叶家人都缺心眼儿，净知道占我们陈家人的便宜。"陈又涵倚坐在窗台边说着玩笑话，从烟盒里弹出一支烟叼进嘴里。

"你就这么看我们姓叶的人是吧？"叶开反唇相讥，"爷爷夸你了，说'又涵不错'，连我爸也说你的好话。"

陈又涵眯着眼呼出口烟，弹掉烟灰笑道："我好怕呀，哥哥我吓得哆嗦。"

"可惜你获得了我们家两位女士一致的反对票。"然后叶开忍着笑把瞿嘉的话复述了一遍。

陈又涵听完笑了，垂首捏了捏因为连续熬夜而酸胀的鼻根，风度翩翩地说道："阿姨过奖了。"

五个字，比叶开想得礼貌，陈又涵还知道加个"阿姨"。

"第一，我虽然情史丰富，但每一段感情经历都很健康。

"第二，我这不叫一肚子花花肠子，这叫赤子之心真情永不灭，好吗？"

叶开不知道他哪儿来的脸皮数十年如一日地扯淡，嘲讽道："你最好是。"

泳池对面，最近正走红的一个模特儿冲陈又涵招手。陈又涵摁灭烟头往外走去，嘴里打发说道："行了，不聊了，大过年的跟我聊这么起劲干什么？跟同学出去玩去。"

趁着他挂电话前的两秒，叶开抢着说："我后天去温哥华，你送我吗？"

陈又涵推开门的手停顿了一瞬，那模特儿侧身对着他，摆了个明星的经典 pose[①]，冲他抛了一飞吻。其他人全在起哄，有喊他的英文名"Vic"的，有喊"陈少"的，还有哪个故意喊"又涵哥哥"的。陈又涵都听在耳朵里，但世界喧闹，都安静在了叶开的呼吸中，隔着话筒的，若有若无，好像带着少年气息的干净呼吸。

"送吗？"叶开轻声问。

陈又涵这才听到叶开那边的背景音，是黑胶唱片独特的音质。

伴我星夜里幻想，方知不用太紧张。

他握住了玻璃门把，推开门，声音消失在漫天的火花和疯狂的尖叫声中。

"送。"

---

① 姿势。

第三章 看海

从叶家去机场车程近一个半小时,航班是上午十点,陈又涵一大早就去候着了。他为了这趟送机谢绝了所有的约会,破天荒地在十二点前上了床,调了三个闹铃,见到叶开的第一面还在打哈欠,连头发都没来得及打理,看着反而更显年轻了些。

叶开还在洗漱,把他带到三楼,请他在小客厅里坐着等。陈又涵没那么傻,两手插兜就在房间里巡逻开了。

陈又涵不常来叶开这儿,走马观花似的转悠,翻他的练习册,干干净净的字迹,连草稿都很整洁。书房里,欧式古典书架顶天立地铺满一整面墙,旁边放着一架转轮三阶实木小阶梯。陈又涵当初在公寓装修时也花了十几万买书,把书插满了整个书架,不过他纯粹为了装饰,大部分书这辈子不会翻开看一眼。

闲得无聊,他的视线从书脊上一一扫过,目光一凝,停留在一个黑胡桃木竖方形的相框上,里面框着一张旧报纸。

"看此日,桃花灼灼……"陈又涵默念道,又反应了一会儿,忍不住低笑出声。

与书架相对的是半面唱片影音架,放着叶开从世界各地淘来的黑胶唱片和蓝光CD。陈又涵扫了扫，外国乐队和纯音乐居多，实在想不通年三十那天叶开怎么会放出一首国内的经典老歌。单人沙发椅旁边的边几上，蓝色陶瓷花瓶里插着的十几朵向日葵开得正盛。陈又涵料想，这是花市带回来的那一束。

叶开在外面叫他，陈又涵转出门，见叶开单肩背着一个双肩包，已经把自己收拾妥当。陈又涵走过去，从他肩上拎下书包，与他一起下了楼。

贾阿姨命人准备了早餐，但叶开怕误机，便决定去机场看时间再说。陆叔把两个行李箱放进陈又涵的SUV的后备厢。陈又涵搭了把手，发现行李箱死沉死沉的，就诧异地问叶开："你搬家吗？"

这里面哪是叶开的东西，分明都是给外公外婆的，是亲家和亲女儿的拳拳爱意和孝心。叶开无奈地摊手："别看我，我只是个平平无奇的搬运工。"

陈又涵笑了，拍了拍他的头："上车。"

早晨路况好，导航规划用时是一个小时。叶开用手机值完机后，点开本地电台，跟陈又涵有一搭没一搭地闲扯。其间被问到春节度假什么安排，陈又涵还惦记着跟叶瑾扯的那个谎，随口复述了一遍。叶开笑了笑，别说印度洋，就算去了南极洲，陈又涵也不过是换了个地方纸醉金迷。

陈又涵简直没辙，本来就困，加上车里不能抽烟，憋得烦躁："是，是，是，我风流，我感情史丰富，你可以换个方向抨击吗？"

叶开见他真的动气，反倒安静了一下，道歉："我不是那个意思。"

这一下离别的气氛荡然无存，两个人都憋着劲儿不说话。过了会儿，陈又涵见叶开半天没动静，以为他真被气到了，扭头一看，发现叶开竟然睡着了。

叶开的睡颜很乖，头稍偏着枕在椅背靠垫上，嘴唇自然抿着，额发茸拉了两缕下来，遮住了纤长的黑色眼睫。他的呼吸也很轻浅，晨曦从车窗一侧投射而下，照在他微微挺翘的鼻尖上。

陈又涵无声地勾了勾嘴角，将叶开那侧的冷气出风口调小。

叶开到了机场时，都还是蒙的，他没想到自己竟然睡得这么沉，情绪顿时有些沮丧。陈又涵停了车，推着行李推车与他一起进入值机厅。大年初二，跨国远途航班已经冷了下来，人不是很多，叶开在自助托运柜台前办理了托运，一看表，还剩两个小时，走向安检区的脚步就慢了下来。

陈又涵适时停下，手插裤兜随意地说道："时间还早，陪我去吃个早饭吧。"

他选了家茶餐厅，点了虾饺、伦教糕、艇仔粥、蒸排骨、叉烧包、流沙包和榴梿蛋挞，甜的都归叶开。叶开一看这分量就饱了："你真看得起我。"

陈又涵掰开一个流沙包递到他嘴边，低声下气地说："多吃糖心情好，心情好就不生气。"

叶开愣了。陈又涵在哄他？

他勉为其难地接下了流沙包，咬了一小口。

"够甜吗？"

叶开嚼两下，摇头。

陈又涵无赖地说道："再尝一口，再给它一个机会。"

于是叶开便又低头咬了一口。这次咬到了中间的馅儿，齁甜。他细细咀嚼，甜味儿在舌尖蔓延开，一直绷着的脸终于也忍不住笑了起来。他这一笑，陈又涵的心如释重负，也跟着笑。

两个人在这种氛围里吃完了早餐。陈又涵拎着书包陪他走向安检区："到了温哥华别忘了写寒假作业。"

他真是没话找话。

叶开接过书包，懒懒地说了一声"知道了"，接着便独自一人步入了安检区。道别方式是抬起一只手扬了扬，他连头也没回，酷得要命。

队伍人不多，但行进得挺慢。手机"嗡"地振动了一下，叶开摸出手机，显示有一条新的微信消息。他打开，看见陈又涵的头像上有个小红点，对话框里写着"回头"。

叶开不自觉地扭头找他。陈又涵还在原地，单手插在裤兜里很随意地站着，伸出一只手挥了挥，看口型是说的"拜拜"。叶开笑了，笑过后无情地给他回了一条"无聊"。

从宁市去温哥华没有直达航班，从东京转机后再飞行十个小时，落地时已经是第二天，朝阳初升，叶开透过舷窗观赏了一场磅礴的日出，用手机随便拍了几张照片，落地连上网后，给家里的微信群和陈又涵都发了一遍。

叶开提取行李往出口走去，看见外公搂着外婆，外婆高举着一面写着"叶开宝贝"的白板。叶开推着两个行李箱腾不出手，先被他们一人熊抱了一下。

他对温哥华很熟悉，这基本相当于他的第二故乡，在十几年的度假时间中里里外外都玩遍了，因此来陪老人家就真的只是陪老人家，顺带像陈又涵说的，好好写寒假作业。

两个老人单独住在一个僻静的富人区，请了帮佣和园丁。外公白天要去公司，叶开闷了就由外婆开车带他在镇上遛弯儿，去近郊看雪山冰湖，每天除了写作业便无事，早晚遛阿拉斯加，偶尔帮外婆在花园里除草施肥。

本地人的花圃里玫瑰、郁金香、虞美人一个赛一个地争奇斗艳，草坪光鲜靓丽，外婆的园子里则是樱花树挨着番薯，玫瑰花瓣落在大白菜田垄上，紫藤萝花架下插着脆生生的大白萝卜，特别朴素，特别经济。

叶开戴好斗笠，穿好围裙和胶筒靴，手握花锄的样子很像那么回事。外婆高兴地给他"咔咔"狂拍照。照片发到群里引起一波热烈讨论，结果话题还没凉透，第二天发现挨过锄头的植物都死了，祖孙情顿时宣告破裂，连抢救都抢救不了。

陈又涵被这事笑得手机都拿不稳，一个视频电话拨过去，看见叶开那边艳阳高照，一张脸被晒得发红，戴着斗笠的样子像个小花农。大冬天的，叶开擦了擦额头上的汗，一脸委屈的表情："我被外婆驱逐了。"他全副武装，打算再接再厉，将功补过，结果得知了一个永世不得踏入花圃的晴天霹雳。

陈又涵说："给我看看你的杰作。"

屏幕掉转，叶开拍出一地凋红残叶，陈又涵笑岔气："你还是放过它们吧，它们来世上一遭不容易，就被你给祸害了。"

叶开把脸一拉，不玩了，写作业去！

陈又涵叫住他："几号回来？"

去年过年早，过完年还有将近二十天才开学。叶开打算在这儿待半个月，便算了算："大概再过两周吧。"顺道关心了一下印度洋的风景，"荒野求生好玩吗？"

"好玩，一群美女在沙滩上排成一排扭秧歌，就问你刺不刺激？"陈又涵心不在焉地打趣。

"低俗。"叶开鄙视了一下，被阿拉斯加一把扑倒狂舔。

"佳佳！别舔了！"叶开被狗的口水糊满脸，握着手机不住地扑腾挣扎。佳佳意犹未尽地放开他，两爪搭在肩上冲屏幕"呼哧"地喘气。陈又涵家也养了头阿拉斯加，他轻车熟路地隔着网线逗它，问："男的女的？"

"母的，小姑娘。"

"天哪，叶开，"陈又涵浮夸地说道，"你被小姑娘制服了。"

叶开撸了一把狗头,决定结束和陈又涵的无营养互怼:"得了,别污染我和佳佳的纯洁友情,你还是看你的沙滩美女去吧。"

屏幕一闪,一人一狗都干脆利落地消失了。陈又涵扔掉手机,脱掉T恤衫去冲凉。什么印度洋?什么白沙滩?他度过了他人生中最清心寡欲的三天,没有其他人。

叶开在书房里老实了两天,透过窗户看外婆佝偻着身子把土翻新,埋入新的花苗,到底心虚,心想不动锄头我除除草总不错吧。他"噌噌噌"地下楼去到工具房,套上胶面网背手套,提着花篮,花篮里盛着花剪和小喷壶,走入冬日的阳光下。

白色藩篱外,一个年轻人站着,单手拎着一个奢牌休旅包搭在肩上,另一只手指间夹着烟。

叶开在台阶上站住,手松了,花篮掉在地上。

"请问,"青年半举起烟示意,"这里是小花农的家吗?"

他笑得太坏了。

叶开脚步跌撞地奔向栅栏口。

匆忙的脚步惊起了佳佳,一人一狗奔向白色的篱笆。奔跑过程中,叶开未系绳的遮阳帽飞了,在晚霞和柔风中打着转。

叶开难以置信,气喘吁吁地问:"你怎么来了?"

他感觉像做梦。

陈又涵垂眸,十几个小时的飞行旅程后见到叶开,有种不真实的虚幻感。西沉的斜阳将穿着白色毛衣的叶开勾勒得像油画,可惜这柔情没停留几秒,叶开便在他身上掐了一把:"疼吗?"

烟都掉了。

陈又涵表情扭曲:"你怎么不拧你自己?"什么逻辑!

将包随手扔在地上,仗着手长腿长的优势,陈又涵一把握住叶开的胳膊将他拉向自己,在他的额头上放肆地弹了一下,问:"疼吗?"

两个人隔着篱笆栅栏互相"问候"，叶开只手捂着脑门儿，被外婆一嗓子给喊愣了："谁欺负宝宝了？！"

与叶开相比，外婆更像个地道的花农。她穿着香芋紫色的毛衣，围着淡鹅黄色的波点围裙，头上戴一顶草帽，脚上是及膝胶筒靴，手里气势汹汹地握着一柄锄头。叶开怀疑他要不解释一下，外婆能一下子把陈又涵锄进医院，忙说："外婆，是陈又涵！"

兰曼女士已经很多年没见过陈又涵了，对他的印象还停留在七八年前，那时候陈又涵刚毕业没几年，还没接受来自家族董事的各种捶打，是个风流倜傥的贵公子。她握着花锄的手垂下，眯着眼打量篱笆外的高大男人。

身为隐退后依然受邀出席国际时装展的独立设计师，她习惯了看人先看打扮，一眼扫过去任何一个细节都休想遁形。只见他一身黑色长款羊毛大衣，里面是白色休闲衬衫，扣子解开到胸口往上，露出里面的黑色半高领打底毛衣，一条简单的银色项链点缀其上，项链是雪山的款式，山尖缀满了细钻。冷淡的香味儿若有似无，形成完美呼应。天哪，一副花花公子的模样。

陈又涵坦然接受前时尚设计师的苛刻打量，笑着伸出一只手："好久不见了。"

年过七十的外婆摘下手套，骄矜地伸出手。陈又涵却握住了她那只保养得很好的纤手，施了优雅的吻手礼："兰小姐还是如此明媚照人。"

叶开微妙地嘴角微抽，用尽了毕生修为才没有翻白眼。

外婆被陈又涵的一句话哄住，亲自打开栅栏门将人迎进来，顺带嗔怪地点了一下叶开："让人家在外面站那么久，宝宝是不是忘了怎么待客了？"

陈又涵闻言，回头含笑看了叶开一眼。叶开提着他的休旅包跟在身后,像个拎包的小门童,心里骂了无数次"浑蛋"。

华裔佣工端上新沏好的伯爵红茶,又端上佐茶甜点。陈又涵是个人精,茶和甜品都没什么好说的,逮着瓷器茶具夸了半天。外婆笑得端庄谦逊,但任谁都看得出她很高兴。

"又涵怎么想起来加拿大了?"她笑眯眯地问。

叶开也看向陈又涵,等他的回答。

陈又涵轻描淡写地说:"合作方邀请,考察项目来了。"

兰女士对商务一窍不通,没那兴致,因此只是点点头:"那要待几天呀?有时间的话,让宝宝陪你逛逛。"她问话的神态和语气都很天真,像是一辈子都待在象牙塔里的人。陈又涵讲话便也轻声细语,仔细哄着:"大概十天,我不用,让叶开多陪您才是。"

叶开冷眼心想:我要写作业、种花,谁有空伺候商务差旅人士?

一盏茶在闲谈中喝过,眼看日头更沉,兰曼问:"酒店安排好了?要不要在家里住?有房间的!"

陈又涵婉言谢绝:"您客气了,酒店已经安排好了。今天来得唐突,本应明天再正式登门拜访的。"

外婆听出了他的言外之意,便顺着地说道:"刚好明天是周末,宝宝他外公也休息,不如晚上来家里吃顿便饭吧?"

陈又涵不再推托,定下明天下午六点的时间后,便要告辞。兰曼想让家里的司机送他,听说他已经预订好了车,便搁置了这打算。没几分钟,门外响起了一声克制的喇叭声。

"车子到了。"陈又涵带着歉意地笑,传达出仿佛谈兴未尽便不得不告辞的那种恰到好处的遗憾之意。他起身与外婆拥抱告别,套上大衣,拎起包。叶开冷眼看着,无动于衷。

还未走到玄关,陈又涵突然停下,半转过身漫不经心地笑:"叶开,你不送送我吗?"

兰曼如梦方醒："对呀，宝宝快去送送又涵。"

叶开跟在他身后。两个人走出别墅门，穿过庭院花圃中的青石路，穿过篱笆门，走到院子外，停在车前。

叶开心里还没做好决定，陈又涵已经擅自做主地打开车门说："上车。"

叶开回头看了兰曼一眼。她半倚着篱笆门轻声说道："早点儿回来。"

他这才上了车。

两个人在后座上挨着坐，包被扔在副驾驶位上。度过沉默的几十秒后，陈又涵懒洋洋地说道："生气啦？"

叶开此地无银三百两："没有啊，我生什么气？"

"气我出差来加拿大，没有提前和你说？"

那是有一点儿的，可是叶开总觉得好像不是在气这个。叶开觉得这股情绪莫名其妙，又辩解不出，便胡乱地承认下来："大概吧，也没有。"

"到底是有还是没有？"

"没有。"叶开往另一边侧过腿，摸出手机点开游戏界面，还没加载完手机就被一只手盖住了。他抬眸，不解地看向陈又涵："干什么？"

陈又涵另一只手伸向大衣口袋，从里面掏出一只扁扁的荔枝纹真皮按扣长包，看着像是钱夹。叶开不明所以地接过包。陈又涵笑："你不会真以为我来加拿大是出差吧？"

扣子是磁铁的，很轻易便打开了，翻开盖面，露出里面的东西。叶开词穷了，愣怔地看着陈又涵。

"国际加急人肉快递，十七岁快乐。"

叶开做不出表情，有些慌乱地低下头，取出这副被黑色方巾卷

第三章 看海

着的眼镜，亚光淡金色镜架，方形带圆边的镜框，薄薄的镜片上一粒灰尘都没有。他打开镜腿，动作很轻地戴上去，散光和近视都被治愈———一定是他的错觉，他才会觉得陈又涵此刻在等着他的反应。

陈又涵以为叶开会问"好看吗？"，结果对方呆呆地看着他，半晌缓缓吐出几个字："你有病吧。"

陈又涵不干了，拍狗似的拍他的头，骂骂咧咧地说："怎么说话呢？"

叶开抿着唇不让自己笑，但笑意染上嘴角，没憋出什么正经八百的表情，倒憋出了一个快乐的小梨窝。他装蒜，抬臂枕住后脑勺，闭着眼说："那好吧，谢谢又涵哥哥。"

十几个小时的飞行时间，一落地连酒店都不去便风尘仆仆地赶过来，全为了这一句，陈又涵认定自己脑子抽了。他要是有个亲弟弟，连亲弟弟都得骂他偏心。

陈又涵到了丽思卡尔顿入住，叶开看在这副眼镜的面子上给陈又涵当侍应生。衣柜做得高，对还在长个子的叶开来说有些吃力。他把大衣搭在手肘上，伸长胳膊取衣架，抖搂一番后挂好。他一低头，看见地毯上躺了张白色小字条，便俯下身捡起，发现上面写了一串手机号，是个国内号码，落款是"Cherry"，后面跟了个可爱的小爱心。叶开又看了一遍，没看完被陈又涵劈手抽走。

陈又涵脱了衬衫，只留下里面的黑色半高领羊绒打底衫，整个人看着异常冷峻。眉头微蹙地走到落地窗前，他将卡片正反面扫了一眼，随手扔进了垃圾桶。

"空姐塞的。"陈又涵解释。

叶开面无表情，怪浮夸地"哇"了一下。

陈又涵笑了一声，推开一点儿窗户，熟练地取出烟。远方是雪山，近处是湖泊，绿茵如毯，几只散养的绵羊在上面悠闲地吃草，是个度假的地儿。陈又涵琢磨着未来几天怎么安排，却听叶开说："你不留着吗？"

无奈，他掏出手机扔过去："密码是'357159'，点开微信看标签。"

叶开依言打开微信，一长列标签滑下，果然还是"空姐"两个字最独特醒目，后面跟着颇为壮观的"（98）"。他继续点进去，一水儿的"Cherry""Lisa""Apple""Lily"，头像一个赛一个地漂亮。叶开震惊到失语。陈又涵叼着烟欠揍地说："忙不过来。"

叶开把手机扔回去，套上羽绒服，高贵地说："我要回去写作业了。"

陈又涵拿好学生没辙，摁灭只抽了一半的烟，拉住叶开的胳膊，垂首凝视着他，沉声温言："陪我吃个饭吧，好吗？"

外公外婆一定在等自己吃晚饭，叶开内心犹豫了一下，回绝了他。

留人吃饭不成，陈又涵退而求其次，一心只问："眼镜是我亲自挑的，喜欢吗？"

叶开打从戴上眼镜就没摘下，透过一个矫正过的无比清晰的世界看陈又涵，仍是只看到他冷峻英挺的眉目，嘴角微微上勾，里面压着黑色浓云般的侵略性。不管什么时候看过去，叶开都觉得他有股漫不经心的坏的劲儿。

送眼镜本身只是叶开随口一说，没想过陈又涵会当真。他抬眸正视陈又涵，说："喜欢。"

叶开洗完澡爬上床，手机里塞了一堆消息。他习惯性地先点开微信，刚好蹦出叶瑾的视频电话请求。

"起这么早？"

那边现在应该是七点不到，叶瑾放假喜欢睡懒觉，这个点起床着实不对劲。

"醒了，想你了，聊完再睡。"

第三章　看海

叶开被她肉麻得激灵了一下："我鸡皮疙瘩都起来了。"

叶瑾揉揉惺忪的睡眼，看叶开的脸毫无章法地塞满了屏幕。这死亡角度要搁普通人身上早就成歪瓜裂枣了，然而叶开这样还是好看，鼻子、眉眼、下巴甚至牙齿都精致耐看。叶瑾甚至能数出他根根分明像小扇子一样自然上翘的睫毛。她羡慕得很："都是一个妈生的，我怎么觉得你比我还好看呢？"

叶开低下头笑了一下，露出 T 恤衫下一截细白的锁骨："你睡傻了吧？谁有你好看哪，叶家五口数你最美，思源路第一美人。"

思源路是一条僻静的临海山路，住的人家一户比一户显赫，夸叶瑾是"思源路第一美人"，那是把整个宁市的上流社交圈都给比下去了。

叶瑾没忍住笑了，嗔怪地说了声"你呀"，而后卷着头发不经意地问："听说陈又涵去加拿大了？"

叶开笑容淡了点儿，"嗯"了一声。

消息传得真快。事实上，他和陈又涵在酒店里讨论空姐那会儿，这消息就不胫而走飞越太平洋了。全拜兰曼女士所赐，把陈又涵如何从天而降，如何绅士倜傥在群里拿着小喇叭一通乱吹，连瞿嘉都被炸了出来说："妈，陈又涵给你多少钱，我出双倍，那黑心钱咱不屑。"可惜兰曼对陈又涵"一见倾心"，高调宣布明晚要请他用家宴，还特意@了叶瑾。

"他去加拿大干什么？不是在印度洋小岛上度假吗？"

叶开切出微信，随意点开一个学英语的软件开始训练阅读，嘴里敷衍地说道："不知道，他说临时来考察项目。"

叶瑾那边不知道脸上有什么表情，静了一会儿才说："你什么时候回来啊？"

"你明知故问啊？"叶开心里做翻译速读，脸上的笑若有似无，

"还有一周多吧。"

"那你到时候和他一起回？"

叶开终于放弃了没看进去几段的外文杂志，但也没切回到微信界面。他仰躺着面对天花板，双臂舒展叠在后脑勺下，轻声说："不知道。你是不是想来加拿大？"

叶瑾犹豫了一下说："昨天外婆让我去呢。"

叶开撇了撇嘴："那你来吗？"

"不去。"叶瑾利落地说，"要是去了，咱们兰女士肯定让我带陈又涵到处玩。我吃饱了撑的，飞一天去给他当导游。"

话聊到这儿就结束了，叶瑾回去睡回笼觉，叶开了无睡意，拧开台灯随手翻开一本外文小说。这一看便到后半夜才睡，他第二天起来时，乌青的两个黑眼圈把兰女士吓了一跳。

"半夜不睡觉考哈佛大学呢？"

叶开慢吞吞地喝完一杯牛奶，反应迟钝地"啊"了一声，舔了舔嘴唇上的奶渍，说："考剑桥大学、牛津大学不行吗？"

"行，哪儿远你跑哪儿。"英吉利海峡给风湿腿疼的兰曼留下过深重伤害，她坐在对面，看叶开动作迟缓地切培根和煎蛋，闲聊地问，"真想去英国念书？"

这个问题叶开没怎么想过，他才高一，许多人生的大事还没有进缓存条，随口说："不去，还是哈佛大学吧，离咱们高贵优雅的兰女士近一点儿。"兰曼端庄地浅笑了一下，又叹了一口气："你跟叶瑾两个人一个比一个有主意，一个比一个倔强。你看她，三十多了还不结婚。"

"外婆，妈妈正给姐姐挑着呢。"

提起瞿嘉，兰曼更生气了："我说你们两个小祖宗这么难伺候，原来是净得我亲女儿真传。"

第三章 看海

外公瞿仲礼晨间散步回来，腋下夹着几份报纸和信件，像个做派古典的老绅士。他抖搂开当地的华人商报，喝了一口红茶问："又涵什么时候来？"

"下午呢。"

瞿仲礼"嗯"了一声，窝进沙发里："听你那么夸，我倒要看看这陈飞一教出什么好儿子。"

兰曼掩着嘴对叶开悄悄说："吃醋了。"

"我听到了啊。"瞿仲礼抖了抖报纸，故意"哼"了一声，引得祖孙两个人发笑。

叶开一睡不好就没胃口，小猫似的只舔了点儿早餐，便上楼去练竞赛题了。他拼了两个小时，实在熬不住，趴回床上昏天暗地地睡了起来。再醒来时斜阳照进西窗，将原木色的书桌和白色的飘纱渲染得一片金黄，他疲倦地从被窝里摸到手机，看到了数条未读信息。

其中两条是陈又涵的，一条问他起床没有，另一条是问他外婆喜欢什么花。

糟了。叶开揉揉头发从床上跳下，一个箭步跃至窗前。他的窗户正对着前院花圃，他就见外婆正在给玫瑰修剪枝丫。再一错眼，外婆佝偻的背挺直了，面向门口挥了挥手，叶开将视线顺着飘过去，见陈又涵沐浴着一身夕阳，推开篱笆门走了进来。他穿着休闲西服，很英伦的款式，怀里抱了一大捧花。叶开不怎么认识花，远远看去，只觉得那是一片如山岚雾霭般的紫色。

外婆喜欢紫色，陈又涵居然只见一面便猜到了。

叶开看着他从容地穿过院落，停下，将捧花送到外婆怀中。过了两秒，外公也出来了，昂首阔步地走向他，亲昵地拍了拍他的肩膀。三个人说笑的声音隐隐约约传上二楼，在暖阳的光柱中散漫地飘浮。叶开看着他们站在夕阳下闲聊，看得入了神。

陈又涵似有所感，悠悠地一抬眸，准确捕捉到了二楼窗台后的身影。两个人隔着上下楼的距离静静对望，视线在空中交汇。陈又涵笑了笑，漫不经心地收回视线，仿佛刚才只是不经意瞥到了一只飞鸟。

叶开离开窗台，脸被夕照晒得通红。

他后来一直梦到这一幕场景，梦到他捧着花沐浴着落日的光走入这座温哥华的房子。

叶开梳洗好下楼，对刚才的事情只字不提，假装刚睡醒的样子。他穿着宽松的奶白色细绒毛衣，脚上一双可爱的兔子棉拖鞋，是兰女士硬塞给他的。陈又涵在客厅里陪瞿仲礼聊天。叶开悄无声息地坐过去，拿起了一颗车厘子。

陈又涵目光含笑地瞥了他一眼，好像在看谁家的小孩儿。

过了会儿，兰曼抱着花瓶过来："又涵，你看看，好看吗？"

简单的白色玻璃花瓶里覆着那一大朵紫色的云。近了看叶开才知道是深浅不一的紫，是由数十朵花组成的一场轻盈的梦。

"好看，"陈又涵笑了，"和您今天的耳环特别配。"

叶开抬头，发现外婆今天戴的是贝母镶紫水晶的复古耳钉，心里不免想着：这男人成精了，难怪哄谁谁投降，撩谁谁中招儿。又不愿见陈又涵真的得意，叶开便故意问："什么花？"

"浅紫色的是落新妇，香芋色的玫瑰是伊迪丝，像烟雾一样淡绿色的是柔丝。"

叶开拆台："记了一路吧。是不是挺难的？"

陈又涵说："何止，记在备忘录里了。知道外婆要问，刚刚才复习了一遍。"

兰曼和瞿仲礼都笑了。

四个人的小家宴到处透着股温馨的气息：复古精美的餐具，完美的光影，相得益彰的烛台，盛放得灿烂的鲜花，以及毫无隔阂和冷场的笑谈。话题多半是围着叶开和陈又涵进行，尤其是叶开小时候的那些糗事，被第一百次不厌其烦地提起来。什么裹在襁褓里被阿拉斯加叼走，和柯基赛跑，被陈又涵遛狗似的扔皮球，在迪士尼里迷路了一边哭鼻子一边说要找又涵哥哥……哪怕都已经会背了，外公外婆还是笑得前俯后仰。

在这种场合，年纪小的人除了被打趣外没有任何人权。叶开叉起一块厚切牛肉粒，幽幽地说："这种事到底还要说几年哪？"

陈又涵刚好坐在叶开对面。光影错落地流转在叶开精致瘦削的脸庞上，在他的背后，镏金陶瓷花瓶中插着一束落日珊瑚。听到叶开小小的抱怨声，陈又涵低低地笑了一声："说到你二十岁吧。"

"不止吧。"叶开抬头看他，清冷的眼神正衬着背后的浓墨重彩，画面美得像电影。

"是不止，"陈又涵慵懒的嗓音响起，"说到八十岁也新鲜。"

吃完饭，陈又涵又陪着他们闲谈了许久，喝了两盏茶。直到城市陷入了灯光浓影中，陈又涵才起身告辞，走向从车行租的车子。

叶开见陈又涵没有系安全带，出声提醒。陈又涵应了一声，垂首闭眼捏着眉心，一脸疲乏的样子。叶开拿他没辙，俯身过来拉出安全带，摸索着插扣。

"咔"的一声轻响，叶开松开手回身，却不知道陈又涵什么时候睁开的眼。

陈又涵的眼神深沉，衬着城市的繁华灯影，恍若星辰散落。

"怎么了？"叶开听见自己问。

"不回酒店。"陈又涵说。

"那去哪儿？"叶开浓黑的睫毛仓皇地垂下。

陈又涵想了想，说："叶开，陪我看海吧。"

冬夜看海吹风，他不是脑子抽了，就是精神有问题。

然而叶开双手攥着安全带,说了个"好"字。

车子开进了史丹利公园,隔岸的温哥华北部灯火通明。涨潮了,黑色的海水一波又一波温柔地上涌,摇晃着港湾里白色的游艇。陈又涵找到地方停车。

两个人下车,立刻被海风吹得打了个寒战。

叶开与他并肩而立。水是黑的,灯是橙黄的,摇晃在月光下的海上,像缥缈的浮游生物。步道上还有人迎着风夜跑,草坪上三三两两地坐了几个像他们一样脑子抽风的年轻人。

叶开虽然裹着羽绒服,但还是感到冷风顺着骨髓沁入体内。他揶揄地问:"又涵哥哥,温哥华的海好看吗?"

陈又涵捋了把头发,吹了一声轻快而悠扬的口哨。

"冒昧地问您一个问题。"叶开彬彬有礼地说。

"您请说。"陈又涵礼尚往来。

"没有说您年纪大的意思,不过,"叶开一歪头,笑得欠抽,"您冷吗?"

陈又涵:"……"

十七八岁的少年就是嚣张,超过二十五岁就被他们无情归入中年人行列,三十三岁"高龄"还能被叫一声"哥哥",那可真是叶开给面子。

"冷,怎么?"在若有若无的光影中,陈又涵好笑地睨他一眼,走近了一步佯装要收拾他。

叶开投降,求饶:"我错了,您年富力强,青春芳华,屈屈零摄氏度的海风能怎么样呢?对吧,又涵哥哥。"

陈又涵的身上带着淡淡的香水味儿,被风一吹就散了。他说:"下次还敢吗?"

"不敢,"叶开认怂,"您在我心中永远二十五岁。"

第三章　看海

两个人顺着步道缓缓往前走,风好像小了点儿。陈又涵拢着手心点起一根烟,抽了一口后便夹到了指间。两个人都默契地没有说话。过了会儿,陈又涵突兀地说:"叶开。"

叶开转过脸去看他一眼,等着下文。

"在你眼里,我是那种无可救药的风流败类吗?"

叶开胸口一窒,立刻想到两个人去机场的路上的对话。那时候闹了不愉快,他以为陈又涵不会在乎。

"我……"叶开张了张唇,没有马上否认。

陈又涵自嘲地笑了笑,弹掉长长的烟灰:"想听故事吗?"

也许是那烟味儿太过令人沉醉,也许是夜风吹得他脑袋不清醒,陈又涵心中闪过微妙的一丝犹豫情绪后,平静地说:"我曾经喜欢过一个人。"

叶开停住了脚步。

陈又涵回头看着他,笑着问:"怎么了?"

"没,没什么。"叶开两手插在衣兜里,迟缓地跟上。

"我从高中开始喜欢那个人,"陈又涵说到这儿,想起什么,低低笑了一声,"那人是我最好的朋友之一,但对我的喜欢就像座冰山一样无动于衷。"

叶开面容平静。

"再后来那个人就消失了。"陈又涵仰起脸静静地看着夜空。

星光暗淡。

叶开听见自己说:"所以你这么多年都没有再喜欢过别人?"那声音平静冷淡,听着不像是自己的。

"嗯。"陈又涵笑了笑,伸手抹了把被吹僵了的脸,"十几年过去了,我以前经常幻想我们会在哪里突然遇见,比如在候机厅里,在机舱里,在异国机场的安检通道里,或者干脆就是我心血来潮回天翼中学看看的时候。"

叶开也陪着短促地笑了一下。

"故事讲完了。"陈又涵舒了一口气,回头看向叶开,"我第一次喜欢人的时候,就像你现在这么大。"

浓郁的夜色中,叶开的身影晃了晃。

"你来加拿大……是因为打听到了那个人的消息吗?"叶开轻声问。

"什么?"陈又涵失笑,"怎么可能?我早就不找了。"他顿了顿,平静地说,"我是来看你的。"

叶开艰难地呼吸。海风是潮湿的,史丹利公园是著名的天然氧吧,这里的负离子含量高到可以治愈粉尘肺患者,他却觉得呼吸一次比一次短促。陈又涵默默地抽完一根烟,才向他走去:"回去吧,再……你怎么了?"

叶开说:"没什么,可能有点儿冻到了。"

陈又涵脱下大衣裹在叶开身上:"怪我,是我抽风。"

偏偏回程的时候下起了雨,雨势急促滂沱,冰冷地打在脸上。陈又涵举起大衣,将两个人罩住。两个人在雨里小跑,跑着跑着陈又涵笑起来:"什么鬼天气?难得跟你一起走走路,给我下雨。"切尔西靴溅起雨水。到了车上,两个人都狼狈得要死。陈又涵打开空调,叶开才注意到他的手因为举着大衣淋着雨,已经被冻得通红。

"冷吗?"叶开认真地问。

其实是冷的,宁市人都不抗冻,根本没怎么见识过冰雪酷寒,更不用说陈又涵养尊处优。这会儿被暖气一熏,陈又涵感觉手指胀痛起来,像被针刺了一样。但他顾不上这些,"唰唰"抽了几张纸巾,劈头盖脸地给浑身湿透的叶开擦了起来。

"又涵哥哥。"叶开任由他折腾,半晌,没来由地叫他。

"干吗?"

"我好难受。"

"怎么了?"陈又涵停下动作。

"不知道,可能病了。"叶开委屈地说,冷不丁打了个小喷嚏,像只小狗一样。

陈又涵当机立断地说:"我送你回家。"

窗外雨声大作,疯了一般密集地打在窗子上,雨刷刮过水流,立刻便又被雨点覆盖。

在震天响的雨声中,叶开目光水润,可怜兮兮地说:"就是……那个,我可以告诉你一个秘密吗?"

"啊?"

叶开难为情地说:"我知道这是一个不情之请。"

陈又涵:"听完是不是还得帮你保守?"

"是的。"

"那可以不听吗?"

"不可以。"

"祖宗。"

陈又涵无语,哪有人硬逼着别人听自己的秘密的?他侧了侧坐姿,勉强对叶开接下来的秘密表示洗耳恭听。

叶开又打了个喷嚏,幽幽地问:"我是说……假如……要是我十七岁时也有喜欢的人呢?"

陈又涵身体一僵:"你闹呢?"

"我假设。"叶开的声音有点儿沙哑了,"我不会像你一样这么惨吧?"

什么话?!

"不会,我的十七岁一团糟糕,你的十七岁花团锦簇,坏的十七岁都被我走了,你的十七岁一定什么都很好。"

"包括恋爱吗?"

"十七岁恋爱有点儿早。"陈又涵冷酷地说。

"你讲的话好像我们教导主任说的。"

"教导主任的话还是要听。"

叶开微微地皱了皱鼻尖,那点青春期的叛逆表现都在这一个不易察觉的小表情里了。

"我心里偷偷喜欢不行吗?"

车子轰然起步,激起绵延的雨雾。陈又涵冷声说道:"我看不太行。"

叶开那晚回去后就病倒了,脸烧得贴张面饼上去就能熥。他躺在鹅绒被里昏昏沉沉地反复做梦,其间觉得好像陈又涵来看他了,还在床边坐下,床垫微微下沉的感觉特别真实。

等他清醒过来时,才发现房间内空无一人,门窗都被关得严实,世界上所有的声音都消失了。

叶开咳嗽了一声,惊动了兰曼。纤细的身影在门口一闪,旋即到了床前:"宝宝,我的宝宝。"兰曼心疼得无以复加,摸他的脸和额头,"怎么样啦?让外婆看看。"

摸了一通,觉得温度比原来正常多了,兰曼舒了一口气,给陈又涵扣分:"大半夜不睡觉看什么海,又涵也是个小孩子。"

叶开帮他"背锅":"是我要去的,我让他开的车。"

兰曼埋怨地瞪他一眼:"多大一军功章是吗?还用你抢我抢。"

用人端粥上来,兰曼接过了亲自喂。叶开哪儿都透着虚,也就没跟她矫情,喝了两口,空空的胃里熨帖不少,才佯装不经意地问:"又涵哥哥没事吧?"

"他没事，来看过你后就回国了。"

叶开愣了愣，下意识地说："这么快。"

时差刚倒过来就回国，他真是送人肉快递来了。

"说是公司临时有事。"

一碗粥喝完，叶开靠在床头看手机，这才发现自己居然睡了两天了，打开微信，信息塞得满满当当的。他往下滑，找到陈又涵的头像，看到头像上有个小红点。陈又涵的留言很简短："公司有事先走了，照顾好自己。"末了在结尾又添了一句："醒了告诉我回程时间，我去接你。"

叶开握着手机，不知道为什么，开始翻看他和陈又涵的聊天记录。他们聊得不多，陈又涵平时不怎么打扰自己这个"三好学生"。

叶开再睡下时，一夜好梦。

没有了陈又涵，叶开又回到了写作业、遛狗、料理花园的状态，散漫得像个小神仙。临走前几天，一家人自驾去惠斯勒滑雪。叶开很小的时候就上雪板，第一次接触高山雪场就是在惠斯勒，这里一直被专业滑雪杂志评为北美著名滑雪地。每年冬季回温哥华，他都会在这里滑上几天。

瞿仲礼现在已经滑不过叶开了，落在叶开身后，被叶开惊人的速度和漂亮身姿迷住。他一手教大的外孙在雪场上闲庭胜步般锋利恣意，自在从容。

覆盖着厚雪的针叶松飞速后掠，雪镜迎着阳光反射出蓝天白云。雪板被猛地一刹，激起一道飞雪，叶开摘下头盔，轻轻地舒了一口气。原本他想着带陈又涵一起来玩，结果都成了泡沫。

"怎么停了？"

"外公，给我录像吧！"

瞿仲礼带了相机，本来就有这个打算，听叶开主动要求还挺意外，毕竟除了小时候帮他纠正姿势时录过一段时间，其他时候他都很排斥上镜。

叶开重新戴好头盔和护目镜，耍酷地说："外公，我等会儿做几个特技。"又提醒瞿仲礼小心。瞿仲礼滑过的雪段比叶开走过的路都多，被气笑了："你还是顾好你自己吧！"

叶开滑单板，滑了一段后连续做了几个豚跳，找找感觉。瞿仲礼喊了声"漂亮！"，但叶开没理会，他全神贯注，因为前面路况好，于是又组合花式滑行了一段。到了跳台，他压低重心平心静气，以极快的速度滑向"U"形翘头，粉雪被摩擦出"唰"的声音，一人一板高高飞起，滑板空中内转一百八十度，后刃被前手抓了一下，而后轻松落地。

连续几个跳台，叶开换了几种动作，接着便顺着惯性飞一般穿梭入林间雪道。瞿仲礼心惊肉跳，但镜头里的叶开举重若轻，散漫得仿佛在自家后院遛弯儿。渐近终点，叶开放缓速度站直身体，抬起胳膊扬了扬。

瞿仲礼戴着手套给他鼓掌，又竖起大拇指。

两个人上缆车回起点，瞿仲礼惊讶不已："你会的东西挺多呀。"

"Mute grab, straight air, tweak.[①]"叶开用英文回答，"其他还在练。"

瞿仲礼服气，前浪被一巴掌拍在了沙滩上。兰曼不滑雪，坐在山顶的咖啡厅里喝下午茶，透过大玻璃窗看晴天粉雪。等祖孙两个人找过来，她已经摄入了比计划超三倍的卡路里，一脸悔不当初的表情。瞿仲礼等不及把视频传出来，就着GoPro相机的小屏幕回看，跟兰曼炫耀："你看名师出高徒吧。"

兰曼的心脏病差点儿被吓出来，她头晕目眩地扶着椅子坐下，"哎

---

① 前手抓前刃中部，前手抓后刃九十度转板，直线跳跃。

哟"地叫唤："你饶了我吧！"

叶开没听老两口打情骂俏，喝了口热饮，抱着近一人高的雪板"咔嚓"来了张很"直男"的自拍。

宁市早上八点的晴云预示着艳阳天。陈又涵穿一件黑色衬衫，拎着路上顺手买的咖啡走进会议室。投屏上是 GC 集团新商业区的前策方案，又是一个时间超长的会议。方案完成之后还得上报集团董事会，他不得不打起十二分的精神全神贯注。

感觉到手机振动，陈又涵没当回事，低头猛灌了一口黑咖啡。等开完会近十一点，他才发现是叶开的微信，点开来看，是一张自拍。

叶开又去滑雪了。陈又涵多看了两眼，照片中的叶开沐浴阳光背靠雪山，白色的缆车悬在空中，他手扶滑板笑得特别憨，但架不住底子好，那股青葱灿烂的少年气息溢出屏幕。

陈又涵顺手回了消息。

叶开好像抱着手机等着，瞬间回复："我录了视频，你看吗？"没等到回答，他便将一段一分钟的短片发了过来。宽敞的茶水间里静谧非常，光柱里细小的灰尘温柔浮沉，陈又涵按下咖啡机钮，在等待的间隙里点击播放。

总助理顾岫凑过来八卦："厉害啊，看年纪不大吧？"

视频播到第三个特技，叶开摔了一下，看着挺严重的，连顾岫的心都跟着抖了一下。陈又涵生怕他摔出个好歹。顾岫"咝"了一声，觉得疼："初生牛犊不怕虎，够狠的。"

"我帅吧？"叶开打一行字过来。

"是，摔的那一下尤其帅。"陈又涵将话筒抵在嘴边懒洋洋地寒碜人。

"成长路上摔一两个跟头是正常的，摔了才能长记性。"叶开嘴硬，摆出人生导师的模样。

陈又涵没忍住笑了，想起还欠着叶开一块雪板，公报私仇地扔给顾岫去张罗。顾岫问他要小费："你朋友的礼物不自己挑？有你这么不上心的吗？"

陈又涵回："我送什么样的东西他都喜欢。你有什么意见吗，这位总助？"

顾岫一脸的"敢怒不敢言"的表情。

过了会儿，叶开又发过来一段稍长的语音，他清朗的声音透过听筒像流水击打金石："又涵哥哥，本来这次想和你一起去的。明年雪季我再陪你吧。"

谁陪谁呀？陈又涵感到好笑，半推半就地回了个"好"字。

顾岫在旁边咳嗽得像咽喉炎重症患者。

陈又涵收起手机，在顾岫的头上拍了一把："好好挑！"

叶开从温哥华回国时，兰曼和瞿仲礼一起来送机。兰曼依偎在瞿仲礼怀里抹眼泪："宝宝，暑假还来啊。"

叶开点头："暑假让妈妈和姐姐一起来。"

兰曼瞬间变脸："你让我多活两年吧！"

进了安检口，叶开最后冲他们挥了挥手，而后没入了通道。瞿仲礼拍拍兰曼的肩："这么舍不得就回国去住些时候。"兰曼微妙地心动，但一想到瞿嘉的暴脾气，又觉得待不了两天两个人就得两看生厌，去法院断绝母女关系。

所有人都开始上班了，叶开没通知陈又涵，也没劳动叶瑾，只让陆叔来接。经过十六个小时风尘仆仆的飞行，飞机落地宁市，叶开的皮肤感知到了令人熟悉的湿度和热度。他上了车蒙起头就开始睡，到家了放下行李洗过澡后继续睡，一口气睡过时差，开学日眨眼就到了。

天翼中学高三有单独的教学楼和宿舍区，因此当叶开在路上碰到伍思久时还挺奇怪的。不过叶开马上便反应过来了,伍思久应当是专门来找他的。

叶开刚下体育课,大汗淋漓,黑色护腕能拧出水。他抬起手背擦了擦嘴角的汗,握着网球拍从容地走向伍思久:"有事?"

"我想见陈又涵。"

拢着网格线的手顿了顿,叶开放下拍子不明就里:"你去见吧。"

"我们已经很久没联系了。"伍思久艰难地开口,"我也没在皇天餐吧兼职了,所以找不到他。"

这就属于陈又涵私人事务的范畴了。叶开不知道是因为他们之间闹了什么龃龉,还是单纯因为陈又涵这段时间太忙。叶开的分寸感刻在骨子里,他顿了顿,问:"你找他有什么事吗?或许我可以帮你转达?"

伍思久面无表情地说:"请你帮我转达陈又涵,我有话要和他说。"

周围不停有同学经过,藏着眼神打量他们。

叶开看了一眼时间,答应了他:"好吧,我试试。"

两个人错身离开。

叶开走出两步远,伍思久不轻不重地叫住他:"叶开。"

伍思久说:"你不觉得,咱们长得挺像的吗?"

趁下晚自习的工夫,叶开给陈又涵打了个电话。

陈又涵开了一下午加一晚上的会,和董事会的几个亲戚争得焦头烂额,连饭都没胃口吃,只想喝两口酒透透气。接到叶开的电话时,他正在开车去皇天餐吧的路上。

"有事?"他切掉了无意义的寒暄,直奔主题。

"伍思久今天找我,说有话想和你说,你要不跟他见一面吧。"

陈又涵有些意外,轻轻点了一脚刹车:"我最近比较忙。"

"他可能以为他惹你不高兴了？"叶开想了想，"我看他今天的状态挺不对的。"

"我没空。"

用日理万机来形容陈又涵一天的繁忙程度并不过分，他一天要接的电话短信、处理的群信息、OA 请批，更何况还有环伺的亲戚、无尽的应酬，他又怎么有心思记着一个高中生？

"你帮我转告他，奖学金的资助不会断。"

叶开还想说什么，被他直接打断："算了，你好好上你的学，少分心，我的事自己解决。"

叶开冷不防地被教训，语气不高兴下来："行，算我多管闲事。"

纵使没到周末，皇天餐吧依旧是门庭若市。二楼露台是个听 live 的清静地方，露天环形水泥阶上三三两两地坐了些外国人，陈又涵脱了西服领带，衬衫扣子解开三颗，袖子挽到手肘，对着夜景一个人喝闷酒，把乔楚都给看笑了。

"我说，"乔楚跟他碰了碰酒瓶，"今儿怎么一脸郁闷的样子？"

"看你的场子去。"陈又涵懒洋洋地骂。

"呵。"乔楚挑眉，"脾气挺大呀？来，说说，谁惹你不高兴了？让兄弟开心开心。"

"公司忙。"陈又涵简短地应了一句，便沉默地抽烟。白色烟雾被温柔的晚风吹散，混着乐队的 live，飘向沉醉的、没有星星的夜空。

乔楚调侃的心思也沉寂下来，他打了个响指，叫了一打精酿啤酒，对陈又涵说："今天伍思久在这里代班，要不然让他来陪你聊聊？"

陈又涵挑了挑眉："他不是年前辞职了吗？"

"上一周他找我，估计又缺生活费了吧，刚好店里人手短缺。"乔楚笑了一下，不忘调侃，"你这个资助人怎么回事？怎么还让人勤工俭学呢？"

话音刚落，穿着餐吧制服的伍思久便拎着一打酒，出现在了二楼通道处。

伍思久毫不介怀地将酒在茶几上放好，按照陈又涵的习惯，利索地起开了一半的瓶盖，继而叫了他一声："又涵哥哥。"

二十二天，花市的那一面是最后一面，从那以后他便再没有见过陈又涵。

刚开始，他觉得是陈又涵贵人事忙，又是新年伊始，自然有太多事务和应酬要上心。渐渐地，伍思久内心越来越无法让自己安之若素。去年冬天，认识陈又涵后的那一个冬季，是伍思久有记忆以来最舒心、最愉快的一段时间。出入有专车接送，助理见了他时会恭恭敬敬地鞠躬，车载香氛沁人心脾，伍思久觉得连自己的呼吸都变得高级。还有吃不完的高级餐厅、那些他叫都叫不全名字的食材与料理、收不完的礼物、导购半跪着服侍他穿上的杂志和社交平台上疯狂受追捧的名牌鞋子。一双简单的鞋子他穿到学校里，那帮平时眼高于顶的体育生居然会主动跟他搭话，问他怎么抢到的。

被陈又涵眷顾的生活太好了，并非单纯养尊处优。伍思久所明白的道理是，原来即使一粒毫不起眼的灰尘，被如此耀眼的万丈光芒照射时，也会如钻石般珍贵。灰尘和钻石是一样的，缺的只是一束光。

live乐队中场休息，露天广场上只剩下惬意的蓝调自音响中流淌而出。伍思久克制着，只是如常地站在一旁，等待差遣。

"之前不是让你好好备考，把这边的工作辞了吗？"陈又涵将精酿啤酒倒进玻璃杯。

"因为跟家里闹掰了，在这边偶尔打临时工，可以买画材。"

陈又涵的眉心微动："怎么回事？"

"我妈又发病了，工作被辞退，社区也派人来问。她不能工作，光靠低保没办法生活的。"伍思久清醒地说。

陈又涵想到叶开说的话，神情缓了缓："所以你找我？需要多少钱，我让助理打给你。"

伍思久摇摇头，在陈又涵身前半蹲下来，仰面望着他的面容平静："我不想一直伸手问你要钱，我知道你给我打的钱对你来说不算什么，但对我来说比我长这么大用过的、见过的钱都多。我不想要，因为会习惯，会以为这些本来就是我该有的，但你的资助会消失的，对吗？"

陈又涵有些意外他的清醒，点了点头："是我考虑欠周了。"

"平时每个月的低保，加上你的助学金，已经够我生活，我妈妈的那一份，就让我自己在这儿兼职赚。"

陈又涵不置可否，只是提醒："你在备考。"

伍思久抿了一下嘴唇："我可以的，不会让你丢脸。"

陈又涵放下酒杯，把手搭上椅背："那你让叶开找我，是为了什么？"

"没什么，只是想知道你过年后好不好。"伍思久很快地说。

"很忙。"陈又涵说了句实话，"没办法像年初一样照顾你。"

伍思久"嗯"了一声，笑开时嘴角的弧度令人觉得有种委曲求全的乖巧："我知道，涵哥哥，我知道你很忙，所以只要你想起我了就找我，想不起我时，我一定不打扰你。"

陈又涵的眼神像一把锋利冰冷的刀子，慢慢地打量着伍思久。伍思久脸庞瘦削，五官精致，眼尾天然地无辜下垂，唇峰却分明而锋利，给人一种冷傲的感觉。这样锋芒毕露的漂亮并不是那么好驾驭，有的人是贵气，有的人是偏执。伍思久便是后者。

第四章　露营

　　隔了两天，叶开又在学校里碰到了伍思久。伍思久这次气色好了许多，身后背着画筒，应该是准备出校去上专业课。叶开大方地冲他点点头，心想这次他状态不错，替他微微松口气。不料伍思久叫住了叶开，冲他小跑几步，笑出一个浅浅的小梨窝："向你道谢。"

　　叶开想陈又涵该是接了电话后见了他一面，疏离客气地说："不用。"

　　两个人打过招呼后错身而过，一个去往校门口，一个进教学楼。

　　"砰！"

　　叶开被撞得偏过身体，书散了一地。

　　撞他的女生吓坏了，揪着百褶裙一个劲儿地说"对不起"。她正兴高采烈地和闺密讨论偶像的舞台表演有多么好看，根本没料到这么宽阔的大厅里也能撞到人。

　　叶开蹲下身去捡书，抬眸对她安抚地笑了笑："没关系，是我不小心。"

　　女生失语，脸色爆红，被闺密拉着一步三回头地跑开。

　　地上还剩最后几张列了公式的稿纸，叶开伸出手，一只白皙纤长的手比他更先一步将稿纸捡了起来。

"跟你半天了，怎么魂不守舍的？"

来人是叶开的同寝室友路拂，路拂比他高一年级，能当室友全靠缘分。

叶开接过他递过来的那沓纸，夹进课本里，定了定神："没有。"

预备铃打响了，两个人并肩上楼，在三楼转角处告别。

"下周六是你的生日吧？"路拂开玩笑似的说，"你这么有钱，好难选礼物啊。"

叶开想了想，神色认真地回答："带我上'王者'。"

路拂愣了愣，扶着他的肩笑得发抖："行，本大神带你飞。"

GC集团总部第六十五层。

商业集团总裁办公室窗明几净，近五米宽的落地窗正对着平静宽阔的西江，白色跨江大桥横贯东西。陈又涵陷在宽大的真皮办公椅中，一双长腿没正形地交叠架在办公桌上。

他刚开完会，解了领带表情不耐烦地对着日历做小学算术题。

叶开的生日在三月十五号，陈又涵掐指一算，圣诞礼物送完送跨年礼物，跨年礼物送完送春节礼物，春节礼物送完过不了一个月，就是叶开的生日了。

总助理顾岫拿着平板电脑敲了敲门后推门而入："陈总，板子挑了几款，你看看。"

他这几天请教圈内大牛、看论坛、逛国外专业测评网站，硬生生把自己逼成一个虽然没上过雪道却能对所有参数头头是道的理论滑雪专家。什么侧切、拱形、有效边刃、非对称性……给自己挑老婆时都没这么上心。

陈又涵接过平板电脑，看顾岫在上面滑动相册逐一介绍。即使被各种会议方案折磨得神经脆弱，陈又涵也逐个看过了每一款，最后本着直觉挑了最贵最好看的 Lib Tech 的滑雪板。顾岫竖起大拇指拍马屁:"可以呀,我的总裁,相当会挑!传奇滑雪运动员联名限量款,八千美元的天价,所有前端技术加诸一身,好莱坞插画大师定制涂鸦,绝对让你朋友成为阿尔卑斯山最靓的仔!"

"八千美元是什么天价?"

顾岫无语,一边在心里狠狠骂了句"可恶的资本家",一边解释道:"别不当回事,在滑雪板里八千美元真算是天价。"

陈又涵又冷冷地问:"哪个传奇滑雪运动员?哪个插画大师?"

顾岫笑了:"嘻嘻。"他利索地将平板电脑收走,翻出备忘录问道,"身高、体重?"

陈又涵被他问住了。

呵,这个男人明明可以对 GC 集团商业板块过去三年的财务数据倒背如流。

顾岫一脸痛心的表情:"不是吧,这你都记不住?"

陈又涵脸色变幻,掏出手机给叶瑾发了条微信。等回信的间隙,他问:"什么时候能到?"

"一个月吧。"国际快递的话,顾岫保守估计得要一个月,然后眼看着他的衣食父母的脸就黑了。

"有什么问题吗?"

陈又涵冷冷地下命令:"这两天整理整理手上的工作,交接给 Mary。"

顾岫感到晴天霹雳。

"你飞去最近的专柜亲自提货。"

顾岫身体摇晃了一下,整个人在两秒间虚脱,心想:讲话可以不要大喘气吗?

"三月十五号之前我必须看到它出现在我的后备厢里,否则……"

"我懂,"顾岫诚恳地说,"提头来见!"

"行,"陈又涵对他冷酷一笑,"买机票去吧。"

毕竟第二年还有盛大的成人礼,所以叶开的十七岁生日并没有大操大办,只请了班里同学和任教老师赴宴,外加一些关系亲近的世交。瞿嘉做主加了一桌校领导,叶开替他们哀叹,估计少不了在桌上被突击述职。

宴会设在索菲特大酒店,为了防止高中生们无聊,瞿嘉特意包下了KTV。宴会当天,成年人都交给瞿嘉和叶征去打理,叶开只用招待好自己那一拨同学。好在高中生们很能自己找乐子,三五个凑作一堆玩起来。会客室里逐渐堆满了大大小小的彩色礼盒。陈又涵抱着快有他的人那么高的盒子推开门,看到叶开几乎被礼物包围,正和一个男生一起盘腿坐在地毯上,一旁还坐着另一个模样可爱的女生。

会客室的门厚重无声,三个人都没抬头。

战况激烈,路拂手指在屏幕上按得飞快,跟队友开语音指挥。

"中路!中路!中路!'上官婉儿',你梦游呢?!"

原来他们是在"开黑"。

"漂亮!""Victory[①]"的音效响起,路拂把手机往叶开眼前递了点儿,两颗脑袋凑在一起看战况排名。

叶开说:"这就是大神局吗?爱了,爱了。"

女生"哼"了一声,怪可爱地说:"我说了我也不错吧。"

叶开正想回答,余光瞥见会客室里不知什么时候多了一个人。他抬眸,见陈又涵一手搭着礼盒一手插兜,玩世不恭地站着。

"又涵哥哥?"回国后两个人就没见过,甫一见面竟有种陌生的感觉。叶开笑了笑:"什么时候来的?我都没注意。"

[①] 胜利。

陈又涵的目光温柔而深沉："过来。"他冲叶开不容置疑地招手。

叶开起身过去，一眼就看穿了是什么东西："雪板？"

陈又涵以为叶开会很惊喜的，他的眼神会亮起，笑出一个小梨窝，如果屋子里没有陌生人，或许他还会兴高采烈地当场拆开，和自己约定好今年雪季的目的地。

但叶开只是平淡地扫了一眼。

陈又涵松开手，一人高的盒子向叶开倒去，被叶开手忙脚乱地扶住。

"随便挑的，"他语气轻松，真的像是在路边文体店顺手而为，"买错了没售后。"说完眼神瞥过屋子里唯一的女性。

那若有似无的一眼让对方如芒刺在背，她条件反射地身体紧绷，手指一按，锁掉了手机里愚蠢的游戏音效。

叶开随手把盒子搬到墙边，和一大堆礼物混在一起。

"回去再拆。"他解释，一副得体而疏离的模样，好像没有期待过陈又涵的礼物，而陈又涵也没能给他惊喜。

陈又涵很想抓住叶开问一句"不喜欢这个礼物吗？"。虽然准备得很用心，但不喜欢他可以补，补到叶开喜欢为止。

但叶开没给他这个机会。叶开回头看了一眼路拂和女生，礼节性地介绍："这是我的室友路拂，这是我的学妹曲琪，两位，这是我哥。"

陈又涵想起之前叶开在他车上时，打过电话的那个学妹。是这一个吗？

路拂干脆利落地叫了声"哥"，咧嘴笑出了半边白齿。曲琪则要羞涩一些，但笑起来酒窝很甜。

陈又涵冰冷地点头，对叶开说："外面那么多长辈要见，你却在这里陪别人打游戏？"

叶开莫名其妙："你来得晚，长辈我已经都见过了。"

陈又涵早上去公司加了个班。下午三点多，高架公路上因为车祸开始堵车，他冒着被骂的风险跟人抢道。

路拂见气氛不对，出声破冰："那什么，叶开，我先过去找许上原他们。"

叶开先是将目光轻飘飘地从陈又涵身上别开，回复说"等一下一起去"，接着又回过头看向陈又涵，神色中挂着恰到好处的客套："谢谢又涵哥哥，礼物我很喜欢。"

"不喜欢可以换。"

叶开讶异地说："怎么会？今年雪季肯定用得上。"

路拂和曲琪跟在叶开身后出门，关门的时候路拂不自觉地回头看了一眼陈又涵，只觉得这个英俊的男人周身的气息都阴沉得可怕。

"表哥？堂哥？"曲琪的声音被隔音门阻断，又清晰地传回耳朵里。大厅里衣香鬓影，服务生举着托盘来回服务，陈又涵推开门追出，想起自己忘记和叶开说"生日快乐"。

叶开回答："没有，只是一个世交叔叔的儿子。"

陈又涵停下了追赶的脚步。

叶瑾到处都没看到陈又涵，等叶开上桌了才逮住他问："陈又涵没来啊？"

晚宴马上开始，叶开被这么一问才意识到，的确没看到陈又涵的身影："可能送完礼物就走了吧。"

全场灯光熄灭，舞台幕布被拉开，追光灯打亮，一个穿恐龙玩偶装的演员在独白。

叶瑾惨不忍睹地捂脸："又来。"

这是瞿嘉专门为叶开的生日宴编排的童话剧，每年都有，剧情各有各的幼稚。叶开穿着西服打着领结，认真地观看。瞿嘉捂住心口，一下子看叶开被淡绿色灯光映出的侧脸，一下子看自己的舞台杰作，心里交替泛滥着母爱和过期已久的少女心。

将近十分钟的表演结束,灯光骤然大亮,掌声如潮。按照惯例,叶开要上台讲两句。他连腹稿都没打,下台时意外看到了陈又涵,目光微动。原来陈又涵没走,好端端地坐着,混在人群中轻轻地给他鼓掌。两个人的眼神对上,陈又涵冲叶开笑了笑。

酒过三巡,瞿嘉带叶开去敬酒。第一桌就是陈又涵那桌,都是很重要的叔伯世交。叶开杯里倒的是白桃味儿无气泡苏打水,他大方地与每个长辈问好,熟练而乖巧,眼神很淡地从陈又涵脸上扫过,叫了声"又涵哥哥",便又进行到下一个。

陈又涵食不知味,认真地看顾岫发来的微信消息。

顾岫说:"他还满意礼物吗?"

陈又涵不知道是出于礼貌,还是自欺欺人:"谢谢,他很喜欢。"

默不作声地走不合礼数,趁叶开还在敬酒,陈又涵找到叶通告辞。叶通顺水推舟地让叶瑾送送他。两个人并肩向门口走去,撇下一众窃窃私语声。

"听说叶家有嫁女儿的意思。"

"一个做商业地产,一个开银行,有意思了。"

"不提这些也是郎才女貌。"

"快得了,"不知谁暧昧地压低声音,"谁不知道陈又涵的那些风流事迹?"

叶瑾撩了撩头发,笑道:"很烦吧?"

"听他们胡说。"陈又涵忍不住掏出烟,鉴于有女士在场,他只是叼着没点燃。

"冤枉你了?"

陈又涵咬着烟,笑得玩世不恭:"怎么会?说轻了。"

叶瑾:"陈又涵,你这么伤敌一千自损八百的,是不是怕我赖上你啊？"

陈又涵低笑了一声："你金枝玉叶的，赖我干什么？"

叶瑾的话被堵住了，把人送到电梯口，她兴致缺缺地挥手："行吧，那回见。"

电梯从楼上下来，里面空无一人。陈又涵进去按下负二层的按键，电梯门徐徐合拢，要关上的当口儿，一只手插了进来。

门再度被打开，叶开气息不稳地站着。

灯光华丽到晃眼。

陈又涵不自觉地从嘴边取下烟，刚才还吊儿郎当的站姿瞬间挺直。

"怎么？"

叶开步入电梯，按亮关门键："送你。"

从三楼去往负二层的速度很快，中间未曾停留，大约也就十秒不到的时间，却让各自心里转过许多念头。

"那个同学……"

"伍思久……"

两个人同时开口。

"你先说。"陈又涵让他。

"没什么，那天伍思久来跟我道谢。"叶开笑了笑，"难得见你对高中生这么有耐心。"

"你不是高中生？"

叶开想说"我当然是例外"，但一时间竟开不了口。即使从小陪伴到大，他似乎也没有那么例外了。

见叶开没声儿了，陈又涵低头把烟磕了磕，问："你那个学妹怎么回事？"

"什么怎么回事？"叶开愣住。

陈又涵一个字一个字地问："你十七岁喜欢谁——不是假设——你

喜欢她?"

宴会已经进入尾声,电梯陆续开合,气氛越来越凝滞。

叶开不知道为什么,明明只是想下来送送陈又涵,与他好好说几句话的,最终却是这样不欢而散的结局。

叶开深吸一口气,克制着自己的语气:"这不重要吧?"

两个人在车边对峙,陈又涵却不让步,眼神逼视:"你是不是喜欢她?回答我。"

"我有很多朋友,你要不要一个个问过去?"

"也可以。"陈又涵冷酷地回。

气氛僵到这里,叶开心头渐渐生出一股无力的荒唐感,下一秒,他在十七岁这天爆出了人生中第一句粗口:"我喜欢谁、不喜欢谁,关你什么事?"

他狠狠甩开陈又涵,一身涵养都被此刻无端的叛逆劲儿所撕裂:"我喜欢谁跟你有什么关系?喜欢又如何?你去告诉我妈?逼那个女生转学?不喜欢又怎么样?你是不是还要继续观察下一个人?"

"你才十七岁!"陈又涵恶狠狠地说,"我告诉过你不准在这个时候谈恋爱!"

"你管得着吗?"叶开气极反笑,烦躁地转了两步,抬脚愤怒地踹上了陈又涵那辆火山灰的顶配帕拉梅拉。

陈又涵狠狠抽了一口烟,将半截烟蒂扔在脚边,大步走向叶开,抓住他的胳膊将人压在车身上,眼神危险而凌厉:"你骂什么?你看看你现在是什么样子!"

"我什么样子?"叶开迎接着他的审视,冷笑,"骂脏话?谈恋爱?陈又涵!我十七岁了,不是七岁!你什么时候可以不再把我当小孩儿?我不是你弟弟,你搞清楚!"

叶开如此一番逞凶斗狠,眼尾却是红的,眼里满是愤怒和倔强之色，但陈又涵从中看出了一丝委屈之意。他愣了，下意识地松手，心在刹那间被击溃、击穿，失声半秒后开始语无伦次地道歉："对不起，小开，对不起，是我的错，是我不对……"

如果陈又涵继续跟他吵下去，叶开大概会把听过但从未出口的脏话一股脑儿地全部问候出来。可是陈又涵和他道歉，他的愤怒情绪便像退潮般消失得迅猛，空留下满心的委屈感酸涩着鼻腔。眼泪"啪嗒"掉下来，叶开推开陈又涵，用手背狠狠擦过眼角。

陈又涵彻底慌了神，除了"对不起"不知道说什么，从前哄人的套路此刻竟然一个都想不起来。他只能拍着叶开的肩，胡乱地低声说："生日快乐，小开，对不起，生日快乐，我给你唱生日歌好不好？"

"我没有哭，"叶开红着眼尾恶狠狠地说，"我只是不知道为什么流眼泪。"

"好，好，好，"陈又涵说，"你没哭，是我，是我哭。"

叶开又狠狠推了他一把："滚开！"可惜声音里带了一丝哭过的鼻音，听着无论如何也伤不了人心了。

陈又涵打开后座门把人硬塞进去，"砰"地关门、落锁，动作一气呵成，从纸巾盒里抽出两张纸擦上叶开的眼底："过生日呢，不哭了，笑一个，笑一下，好吗？"

眼泪把柔软的纸巾洇湿，叶开夺过攥入掌心，面无表情地说："放我下车。"

他眼睛红红的，黑而纤翘的睫毛被泪水打湿，虽然已经不哭了，可看着还是一副被欺负过的模样。

"你先冷静一下，我不想被你全家追杀。"陈又涵耍无赖。

帕拉梅拉单个后座的空间硬生生容纳了两个平均身高一米八的男性，一时之间显得逼仄。

叶开深呼吸，拧开一瓶矿泉水喝了两口，冷艳地说道："你放心，我们叶家人都是守法爱国的好公民。"

陈又涵笑了一声，"是，只有我是坏蛋。"

两个人都没说话，等陈又涵回过神来时便发现气氛有些尴尬。原来的话题两个人都默契地不去提了，陈又涵此刻冷静下来，智商归位，终于想起来怎么哄人了，拣叶开感兴趣的话题问："今天生日收到什么特别喜欢的礼物了吗？"

他拆都没拆，有什么喜欢不喜欢的。叶开故意气他，冷着脸说："路拂带我上'王者'，我觉得这个最好。"

陈又涵硬生生咽下一句脏话："真出息。第二喜欢的呢？"

"姐姐送我一块手表，二战时候的，市面上就剩三块。"

行。陈又涵咬牙想着，这个比不过，退而求其次地继续自取其辱："第三呢？"

"没拆呢，不知道了。"

"我送你的滑雪板你不喜欢吗？"

"喜欢，实用。"

后面那个词分明就是拿来气人的。

陈又涵拿他没办法："行，算我输。"

"而且你本来就欠我一块板，当生日礼物好意思吗？"叶开嘲讽起来毫不留情。

陈又涵反驳不出："想要什么？我补。"他沉声说。

叶开怔怔地握紧了矿泉水的瓶身："钱对你来说不算什么，我要你最贵的东西。"

陈又涵架起二郎腿："我最贵的东西是时间。不远万里飞去加拿大还不够？"

"生日前的不算。"叶开不假思索地赖账。

"行，那你说，要我怎么？"

叶开拿下了这个承诺，卖关子说："我还没想好，先欠着。"

这样的相处是他们彼此熟悉的。叶开紧绷的神经松弛了下来，陈又涵的戾气也消失殆尽。陈又涵不自觉地笑了笑："气消了吗？"

叶开不是得理不饶人的类型，更不会无理取闹那一套，气消了便是消了，便轻微地点点头："还行，再过一星期，我应该就不想打你了。"

陈又涵无语："你真大人有大量。"车门被他解锁，他又说，"回去吧，高高兴兴的，好吗？"

叶开"嗯"了一声，一脚踏出车门，俯身出去的瞬间回头问："又涵哥哥。"

"怎么了？"

"你很好奇我喜欢谁吗？"

"没有。"

叶开没有什么表示，神情平静地出车门，再度微微弯腰看向车内的陈又涵："那下次呢，你还管吗？"

陈又涵哑口无言，叶开不等他的回答，"砰"的一声摔上了车门。

宴会结束，叶开光拆礼物就拆了三四个小时，自己那一层的客厅和阳光房都被塞满了。贾阿姨抱着纸盒跑了一趟又一趟，唉声叹气地心疼不环保。叶开把陈又涵的礼物放在最后拆开。手工刀锋利地划开纸胶带，滑雪板的标志硕大而居中。他屏住呼吸，打开封层和包装盒，展开防震纸套。

一声尖叫让贾阿姨差点儿在楼梯上摔倒。

她推了推眼镜心想，向来自持的小少爷，怎么也会发出她七岁孙女看到偶像时发出的声音？

叶开的脸红扑扑的，完全被兴奋浸染了。

这是他喜欢的板子,是他一直想买却没狠下心买的!

八千美元,叶开对这款滑雪板的价格、参数和优点倒背如流,有段时间梦里都在抱着它上雪山直滑。这样的板子是专为野心和极限而设的,叶通本就不乐意叶开滑雪,给他买这样的滑雪板更加是痴人说梦了。叶开虔诚地跑去洗了个手,才做梦般轻轻抚过滑雪板表面那一层亚光触感。

叶瑾推门进来时,还以为宝贝弟弟好端端地就傻了。看他跟哈士奇似的在地上乱滚乱蹬,她凉凉地说道:"爷爷还有五分钟上楼,我劝你立刻藏起来,要么就想好怎么解释。"

叶开抱着它无头苍蝇般乱转,最后胡乱塞进了衣帽间的鞋柜里。

结果叶通并没有上来。叶开意识到自己被耍了,愤怒地说:"你打断了我的快乐!"

叶瑾笑得直不起腰,趁叶开跟她打起来前溜下了楼。

叶开重新把雪板抱出来,不挪了,坐在衣帽间的地毯上给陈又涵拨视频电话。

他迫切地想要告诉陈又涵,那是他十七岁收到的最好最好的礼物。

陈又涵今晚上老老实实地在书房里看方案,接到叶开的视频时拧掉了书房灯,起身走向阳台。

清凉的夜风和浩瀚的城市灯火一起涌入,他夹着烟接起了视频。

没有灯,陈又涵英俊的脸在昏暗的光线中满是噪点,只有烟头是火红的,像颗红星。他对着镜头吐出一口烟:"有何指教?小大人儿。"

叶开抱着雪板,笑得有点儿傻:"我好喜欢你的礼物!"

陈又涵这才注意到他怀里抱的是什么,虽然只能看到局部,但也能分辨出那极具侵略性的涂鸦和配色。小小的屏幕框住叶开的笑脸,他拿手机的角度还是那么不讲究,但无论如何都笑得好看,开心得仿佛头上在冒星星。

陈又涵获得迟来的满足感，也委屈了，像个幼稚的篮球手要求裁判推翻不公正的评分："现在你可以重新进行排名了。"

"第二吧。"纵使嘴都快咧酸了，叶开还是冷酷无情地给了个second[①]。

陈又涵气不顺，掐灭烟骂道："行了，知道了，滚去当你的'王者'吧。"

叶开直到陈又涵挂断视频后还在笑，也不知道怎么那么好笑，肩膀都笑得发抖，嘴角放下来好像是天底下最难的事情了。他给陈又涵发微信。

叶开："又涵哥哥。"

叶开："第一喜欢的礼物我已经想好了。"

叶开："咱们去露营好吗？"

叶开："两天一夜。"

叶开："可以吗？"

陈又涵对着这几个短句勾起了嘴角，一晚上起落的心情终于着陆，连屏幕上密密麻麻的财报都顺眼了很多。

叶开想走的是香岛著名的徒步线路，光从宁市到香岛就得大半天，一个周末有点儿赶，好在清明小长假就在眼前。两个人约好了时间。过了两天，叶开发过来一张购物清单，将近三十项待采购的东西，陈又涵看了一眼就扶住了额角。

内线闪烁，顾岫瞬间应召，推开总裁办公室的门问道："什么吩咐？"

可能陈又涵是要更改市场部的会议时间，也可能是投资方案出了问题，或者说战略部提交的前调报告要细商。

[①] 第二名。

陈又涵说:"登山包有推荐的吗?"

顾岫:"……"

小长假的第一天,上午八点,茶餐厅临窗位子,陈又涵一边喝冻奶茶一边打哈欠。叶开切菠萝油,看他困倦的样子觉得好笑:"昨晚上又在哪里鬼混了?"

陈又涵"啧"了一声:"你就不能想我点儿好?"第一季度结束,他整天把自己泡在各种方案和财报数据中,睁眼闭眼都是"同比""环比""营收利润"和"下季度目标",已经连续五天没睡过一个囫囵觉了,哪儿还来什么精力去鬼混?

叶开递半片菠萝油给他:"你这么虚,不会累死在半路吧?"

陈又涵呛了一口。他生平第一次听到这个字和自己关联上,冷笑一声:"你是不是找死?"继而长臂一伸将菠萝油塞了叶开满嘴,"小孩子懂什么?!"

陈又涵很少穿T恤衫和运动裤,今天穿了一身黑,只让人看到他身高腿长,胸肌在半紧身的上衣下若隐若现,手臂线条劲瘦结实,肱二头肌微微起伏。不愧是每年在健身房砸三十几万的男人,简单的黑T恤衫被他穿出了高定的气势,看上去绅士又凌厉。

这段著名的徒步线路起始段在西区,从海关到西区打车约一个小时。装得鼓鼓囊囊的登山包被扔在车子后备厢里。两个人在后排落座。陈又涵双膝一歪开始靠窗补觉,叶开用本地方言跟司机聊天,问最近的天气。虽然天气预报显示天晴,但这个季节的海边是很阴晴不定的。叶开的计划是从水库徒步到夕湾,今晚在夕湾露营,第二天取道下夕湾后出山,难度和强度都很适合新手。

陈又涵睡得沉,等到目的地时才发现自己竟然枕着叶开的肩膀。他悠悠转醒,看到叶开手里递着一张公交卡,正在和司机说话。

下了车便是水库长长的东坝石堤,两侧碧波万顷,山体裸露的黄色岩石在水波年复一年的冲刷下形成独特的波纹形状。在远处的港湾内，几艘白色游艇在水面上拖曳出长长的白色尾巴，有人被牵引着冲浪。

叶开举起手机直呼姓名："陈又涵，拍照！"

陈又涵敲他的脑袋："没大没小。"

手机被高举起，叶开比出剪刀手，按快门前被陈又涵使坏。

画面抖了一下，成功失焦。

从这里到茄湾，一路散布着许多野牛。虽说是野的，却也是被政府"招安"了，每头牛都有自己的编号，附近的村民和游客总是投喂它们，因而一个个都膘肥体壮、高傲无比，连脾气都懒得发。陈又涵使完坏就溜，顺路对石堤上吃草的野牛说道："叶开，别吃了，再吃超重了。"

叶开："……"

山路起伏，但相对平缓，难度的确不大，他们到茄湾只用了半个多小时。这里水清沙幼、人迹罕至，倒是野牛成群，所以很少有人在这儿露营。

陈又涵捡了根枯树枝在白沙上写写画画，最后出现两个火柴棍小人，一高一矮，明显是他们两个人。叶开以指代笔，在高个儿的那个小人头上画了朵五瓣小花。陈又涵礼尚往来，给矮个儿的小人脑袋边加了个糖果。可惜两个人都手艺不佳，画面怎么看怎么扭曲，最后自暴自弃开始走抽象派互相攻击，你画个狗尾巴，他加个乌龟壳，生生把兄友弟恭逼成了自相残杀。

从茄湾到夕湾，难度明显上升，各种漫长陡峭的土坡，随之而来的风景也壮阔秀美起来，香岛西郊的海岸风光一览无余。路上看到穿着拖鞋拎个塑料袋就来爬的人，陈又涵一脸难以置信的表情："叶小开，你是不是耍我？"对方云淡风轻、优哉游哉，陈又涵的心都要喘出来了。

第四章 露营

距离夕湾还剩最后一截下坡，本以为可以一鼓作气马上就到，没想到他们愣是走到了天黑。到达夕湾村时，陈又涵感觉小腿都不是自己的了，僵直得打不了弯，咬着牙冲进士多店买冰可乐。凉爽的碳酸饮料下肚，他长舒了一口气，说："负重徒步，从入门到放弃。"

叶开笑得不行，瞅着最后一截路耍赖，要让陈又涵增加负重。陈又涵帮他解了登山包反背在胸前，整个人成了夹心汉堡，好在他利落修长，纵使如此狼狈仍是气定神闲，惹得路人频频偷看他。

两个人步子慢下来，晃晃悠悠地穿过村庄，绕过水坑，走过通向沙滩的石板桥，海湾近在眼前，浪花拍打着水岸，发出温柔的"哗啦"声。临近海边有小酒吧，亮着温暖的黄色灯光，几个外国人在将黑未黑的天色下饮酒。

沙滩上已经支起了很多帐篷，灯光深浅不一，看着十分梦幻。他们找了块干净的地方开始折腾。叶开并没有什么徒步的经验，陈又涵虽然也是个新手，却意外地靠谱儿，研究了一通说明书，趁起风前终于把今晚的住宿地方搞定了。

沙滩边只有零星的村屋，两个人就近用餐，餐馆简陋，吃了最简单的通心粉和咖喱牛腩饭，配两听可乐。两个人吃过后天完全黑了，海浪越发大，而星星愈见亮眼。蟋蟀声猖狂，人声隔得很远。经过小酒吧，橙黄的灯光框住夹杂着各国语言的笑谈声，海风吹动一盏电线吊灯。陈又涵手插裤兜，停下脚步一偏头："喝一杯？"

两个人一前一后地走进吧台。陈又涵要威士忌，叶开很有自知之明，只点了杯无酒精的莫吉托。两个人坐在面向海浪的吧台边，迎面没有灯光，只有黑黢黢的海和反光的浮标，游客三三两两地经过。叶开用吸管小口啜饮，偶尔歪头看陈又涵。

灯光在叶开眼前形成重影。

回程的时候起了风，他深一脚浅一脚，在不平坦的沙滩上走得磕磕绊绊。

陈又涵站住脚步，半侧过身等着他。

夹在指间的烟头明灭，像黑夜里寂寞的一颗星。

穿着鞋太难走了，叶开干脆脱了鞋子拎在手上，裤腿挽到小腿上，走着走着不老实，跑向潮湿的岸边。

陈又涵看着他的背影跑向海岸线。

被海浪反复冲刷的沙滩光滑而结实，赤脚踩上去有种让人心安的触感，叶开浅浅地踩着水，感觉潮水拍打他的脚踝，冲上泥沙和贝壳的碎片，或许还有些生活垃圾。陈又涵远远地看着他玩水，在黑夜里留给自己一个自由无忧、属于少年的剪影。

叶开蹲下身，在沙滩上写下一行字。

潮水来了又走，那行字消失了。

"又涵哥哥！"他冲陈又涵大喊。

陈又涵慢悠悠地走过去："怎么？"

叶开上扬着嘴角笑："我刚才写了一个秘密。"

陈又涵挑了挑眉："然后呢？"

"然后它被海浪卷走了。"

叶开笑得露出白齿，眼神却很迷离。陈又涵无奈地笑了一声，走向他："过来，回去了。"

叶开拎着鞋子"嗯"了一声，眼睛亮晶晶的，浩瀚的星海都成了他的背景。他就这样定定地看了陈又涵两秒，而后奋力地跑向陈又涵。风鼓起了他的T恤衫，像长出了翅膀。

天一黑，所有帐篷都成了一个样。两个人摸索着找了一圈才看到自家的帐篷。里面挂着应急灯，从外面看像个发光的童话水晶球。就是风太大了，帐篷都被吹得没形了，像是女巫下山。

越到晚上风力越强，陈又涵检查了一下四角地钉的牢固度，一扭头，看见叶开已经笨拙地拉开了帐篷门的拉链。

虽然是背风的方向，但那一瞬间叶开还是感觉帐篷差点儿拔地而飞。叶开猫着腰半爬半滚，靠着一角笑得喘不过气。

陈又涵拉上拉链，小小的空间里恢复了平静，再低头一看，到处都是沙子。陈又涵"呸"了两声，灌水漱口。太艰苦了，陈家累世经商，他根本就是个含着金汤匙出生的大少爷。

登山包东倒西歪地敞着，叶开坐在防潮垫上半闭着眼揉眼睛："又涵哥哥，我的眼睛里进沙子了。"

陈又涵扔下水瓶半跪着掰开他的手，就着白色的灯光，看到他的右眼眼睫不住地发抖，眼眶红红的，沁着眼泪。

"别动，我帮你吹吹。"陈又涵用手指轻而强势地掀开他的上下眼睑，轻轻朝里吹了口气。

叶开忍不住瑟缩了一下，眨了眨眼："还在。"

陈又涵又吹了一口，问："好了吗？"他剑眉星目，眉骨高挺，一双眼睛在这么暗淡的灯光下也恍如点漆。

陈又涵很绅士地说："我出去打水，你先闭眼休息一下。"

条件有限，这里不能洗澡，但村民给游客留了公用洗手台，在那里可以打到水。陈又涵装满了两个一升容量的矿泉水瓶，进帐篷时又灌了一嘴沙子。

连脏话他都没脾气骂了。

叶开趁这会儿工夫已经收拾好了两个背包，抖搂开了气垫和睡袋，把睡袋拉链拉开，上面摊放着换洗衣物和毛巾。他反手脱掉T恤衫，露出劲瘦的、属于少年人的上半身。滑雪和网球对核心力量要求很高，所以叶开的腰腹线条非常漂亮。

帐篷里的空间狭小而逼仄，外面风声呜咽得紧，隔壁外国人交谈的声音清晰可闻，更衬得这里面沉默难挨。叶开慢吞吞地擦胳膊、脖颈、胸膛、小腹，动静很小。

陈又涵拿着手机看工作群的消息，过了会儿，察觉背后没了声音。

"叶开？"

"喂。"

没有应答，身后传来绵长平稳的呼吸声。

陈又涵："……"

他回首，发现叶开攥着打湿了的速干毛巾，歪着身子半靠着帐篷睡着了。

叶开的额发垂下，半遮住他的眼睛。

陈又涵放下手机，很轻、很静地靠近他，从他手里抽出毛巾。

叶开半夜被渴醒时，一时间甚至反应不过来自己在哪里。外面鬼哭狼嚎，帐篷被刮得猎猎作响，他裹在羽绒睡袋里，身上半黏半干的，感觉很奇怪。他摸索了半天找到手机，一看时间是半夜一点。

帐篷里没有陈又涵的气息。

应急灯被拧亮，照出对方平整的毫无褶皱的睡袋。叶开穿好T恤衫，在狂风中拉开面朝大海的那一侧门，毫不犹豫地钻了出去。外面漆黑一片，奇怪的是，当人置身于其中时，反而不觉得这海风如何可怕，甚至让人觉得舒爽。黑暗中所有的事物都影影绰绰看不真切，叶开眯着眼找了会儿，捕捉到一个红色的光点。

陈又涵屈膝躺在沙滩上看星星。烟已经燃烧到了尾声，终于在熄灭前被叶开找到。

"吓死我了，我以为你被野猪吃掉了。"叶开拎着水在他身边坐下。

"野猪？"

"对呀，你不知道吗？这里有一只野猪经常趁半夜来拱帐篷。"

陈又涵说："这么危险的事情，麻烦下次出发前先讲清楚。"

"它都没有獠牙。"

叶开说着，捧起一把沙，看海沙被风从掌心里吹成一层薄烟。

"怎么不睡觉？是我吵到你了吗？"

"是的，你非要拉着我要我看你开演唱会。"

叶开感到茫然，脸色后知后觉地泛红："骗人。"他小声说。

他睡觉一向很安静，怎么可能说梦话？

陈又涵若有似无地笑了一声，拉他躺下："看星星。"

叶开双手枕在脑后，并没有什么浩瀚星海映在他的眼中。风起了，云也起了，遮住了那些闪烁的星体，只留下零星的几颗散在蓝黑色的苍穹中。

"又涵哥哥，你有心事吗？"

"成年人当然会有很多心事。"

陈又涵闭着眼与叶开一问一答，星星和海洋都消失了，只留下"哗啦、哗啦"的模糊声音。

"那你跟我说。"叶开说，语气天真。

陈又涵的气息里带出笑意："你还小，要有一个快乐的十七岁。"

第二天两个人起了个大早，在村口的士多店买了三明治，再度出发，还未出夕湾，见一群人围在海滩边的岩石上，脸上都是又害怕又痛心的表情。叶开走近两步，骇得面色惨白——一条大蟒蛇，肚子鼓鼓地躺在潮湿的黄石上，不知是吃饱了还是被打死了。

"蟒蛇吃人了吗？"有人问。

"不是，"经常来轻装徒步的香岛人回答，"是吃了野猪。"

一个晴天霹雳——可爱的、没有獠牙的小野猪被吃了。

陈又涵差点儿疯了："叶小开！你绝对、绝对不许再来这里！"

叶开垂头丧气地说："我比野猪大。"

但在和蟒蛇搏斗这件事上，他比小野猪大似乎也无济于事。

或许是蟒蛇的事情刺激到了陈又涵，这之后的全程他都很紧张，护着叶开。

从夕湾到下夕湾的路上修了石阶,走起来轻松,游客也很多,很多是拖家带口来过周末的。石阶临着蓝色大海,带着荆棘的蔷薇花迎风招展,透过花瓣可以看到耸峙的悬崖下,海浪循环往复地拍打着嶙峋的礁石,卷起层层白色泡沫。

石阶很窄,仅供两个人并行,上上下下难免磕碰。陈又涵将他护在靠近山的那一侧。

"又涵哥哥,你好像带小学生春游。"

"嗯,下次给你换个小书包,再戴一顶黄色的渔夫帽。"

叶开:"……"

"上面绣几个大字——迷路请找陈先生。"

"后面写你的电话号码?"

有几位拄拐杖的老人上来,陈又涵等在一侧让他们几个先走,随口说:"不然呢?你又记不住那么长的数字。"

叶开无言以对,胡乱说道:"凭什么找你?我又不姓陈。"

陈又涵回头瞥了他一眼,若有似无地笑:"你愿意的话,也不是不可以。"

叶开怔了怔,听到陈又涵慢悠悠地叫他:"弟弟。"

清明过后,宁市进入漫长而反复的雨季,下得人心烦意乱。

GC 集团今年的重点项目是跟区政府联合规划的未来新 CBD,集商业、办公、酒店、公寓为一体,在地铁上盖,知名五星酒店入驻,5A 级写字楼。地产商已经闻风而动,周边几片地不断被拍出高价,而陈又涵主导的规划报告却被董事会卡死。政府方面等不得,陈又涵心烦意乱,差点儿在会上跟人干起架来。

工作上的不爽延续到私生活中,他连去皇天餐吧喝酒的次数都少了，非必要的社交应酬一概推掉，兜兜转转，唯有伍思久每天给他发微信问候"早安""晚安"。

四月中旬，艺考分数下来，伍思久过了心仪院校的专业分。心仪院校是一所省内的全国一流美院，考的是版画系。他安下心来，进入到文化课的备考冲刺阶段。让他受宠若惊的是，陈又涵竟然为他请了一对一的全科名师补习。这比任何昂贵的礼物都让伍思久震颤。数学老师留完作业后拎包离开，他母亲不敲门就闯进来，讲话冷嘲热讽："哟，哪里来的大善人哪，还给你请老师上门？要远走高飞了是吗？你这边请家教，社区那边就有人举报我们低保！"

伍思久知道最近他母亲的病情反复加深，按捺下内心想要辩解的冲动，只是略显疲惫地揉了揉眉心："我选的是省内的学校，谈什么远走高飞？别跟我吵，两个月，你让我安心过完这两个月，之后我去上大学，会努力画画养你的。"

"砰"的一声，老式的铝合金玻璃门被摔得不停震颤。

手机"嗡嗡"地振动，是微信语音电话请求。他振作精神，滑开屏幕，是乔老板。

"陈又涵喝醉了，"乔楚开门见山地命令道，"你来一下。"

伍思久到时，正是餐吧最闹腾的时候，他在柜台边扫视一圈，没看到人，柜台当值的调酒师说："接陈少是吧？二楼左边第一个包间，乔楚在呢。"

伍思久三步并作两步跑上去，推开厚重的包间门，气喘吁吁地边走边问乔楚："他没事吧？"

"喝多了。Kiki，你帮他搭把手。"

陈又涵并非醉得不省人事，模模糊糊还有些意识。伍思久扶着他，跌跌撞撞地穿过变幻的霓虹灯灯光。门外，乔楚已经安排了车，两个人合力把陈又涵塞到后座扣好安全带。司机回头问去哪儿。按照惯例是隔壁酒店，但陈又涵这时候无意识地报出了一个地址。

伍思久怔了怔，以为自己幻听了。他微微偏过头去看陈又涵，生怕自己动静大了惊醒了对方。可陈又涵靠着椅背似乎睡着了。

半个小时后，专车停在了江边一栋高档公寓楼下。

"又涵哥哥？我们到了。几楼？卡呢？"

这里物业管理严格，不仅进门要刷门禁卡，就连电梯也是一户一卡，感应后自动定位业主楼层。伍思久把人安顿在大堂休息区的沙发上，摸遍了他的口袋，没有。保安认出陈又涵是二十八楼的业主，表示可以帮忙，但需要登记。陈又涵十指插入发间，含糊地说："小开，你去登记。"

保安看到眼前的这个年轻人脸色煞白，不似人色，在辉煌的水晶吊灯下也掩盖不住。

伍思久机械地走向前台，提笔，一笔一画地写下"叶开，到访时间 22:35"。

宁市的雨说下就下。

轿厢里只有两个人，空调输送着冷风，让伍思久觉得四肢冰冷僵硬。光滑的梯门映出扶着陈又涵的他，站得笔直，面无表情。

"又涵哥哥。"他唤醒陈又涵，"咱们到了，密码是什么？"

如果陈又涵认出他来，并要他冒雨回去，他也不会有什么意见。但是陈又涵的目光在他脸上聚焦了又涣散，梦呓似的报出一串数字。伍思久依言按下密码，电子门锁发出"咔嚓"声，甜美的机械女声说着"欢迎回家"。

闪电撕裂天空，近三百平方米的大平层房子有着一气呵成的全玻璃落地窗，映着城市上空瓢泼的大雨和翻滚的雷云，雨水在窗户上冲刷成河。室内，全自动感应夜灯全部亮起，笼罩出了昏黄温暖的光晕。

不知雨是几点停的。

第四章 露营

下过一夜的雨，宁市的清晨格外明亮。正对着落地窗的两米宽的双人床上，烟灰色的床单凌乱地搭在腿腹间。陈又涵被阳光刺醒，头痛欲裂。语音遥控关窗帘，出了声才发觉嗓音沙哑得不像话。意识后知后觉地回笼——昨晚上是谁送他回来的？叶开？但他怎么会打扰叶开休息？

他出了卧室，答案自动揭晓。宽大的沙发上躺着一个人，正蜷着脊背背对着他，肩胛骨瘦削，腰间半盖着沙发毯，无论是从他整齐的外衣还是姿势里，都能看出他的拘束。这是因为他到了不属于自己的地盘，战战兢兢地不敢越雷池一步。

陈又涵点起烟抽了一口，打火机砂轮转动的声响惊醒了沙发上的人。伍思久几乎是立刻弹了起来，下了地，吞咽了一下口水才问候："你醒了？对不起，昨天晚上太晚了，而且下了很大的雨……"

陈又涵往茶几上扔下打火机，随意地点了点头说："麻烦你了，不过，你怎么会在这里？"

乔楚知道他的脾气，不会随便把他的住址告知外人，按惯例该是把他送到酒店，他怎么会回了家？

伍思久坐在沙发边，不知道为什么，在陈又涵客气询问的语气和审视的眼神中，感觉到了一股缓慢涌起的耻辱感。他微垂下头："你让我送你回家的。"

陈又涵弹了弹烟灰："不可能，我一般不喜欢别人到我家。"

伍思久没睡好的大脑开始鼓胀，太阳穴一突一突地跳，面色却极度平静："你以为我是叶开。"

陈又涵怔了一下，不动声色地扫视伍思久。伍思久的某些五官和轮廓的确和叶开很像，在喝醉了的情况下自己是有可能搞混的。如果昨晚上他以为来接自己的是叶开，那让叶开送自己回家就很正常了。

他不是不讲道理的人，想到这一层，脸色有所和缓，对伍思久说:"算了,你去洗个澡,然后去上学吧。"

浴室里传来花洒被打开的声音。

伍思久洗得很慢。浴室大而明亮,明明是一样使用方法的花洒,过度呈现出金属的色泽让他按开关的手都变得迟疑,仿佛怕弄坏它。洗完后,他赤足踏上宽厚的地巾,从巨大的镜子里审视自己。

他客观而严谨地审视自己的眉眼、鼻尖、嘴唇,微微侧过脸,看下颌骨的曲线,而后抬臂,指尖很缓慢地抚过自己瘦削的脸颊。

像吗?

灰色大理石纹台面上,是陈又涵日常起居使用的一切物品。伍思久仔仔细细地一样一样扫过,精油香氛、洗面奶、喷雾、须后水……藤编收纳框里叠放着白色擦手巾,灯光明亮清晰。陈又涵的家,就像是最奢华的酒店般有序、一丝不苟。

伍思久着迷于这明亮、有序、充满着香味儿的一切。

他从托盘里挑选了一支乳木果淡玫瑰精华的护手霜,刻意慢条斯理地从手背、掌心护理到指尖,而后推开玻璃门。

陈又涵还站在窗边,背对着玻璃门。他已经洗过澡,换上了松垂的烟灰色运动长裤,上半身是纯黑的T恤衫,是有点儿宽松的款式。从背后看,他身高腿长,肩背宽阔,没有定型的黑发柔软地垂下。

窗外,一夜的雨过后,西江水涨船高,白色的观光游轮在江面游弋。对面便是宁市的CBD,GC集团的楼标醒目光鲜。

陈又涵听到动静,转过身,看到伍思久已经穿戴整齐,随口说:"我帮你叫了车,下楼吧。"

"我还可以来吗?"伍思久换好了鞋子,停留在玄关口,"又涵哥哥,比如我被妈妈赶出来的时候?"

陈又涵打开门送客:"不可以。"

送走了人,陈又涵拎着喷壶走进阳光房给花草浇水。客厅壁炉的古典座钟上，时针停留在"十"的刻度，分针刚过两格。今天是周六，他这个时候给叶开打电话，应该不过分。

"嘟"声响了三下后，电话被人接起。

背景音嘈杂，原来叶开这么一大早就在外面了。

陈又涵按了两下喷壶，看水珠缀上天堂鸟墨绿色的叶片，漫不经心地问："在哪儿？"

"在外面。"叶开冲路拂摆摆手，拒绝了果味儿饮料，指了指冰可乐。路拂使坏，把带着冷凝水汽的听装可乐贴上叶开的胳膊。叶开躲了一下，没忍住笑了一声。

陈又涵捕捉到，手里的动作顿了一顿："好久没见你了，吃个饭吧。"

"这周末不行。"叶开拒绝掉，"今天约了人，明天要写作业。"

"那下周末吧，帮我分个手。"陈又涵放下喷壶，在洒满阳光的飘窗软垫上坐下。

叶开狐疑："你又和谁分手了？"

陈又涵从脑子里搜刮对象，没找到，随口胡诌："一个模特儿。"

"啊？"叶开犹豫了一下。叶瑾的工作和娱乐圈的人有交集，他不能当着圈内人和陈又涵演父子，弄巧成拙就露馅儿了，"这次不行，你找别人吧。"

陈又涵从胸膛里闷出一声低笑："你怎么这么难约？"

"又涵哥哥，"叶开回头看了一眼已经超级不耐烦了的路拂，笑道，"你今天好奇怪，到底找我干吗？"

陈又涵自嘲地勾了勾嘴角，恢复玩世不恭的语调："没什么，就是有点儿无聊。"

路拂的耐心彻底告罄，两手插在工装裤里叫叶开，后面加上"同学"二字，听着有股很亲近的味道。

陈又涵听到了，手指无意识地掐下一片香水柠檬的叶子，问："你干吗呢？"

叶开准备挂电话，语速很快地回答："先不聊了，在跟同学逛漫展。"没等陈又涵再说什么，又立刻追加了一声"拜拜"。陈又涵便也只好说了声"拜"。

陈又涵挂掉电话，阳光房重又陷入寂静。

"又是你那个哥哥？"路拂勾住叶开的肩膀。

叶开"嗯"了一声，调出日历，在下周五记下一则代办——约陈又涵。

"你们年纪差这么多，能玩到一起去吗？"路拂的调子永远是懒洋洋的，"大十六岁确定没有代沟什么的吗？"

叶开笑了笑："幸好，他还没嫌弃过我幼稚。"

其实路拂的本意是暗讽陈又涵，没想到叶开却很自然地自己承接了这个讽刺。路拂有点儿无语地翻了个白眼："叶开，你家里把你教得太好了，拜托你拿出点儿豪门少爷的气势，好吗？"

如果不刻意去打听的话，根本没人知道这个人就是校董主席瞿嘉的儿子。

路拂记得他换寰后第一次见到叶开，那时叶开刚升高一，比现在矮一点儿，瘦削挺拔，恰到好处的礼貌和疏离态度，给人一种很舒服的分寸感。路拂常被叶开的意志力折服。青春期的孩子多少都有点儿犯懒，但他从没有在叶开身上看到过任何放纵的影子。叶开对感兴趣的东西刻苦，对责任内的事情尽力，松弛而坚韧，凌厉而游刃有余。

天翼中学新进校的学生往往都是先注意到叶开这个人，才会后知后觉地被告知："哦，原来他就是传说中的叶开呀！"

"你这么时刻为别人着想，以后会被欺负的。"路拂语重心长，像个过来人似的教育叶开。

叶开笑道："为什么要把别人想得这么坏？"

"你有很多别人没有的东西，有人因为这些喜欢你，自然就会有人因为这些嫉恨你。"

"你这学期逻辑学选修课是不是准备拿满分？"

路拂说："行吧，屡教不改的叶小少，我只能祝你天天走花路了。"

花路没走到，倒是周一叶开就和伍思久狭路相逢。

还有一个多月就高考，伍思久时间不多，他看了叶开的课表，选在叶开体育课结束的时候碰上。

刚好是体能测试，叶开刚跑完一千米，额上都是汗，乍一碰到伍思久，有点儿蒙。

"又碰到了。"家教不允许他视而不见，他平缓了一下呼吸，笑道，"好巧。"

伍思久的目光径直停留在叶开的脸上。

他们是挺像的。

可是他更漂亮，而叶开更贵气。

漂亮是凭基因决定的。贵气是什么？贵气不过是命运赠送的另一份不公正待遇。两粒相似的灰尘，只不过其中一粒恰巧被聚光灯照亮了，所以给人以钻石的错觉。或者反过来，两颗相近的钻石，只不过其中一颗恰巧被人悉心擦拭，所以给人以更明亮的错觉。要是另一颗也被擦净，人们便会发现它其实更夺目。

伍思久冲叶开挥了挥手："是挺巧的。"接着，他像是突然想起来似的，擦身而过后回头问叶开，"原来你也会画画呀？"

叶开很莫名其妙，停住脚步："怎么了？"

"没什么，看到陈又涵的玄关那里挂了幅半面佛油画，下面是你的签名。"伍思久赞赏道，"没想到你画画这么厉害。"

"不是我画的，是……"叶开蓦然停住，问，"你去过他家了？"

伍思久点了点头:"那个海螺化石也是你送的吗?听说能在珠峰上捡到海螺化石的人都很幸运。"

在南极旅行的时候,叶开曾有幸见到过冰山碎裂的壮观景象。

漂浮在蓝黑海面上的巨物寂静无声,散发着幽暗的、蓝莹莹的光。由一声不被人察觉的"咔嚓"声开始,它裂开一道细小的裂缝。碎冰滚落,裂缝持续扩大,轰然的一声巨响后,冰山一分为二。它开始沉底,像一艘船一样,沉入黑暗、冰冷而寂静的海底,徒留可怜的十分之二继续平静地漂着,等待着下一次碎裂。

海螺化石是叶开在珠峰找到的。五千二百米海拔石碑的半径五米内,他捡到海螺化石的概率就像是被流星砸中。他将其送给陈又涵的时候像送出独一无二的幸运。

对,那是去年他送给陈又涵的生日礼物,被陈又涵放置在卧室的床头,有美丽的水晶罩在保护它。

叶开的掌心潮湿得可怕。

伍思久饶有兴致地观察着叶开,继而说出想好的台词:"谢谢你呀。如果不是上次你帮我,我可能就联系不上他了。我跟你天差地别,能被他一视同仁地当弟弟,是我的幸运。"他很轻地笑了一声,耸了耸肩,"而且,也许在他眼里,咱们确实很像?"

"弟弟?很像?"叶开轻眨了一下眼,像是听不懂这个词,"你们最近……"

伍思久脸上维持着刻意松弛的笑意:"对呀,经常联系,可能他觉得你太幼稚了吧,所以让我取代你。毕竟他有很多话没办法跟你分享,你也听不懂。"

第五章　误会

　　手机在桌面上"嗡嗡"地振动，提醒着一则代办事项已经到了时间，通知栏里是四个字——约陈又涵。

　　手指在屏幕上右滑，世界安静下来，叶开又埋头收拾书桌。除了高三，天翼中学的寄宿生都是在周五上完两节晚自习后离校，所以学生们喜欢趁晚饭后先回寝室把东西收拾好。路拂要开班会，手脚比叶开快一步，出门前和他打了声招呼，却被叫住。

　　"路拂。"

　　路拂回过头去，发现叶开脸色很差，而且心不在焉。

　　"怎么了？"路拂握着门把停了下来。

　　叶开罕见地感到不安，甚至有一股茫然的焦躁情绪。对要问出口的问题，他本能地觉得小题大做、啼笑皆非，但另一种更庞大的本能笼罩住了他，让他一定要问清楚。他问："我幼稚吗？"

　　这是什么鬼问题？路拂莫名其妙："不啊，你怎么会这么想？"

　　"你上次说的问题，"叶开垂首，无意识地折着卷子的一角，"其实还是会有的吧？"

　　路拂反应了一下，才想起漫展上的那一问，还以为叶开想通了，附和道:"废话!当然了,学生党和成年人的世界有代沟啊,朋友。"他讲话总是很有经验的样子,"在他们眼里,咱们应该就跟小屁孩儿差不多吧。"

他不知道自己的哪个字讲错了,恍惚间看到叶开的眼神如被针刺痛般缩了一下。叶开点了点头:"所以一直和幼稚的人相处会没话说,因为说了对方也听不懂。"

路拂参加班会快迟到了,匆匆地点头,认可了叶开不易察觉的自嘲话语,说:"我先走了,放假了,开心点儿啊!回头带你上'王者'。"

"不打了。"叶开说,把卷子收拢塞进书包。

"啊?为什么啊?"

叶开的神色淡淡的,已经恢复正常:"你不觉得打游戏很幼稚吗?"

陆叔接到叶开,看到小少爷戴着棒球帽,帽檐压得很低,上车后一言不发,整个人蜷缩在后座上。

从前周五叶开回家总是很快活。虽然陆叔只是叶家的司机,但叶开也会把他当长辈分享学校里的事情。叶通工作很忙,祖孙两个人难得能畅聊。叶开分享给他,他便能在接送董事长时把这些有意思的事情讲给叶通听,常把老人家逗得心情很松快。

陆叔心里很疼惜小少爷,叶开虽然还在上高中,其实却是一个很细心成熟的孩子。

"小开今天不开心吗?"陆叔从后视镜里观察叶开,发现他并没有睡着,只是窝在一角发呆。

"没有,就是物理考试发挥失常了。"

满分一百二,他才考了八十六分。分数出来让全班惊掉下巴。

"老马还有失前蹄的时候呢。"陆叔不善言辞,笨拙地安慰道。

"陆叔,"叶开声音很虚,没有中气,"在你们眼里,十七岁也是小孩子吗?"

陆叔以为他怕被瞿嘉骂，宽慰道："在长辈眼里，小少爷就算是二十七岁了，也还是小孩子。"

车子驶到思源路二十八号——叶家主宅。陆叔把他放在别墅门口，自己开车进下沉地库。叶瑾裹着真丝睡袍在月光下哼着小调。花园里朱丽叶月季开了，她想剪几枝插在衣帽间的花瓶里。

"哟，谁家的小孩儿啊，这么漂亮？"她穿过花圃接过叶开的书包，喊道："瞿女士！你的宝贝儿子回来了！"

瞿嘉正亲自在厨房里给叶开切水果，听到声音，把剩下的任务交给贾阿姨，擦了擦手迎出去，倒是一眼就看出了叶开有些不正常。

"怎么了？脸色怎么这么差？"她摘掉叶开的帽子，捋上额发，手背贴住额头，"是不是病了？贾阿姨，拿温度计来！"

电子温度计显示出温度——三十七点八摄氏度，叶开是发烧了。瞿嘉心疼地抱住他："这是在学校里吃什么苦了？一星期不见，瘦这么多，是不是哪个同学欺负你了？"她本来有意和叶开谈谈物理成绩的问题，这一下什么都不舍得问了，连忙让贾阿姨联系家庭医生，又安排熬粥换床单给房间消毒。

叶开躺上床，像躺进云里，头重脚轻没了意识。

陈又涵周五没等来叶开的电话，周六的白天也没有等来，掐着秒数，六点、七点、八点……日子怎么这么难挨？

他很忙，比从前翻倍地忙，每周七天、每天十五个小时都把自己泡在工作里。老板这么拼命，做下属的哪好意思"摸鱼"？顾岫心里骂了一千八百遍有病，还是拆开了一罐新的咖啡豆。陈又涵从前工作时间很规律，反正超过九点谁也别想打扰他出去鬼混，现在倒好，别说晚上八点，就算晚上十二点了，办公室的灯还是亮的，而且还是星期六！

"英俊的陈总，我今天特意找小任看了一下项目管理表，每个节点的任务咱们都超前完成了,二季度开局大好,你看这万物复苏、草长莺飞——"

陈又涵一个冷冷的眼神投来。

顾岫接着说:"——的好天气,真是加班的好时节呢!"

陈又涵淡淡地说道:"你又没女朋友,不加班干什么?"

不是,单身人士没人权吗?

顾岫压抑下自己想卷钱跑路的眼神,厌厌地说道:"我是单身人士,可你不是啊,你……"

"我是,还有问题吗?"

顾岫:"……"

陈又涵抬眸:"没问题的话,把电脑搬进来,看一下招商进度。"

看完表格已经是半夜一点,陈又涵从烟盒里抽出一支烟,长长地舒了一口气,问:"听说你有个弟弟?"

"是的,今年高考。"

"你们岁数也差挺多的。"陈又涵说。

顾岫心念一动,不知道是不是自己敏感了。

"差十岁。"他答道。

陈又涵笑了笑:"他跟你没话聊吧?"

"那我跟小屁孩儿也没话聊。"顾岫不服输。

"跟你聊,你听得懂吗?"陈又涵话里的嘲讽之意若有似无,"漫展、动画、二次元、游戏、考试、球赛、NBA、暗恋、夏令营,你能听进去几个?"

"听不懂。"顾岫心服口服地说,"所以他的确不怎么爱搭理我。但我这个'清大'的学霸也不爱搭理成绩吊车尾的人好吗?"

"有道理。"陈又涵冷淡地点了点头,"我有个比较要紧的弟弟,既比我小十几岁,又是学霸。"

顾岫心里山崩地裂——这话聊岔了。

"老板，其实是这样的，"他小心翼翼地找补，思来想去又实在没有补的余地，半晌，只能说，"血浓于水。"

陈又涵笑了一声，不打算再为难这位兢兢业业的总助理，掐灭烟起身。

寂静的山路上，火红色的法拉利轰然驶过，又被一脚踩了刹车，缓缓地退了回来。

车窗降下，露出一张浓妆艳抹的脸。

"陈又涵？"

半夜两点，思源路。

叶瑾刚跟朋友飙完车回来，乍一看到这眼熟的帕拉梅拉，还以为自己见了鬼。

"你怎么在这儿？"

陈又涵的车停在路边，人靠着车站着，长腿交叠，正拢着掌心低头点烟。听到叶瑾的声音，他抬起头，眯眼吐出一口烟。

"这么巧。"

"巧什么？"叶瑾哭笑不得，"这是我回家的必经之路！倒是你半夜三更出现在这里干什么？"

陈又涵垂下手弹了弹烟灰，漫不经心地笑："想你了，不行？"

虽然知道这男人又在瞎撩拨人，叶瑾还是没忍住脸颊烧了起来。

"客气了。"她打开车门下车，"我看你是想我给你多介绍几个小明星吧。"

"看不起人哪？"陈又涵低笑，"我还用得着你牵线？"

叶瑾一想也是，打开小挎包，从里面掏出一个薄荷绿的烟盒，熟练地弹出一支细烟，"借个火。"

"你抽烟？"陈又涵的确有点儿惊讶，按起打火机。

"看不出来？"叶瑾笑了笑，低头凑过去深深地吸了一口烟，而后弹了弹烟灰。她的动作很熟练，有种妩媚而洒脱的感觉。

"藏得挺好。"

"别告诉小开。"叶瑾说。

"知道了。"陈又涵随口应道。

有点儿热，叶瑾甩了甩头发："来都来了，我看你多半也是睡不着，跟我回去喝个酒吧。"想到陈又涵开了车，她改口说，"喝茶也行，看你。"

陈又涵没那么没分寸，任性地开车到这里已经离谱儿，要是敢大半夜登门，明天陈、叶两家就能联合登报，庆祝两家喜结连理。

"不去？不去也行。"叶瑾上车，声音在夜风中显得结缥缈，"小开病了，你明天来看看他吧。"

陈又涵站直身体，从嘴里取下烟："严重吗？"

"不严重，"叶瑾笑了笑，"梦里也掉眼泪，把我们瞿女士吓得想请人来跳大神。"

叶开睡了两天。

他睡得大汗淋漓，梦见他和陈又涵在夕湾的海边走着，又梦见那条吃了野猪的蟒蛇肚子鼓鼓地躺在潮湿的岩石上。

一眨眼，变成他躺在地上，被一条艳丽的毒蛇缠住了，而伍思久穿着他的衣服，打扮得与他一模一样，跟陈又涵并肩说笑走着。陈又涵难道都没有发现身边的那个人不是他吗？还是说陈又涵发现了也觉得无所谓呢？梦里的他无论如何都挣脱不了那条蛇，也无法叫陈又涵回头。

房门被推开，陈又涵轻步走进房间。

床铺宽而厚实，羽绒被看着便很轻柔，叶开深陷其中，脸色苍白

第五章 误会

而双颊酡红,眉眼紧闭,额头上布满细密的汗。

房间里开着空调,他不应该热成这样。

"说是发烧,但怎么看都像是受惊过度的样子。"瞿嘉为他掖了掖被角,"今天再不醒就去医院了。"

陈又涵脚步放得很轻,对瞿嘉说:"我陪他坐会儿。"

瞿嘉看他一眼,没有拒绝,只点了点头。

门被无声地合拢,陈又涵俯下身,手掌轻轻地贴上叶开的额头,探他额头的温度,却听到叶开含糊地呢喃了一声,依稀像是叫陈又涵的名字。

"叶开?"

叶开深陷梦魇,无知无觉。

陈又涵再度叫了叶开一声,拨开他的额发,用毛巾为他拭去额上的汗液,在转身欲离去时,自己的手臂却被一把抓住。

他几近仓皇地转过头,看到叶开的瞳孔空洞而茫然,像水洗过的黑曜石。

"你醒了?"

叶开浑身都绵软无力,眉头痛苦地锁着,掌心烫得吓人,手指用力到指节发白:"别走。"

陈又涵冷静下来,说:"我不走。"又端详他,"小开?"

叶开开始无声地哭,表情毫无变化,眼泪就那么从眼尾滑落,没入鬓间。

"你觉得我很幼稚吗?"他问,嗓音嘶哑,好像被烧着了。

陈又涵直觉叶开不对劲。他应该立刻叫医生、叫护士、叫瞿嘉、叫保姆,叫一切人,但他好像被魇住了,竟然无法出声。

叶开问:"我很幼稚是不是?"他的嘴一撇,开始颤抖,继而真正哭了起来。

陈又涵兵荒马乱，俯在他身前不住地安慰道："不是，你不幼稚，谁觉得你幼稚？幼稚又怎么了，十七岁，谁要你当大人吗？"他根本不知道叶开为什么这样问，只是本能地、不假思索地回答，"如果可以，我希望你拥有一辈子都幼稚的权利。"

叶开不知道是笑还是哭，忍在鼻间的呜咽惊动了门外守着的护士。她推开门疾冲过来，摸了摸叶开的额头，说："他做噩梦了，你出去吧。"

瞿嘉闻风赶来，见叶开又哭了，脸色一沉，不客气地看向陈又涵："你怎么他了？"

没等陈又涵回答，瞿嘉便冷冷地下了逐客令，火速安排把叶开送往医院。

人再度醒来时，是星期一的上午。

这次是真真切切地清醒，绝不是梦游般假醒，他一睁眼便看到了陈又涵，见陈又涵垂头倚在窗台边在削苹果，很有耐心，好像在和那根将断未断的果皮较劲。

叶开静静看了两秒，发出些微动静，惊动了陈又涵。

"醒了？"陈又涵扔下削了一半的苹果，打开水龙头洗了洗手，擦干手后才走向叶开，帮他把病床升起，又在他腰后垫了两个柔软厚实的枕头。

做完这一切事后，他给叶开倒了杯温水，看着叶开喝下，才问："好端端的，怎么病得这么重？"

"刚开学不适应，太累了。"叶开轻描淡写地说。

他穿着医院的病号服，淡蓝色竖条纹，宽大无形，衬得他整个人的轮廓都很消瘦。

瞿嘉恰巧推门进来。她先是嗔怪地瞪了眼陈又涵，意思是：我儿子醒了，你居然不第一时间按铃？她在床沿坐下，捋了捋叶开的额发，捧着他的脸:"宝宝,你吓死妈妈了,再不醒,妈妈就要去捐钱盖寺庙了。"

家里人陆续都进来,陈又涵站得越来越靠边,看到叶开被大家很用心地关爱着,笑了笑,转身出门。

关门的时候,陈又涵抬眸想再看叶开一眼。叶开却刚好也在看他,还对他笑了,那意思好像在说"等一下再陪你"。

叶征第一个出来,与陈又涵寒暄:"没走啊?"

陈又涵站直身体,点了点头。

叶瑾第二个出来,见陈又涵坐在长椅上,睨他一眼:"你今天很闲嘛。"

陈又涵回:"刚在手机上开完例会。"

叶通第三个出来。

陈又涵趴在走廊窗口上想事。年轻人身姿挺拔仪态潇洒,叶通很喜欢。

陈又涵用余光瞥见他,恭恭敬敬地打了声招呼:"爷爷好。"

"多开解开解小开,他有心事呢。"叶通拍了拍他的肩膀。

陈又涵看一眼手机,过一分钟又看一眼。顾岫发过来一份文件。陈又涵救命似的打开,结果是个再简单不过的人事变动公告,气得用语音骂:"这种事也要来找我?"

顾岫看着OA上既定的签批流程陷入了茫然状态。

终于瞿嘉出来了,见陈又涵还在,吃惊地说:"陈总,今天公司没事是吗?"

"全集团休假一天。"陈又涵吊儿郎当地回答。

瞿嘉被噎得没话,听到病房里叶开笑了一声,瞪了陈又涵一眼,风风火火地走了。

陈又涵推开病房门,看到叶开也许是应付得累了,因此正半靠半躺着，冲他笑："你放谁假呢？"

"我放自己假，不行吗？"陈又涵在床沿坐下，手插裤兜架起二郎腿，瞧着不像是陪床的，而是收费陪聊的，计费一到立刻走人的那种。

"感觉怎么样？"他问。

"好多了。"

叶开的头发长了，这周本应该去剪，被生病一耽搁，过长的刘海儿垂下，略微遮住了他的眉眼。

他眨了眨眼："又涵哥哥，我做了一个梦。"

"梦到什么了？"

叶开嗓音沙哑地说："我梦到你来看过我。"

陈又涵笑了一声："还用梦？我难道不是肯定会来看你吗？"

"那谁知道？"叶开瞥过眼神，"我这么幼稚，病了也没什么好看的。"

陈又涵失笑："确实，我看这话是挺幼稚的。"

叶开不爽地瞪回他。

"不幼稚的话，你也不能在梦里哭成那样。"陈又涵像个纨绔子弟一般说，屈指很轻地弹一了下叶开的额头，"弄得叶瑾还以为你失恋了。"

叶开呆了，毫无印象，很怀疑地瞪着陈又涵："你少诬蔑我，我从来不哭。"

"你问瞿嘉去。"陈又涵抓起叶开的手臂，说，"就像这样，非抓着我问你是不是很幼稚。"

陈又涵在叶开小时候没少牵他。很小的时候，他伸一根手指，叶开拽着，跑三步才能跟上他一步。再长大点儿，陈又涵偶尔牵着他，带他吃冰激凌，吃出一嘴蛀牙，气得瞿嘉派人二十四小时盯着叶开。叶开上了初中后，陈又涵就不合适再牵了。

叶开挣动了一下，抽回手臂。陈又涵亦适时松开了，收敛了玩笑，问："怎么忽然这么问？谁嫌你幼稚？"

叶开的教养不允许他背后论人是非，何况伍思久本质上并没有说什么过分的话语，是他自己想深了钻牛角尖了，病了一场，似乎怪不到伍思久身上。

他轻描淡写地敷衍过去："没，只是生病里做噩梦，刚好梦到这个。那你……你当时怎么回答的？"

陈又涵认真看着他的双眼，维持着双手插着裤兜的姿势，高大的上身微微俯下："你不幼稚，就算幼稚，你也拥有永远幼稚的自由。"

宁市的雨下得没完没了，有时候一天能下五场，前一秒还艳阳高照，后一秒就狂风暴雨。中央空调安静地运转，雨水打在高空落地窗上，形成一圈一圈的波纹。叶开穿着短袖T恤衫，对陈又涵凌乱的房子束手无措。一米高的纸箱三三两两地摞在一起，衣帽间已经空了，剩下一堆鸡零狗碎的玩意儿。他小心翼翼地绕过满地杂物，走向半开放式的厨房。陈又涵在厨房里给他做饭。他偶尔下厨，但厨艺不错，这会儿在给叶开煎羊排，指间还吊儿郎当地夹着一支烟，握着铲子的样子显得很游刃有余。

叶开给他当了一上午的搬家苦力，此刻饿得有点儿头昏脑涨。叶开大病初愈就被剥削，觉得陈又涵好过分。

"陈又涵，你干吗不找几个下属帮你收拾？"他揉揉手腕抱怨。

"我对展览自己的私生活没什么兴趣。"陈又涵懒懒地回应，一回眸瞥见了叶开的动作，"手伤到了？重的东西放着别动，等会儿我来。"

马后炮。

叶开抱臂倚着中岛料理台看了他几秒，想起上回他给自己煎阿根廷红虾出了错，手忙脚乱地把烟灰都抖了进去，入口的时候叶开总疑心有尼古丁的味道。这男人看着精致得不行,实际上有时候也挺糙的。叶开微微一笑,故意问:"又涵哥哥,今天是大卫杜夫煎新西兰小羊排吗?"

陈又涵显然也记得这茬儿,没忍住笑了一声:"闭嘴。"

"我觉得大卫杜夫口感一般,要不这回换万宝路吧。"叶开走近他,闻到黄油被煎开的香味儿,不争气地馋了一下。

陈又涵"啧"了一声,把烟递给他:"掐了。"

叶开接过那细长的白色烟卷,烟灰缸就在手边,但他没动,只是反身靠着流理台,左手撑着大理石纹的台面,右手生疏地夹着那支烟。垂眼看了一会儿后,他抬起脸与陈又涵对视:"到底有什么好上瘾的?"

陈又涵静静地看着他:"戒不掉。"

两个人在一团糟乱的餐厅吃饭。好在餐桌整洁,尚且容得下两张餐垫。叶开慢条斯理,细嚼慢咽,在喝水的间隙问:"怎么突然想起搬家?"

陈又涵随口说道:"上班太远了。"

叶开回头,看着江对面笼罩在细雨中的 GC 集团的楼标陷入了沉思状态。这是什么绝世大少爷?过个桥的工夫都能委屈到自己。

陈又涵叉起一块煎蛋:"早晚高峰西江大桥堵得跟腊肠一样,有这时间我多睡几分钟不好吗?"

叶开放下水杯,一声轻磕的声音响起。他擦了擦嘴,说:"刚过来楼下保安让登记。"

两份表格,一份按日期记录,一份按楼层记录,都得当事人签名留电话。他翻到二十八楼那一页,访客寥寥无几,"叶开"这两个字出现频率之高让人恍惚。从签名中,他似乎还能看到自己是怎么跟陈又涵窝在影音室里打游戏看电影的。只是叶开的字遒劲漂亮,一股端正的贵气，有什么东西混进其中，他一眼便可以分辨。

"五月初有天晚上十点半，我没来过吧？"

陈又涵动作一顿。

"谁在冒名顶替我？"叶开开玩笑，一手托着下巴等着陈又涵的回答。

刀叉被放下，陈又涵用湿巾慢条斯理地擦手："是伍思久。"陈又涵摔下擦手巾起身，有股很抗拒的情绪，"我喝醉了，第二天才发现。"

"你是因为这个要搬家？"叶开隐约觉得有可能，但又觉得很不可思议。

陈又涵果然承认："不算，但也有。"

"你可真是矫情。"

陈又涵在沙发上坐下，架着二郎腿一手搭在靠背上，不客气地说："房子多，你管得着吗？"又不容置疑地对他招手，"过来。"

等人走过去坐下，他又命令："手给我看看。"

叶开依言伸出手。陈又涵翻看了一下叶开手腕，没什么扭伤的痕迹，但还是问道："疼吗？"

"不疼。"叶开说，"他来你的房子干什么签我的名？"

"因为……"陈又涵避无可避，"我把他错认成了你。"

叶开始料未及："你真把他认成我了？"

"喝醉了！"

"你怎么能把别人认成我？"叶开还是难以置信，"你瞎了吗？你真的觉得我跟他像？"

陈又涵那眼神像看傻瓜："像什么？！"

"但你就是认错了。"叶开喋喋不休，看样子深受打击。

陈又涵无语，举双手投降："我错了，别跟个喝醉酒了的人计较好吗？"

"有几分像?"叶开执拗地问。

他执拗起来有股认真的可爱劲儿,像是解一道题,要打破砂锅问到底。陈又涵又好气又好笑,拿他没辙,给出带精确刻度的回答:"一分,在喝醉的情况下有三分。"

"那你把他当弟弟,让他代替我,是因为他有一分像我吗?"叶开揉着手腕问。

"这位少爷可以别这么自恋吗?……不是,"陈又涵反应过来,费解地问,"我什么时候把他当……弟弟了?"

"不是吗?你这么忙还总找他,你都不找我。"叶开话里有话地记仇。

"你怎么知道我找他?"陈又涵眯了眯眼。

叶开垂下睫毛,沉默以对。

一场暴雨不知不觉间停歇,微弱的光线刺过浓云,投射在白色的地中海窗纱上,留下耐人寻味的光影。

"伍思久自己跟你说的是吗?"陈又涵松手。叶开没抬头,陈又涵俯身,低头寻找他的表情。

"是,"叶开心里一松,放任了自己任性,"是他说的。"

"他跟你说这些干什么?"

"我怎么知道?"

"也是他说你幼稚?"

叶开点了点头,忽然觉得意兴阑珊,站起身:"我去收拾东西。"没留神,他被箱子绊了一脚。

他将海螺化石和半面佛油画各自用泡沫纸包好,小心翼翼地收进纸箱。

陈又涵看着叶开跪坐在长绒地毯上的背影,穿着白T恤衫,轮廓因为一场病而消瘦下去。他握紧玻璃水杯,一边喝水,一边走到窗边看开始放晴的江景:"所以你上星期生病,其实是因为这个吗?"

叶开停顿下来:"算是吧……但是好像又是个误会。"

陈又涵斩钉截铁地告诉他:"是误会。"

叶开张了张唇,声音低了下去:"而且还很丢脸。"

陈又涵展开笑,看着他的背影回答:"不丢脸。"

雨季结束的时候,便是高考来临了。

天翼中学是高考考点之一,全校提前清场,高考最后一天刚好是天翼中学的社会参观日,叶开和路拂轮值做志愿者,早早就等在了校门外。考试结束铃响,两栋教学楼静了两秒,继而爆发出此起彼伏的怒吼声。交了卷子的考生都疯了,出圈的牲口似的乌泱泱地飞奔出来。守在外面的家长也开始骚动,只等保安撤走警戒线也一并涌进去。

叶开和路拂从高三的临时教学楼下穿行而过,到处是精力过剩的发泄的人和雪花般的试卷。虽然校方明令禁止不许撕书或扔书,但被"压榨"十来年了,解放了还不许狂欢一下?所谓的参观日名存实亡,毕竟谁也不想走着走着被一本练习册当头爆砸。

两个人恪尽职守地留守到五点,实则是无所事事喝着汽水溜达了一下午。明天开始正常上课,趁今晚最后的自由时光,路拂怂恿叶开一起出去撸串儿。

夏日的黄昏往往是一天中最美的时刻,风鼓起叶开宽松的衬衫,他干净的眉眼被晚霞涂抹得恍若一幅水彩画。停车场空了许多,保洁阿姨在捡卷子和水瓶。暧昧的橙黄色光线下,两个人止住闲聊,一眼便瞥见了陈又涵。陈又涵靠着车随意地刷着手机,人高腿长,一身高定服装,站那儿跟孔雀开屏似的,惹得落单的女高中生频频回头"花痴"地看他。

"我的天!你哥真的是……"路拂竖大拇指,"牛,但凡老天分我一半颜值，我也不至于单身到现在。"

叶开笑了，心中猜测陈又涵来这里的原因，脚步自然地向那边过去，看到伍思久跑向陈又涵，半路刹住。

"那不是高三的那个什么久吗？"路拂眯眼打量着那边的情景。

晚霞好美，像饱满芬芳的甜橙。

伍思久跑向陈又涵，心里闪过这个念头。

他不可避免地回想起他第一次见到陈又涵的样子。

皇天餐吧里，陈又涵被一束光勾勒出轮廓，握着威士忌水晶杯的手指修长有力，方形冰块在淡褐色的液体中碰撞。有人和他打招呼，叫他"陈少"，他轻描淡写地一眼扫过，目光与伍思久有零点零一秒的相触，而后低笑，站起身利落地与那人拥抱打招呼。原来那是餐吧的老板乔楚。

光影如何变幻，都不过是在给他增色。

伍思久看他们闲聊，逐渐将他的姓名与自己那位从天而降的资助人重叠在一起。

"又涵哥哥！"他跑到陈又涵的跟前，刹住脚步。

与伍思久的兴奋比起来，陈又涵过于冷淡了。他"嗯"了一声，收起手机，自己先坐进了车。伍思久已经做好了陈又涵问他考得如何的准备，语文作文写得有点儿急了，数学好难，但他自我感觉还行；英语听力错过了两句，可能会丢分；文综题量真大，政治解答题忘背了……陈又涵却一言不发。

伍思久自己起话题："又涵哥哥，谢谢你给我请家教，否则我的成绩应该去不了'G美'了。"

陈又涵没什么温度地笑了一下："那就好。"

车子就近在酒店停下，他刚才等人的两分钟里顺手订的，因为怕处理起来场面不好看。富丽堂皇的轿厢映出两个人的身影，刷卡进门，显现出房间的格局，陈又涵步入其中，拉开了客厅的窗纱。屋内一下子特别明亮，明亮得刺眼了。

伍思久保持着抱着书包的姿势，有些不明就里。

"说事。"陈又涵点燃一支烟，把打火机随手扔到茶几上。金属和玻璃碰撞出不算悦耳的声音，他弹了弹烟灰："说吧，为什么要对叶开说那些话？"

伍思久咧了一下嘴唇，牵扯出一个笑容："我不知道你说的是什么。"

陈又涵单手插在西装裤兜里，半坐在桌角。听到伍思久的话，他抬眸，口吻淡漠地说："不要让我问第二次。"

他没有动气，伍思久却顿时住口，畏惧地沉默数秒，而后才用轻微发抖的声音，强逞着若无其事地说："我没说什么，只是感谢他帮我，让我有机会再见到你。"

屋子里静得可怕。

"还有呢？"陈又涵弹了弹烟灰，面无表情地继续问。

"我说你把我当弟弟对待，他听不懂的心事，我帮他听了，我说错了吗？"伍思久平静地问。

"他没有惹过你。"陈又涵眯眼看着他，眼神冰冷。

"我也没有惹他。"伍思久坦然无愧地说。

陈又涵没有耐心和一个油盐不进的小朋友玩文字游戏。他起身，做结案陈词，很平淡地说："以后别再靠近他，也不用再找我。"

"我忌妒！"伍思久语速很快地说，像是想挽留他即将离开的身影。

陈又涵的脚步果然顿了一顿。

"我忌妒他，可以吗？"伍思久盯着他的背影，聪明地用坦白来争取一个从宽处理的机会。只是这样坦白是多么难堪，超出了他十八年的人生经验，容不得他不哽咽、不湿了眼眶。

他硬生生地忍住了，深呼吸，剖白地说："虽然你从没有说过，但我知道你对我这么有耐心，有一半是因为我有几分像他，我们又是校友。他跟我没有任何交集，但我忌妒，忌妒他与生俱来拥有的一切东西。如果可以换成是我……我一定比他做得更好。"

陈又涵回过身："这不是你找他、针对他的理由。"

伍思久自嘲地笑了笑，很草率地用手背擦掉眼泪："讨厌一个人需要理由吗？我觉得我在你这里是特殊的，因为你的助理也说从没有任何一位被资助的学生走近过你，他们想跟你亲口说声"谢谢"都没机会。只有我。但是叶开让我觉得我也不是那么特殊。我觉得很宝贵的东西，是他唾手可得的。如果没有他，你是不是就只有一个弟弟了？"

陈又涵无声地笑了笑，微微嘲讽地说："他今年十七岁，跟我认识刚好十七年。"

伍思久咬住了唇，感到一阵不自量力的难堪。这难堪突破了他一直以来的聪慧，他蓦然语气尖锐地说："原来他也没那么高贵，不还是跟你告状了吗？我以为他这样的少爷是不屑于背后说人是非长短的，原来他也是一样的啊。"

叶开住院的事情在天翼中学早已不是秘密，甚至添油加醋地出现了许多版本。伍思久的眼神盈在泪水里，那一丝笑也显得很困惑与无辜："我也没说什么过分的话吧？他生病了，好像我真做了什么过分的事。"

陈又涵沉默地听他说完，微眯的眼底压着危险的浓云："说完了吗？"

明明眼里是畏惧和惶恐之色，眼眶却砸下眼泪，伍思久呼吸发紧，停不下来般一个字比一个字快："我不懂，我只是随便说两句话，他就发了一场高烧——"

"砰！"

伍思久瞪大赤红的眼眶，黑色的瞳孔湿漉漉的，一副难以置信的样子。他看着陈又涵揪着他的衣领，艰难地说："又涵哥哥……"

钳制着他的力道缓缓松开，伍思久双膝一软，半跪了下去。他一边咳嗽，一边抬头去看陈又涵的表情。

这男人从不失态，但是现在，他好像一头被侵犯了领地的暴怒的狮子——他垂眸冷冷凝视着伍思久："走。"

"不要，"伍思久仓皇地抬起头，试图去牵住陈又涵的衣角，"我只是做错了一件微不足道的小事，你不能这么惩罚我。"

手被狠狠摔下，"啪"的一声撞上白墙，让伍思久从手背一直疼到了心尖。

"我也才十八岁！"伍思久不顾一切地说，"等我上了大学，我可以，我可以……"他搜肠刮肚，提醒陈又涵，"可以去'GC'报答你，你承诺过的……"

陈又涵残忍地打断他的话："伍思久，如果再给我机会，我不会再让你接近我。"

伍思久怔怔的，仿佛消化不了他话里的内容。

"你还小，我不想对你赶尽杀绝。不要再出现在叶开面前，你考上大学就好好念书，妈妈有病就带她去好好治病，我不是你的救世主，更不能改变你的人生。"

房门被打开，又在一声轻微的"咔嗒"声后自动合上。伍思久如梦方醒，疯狂地扑了出去——

"不要走！陈又涵，陈又涵，陈又涵！"

铺着厚重地毯的长廊上空无一人，陈又涵连一个背影都没有留给他。

六月初的晚风吹在身上有凉爽的感觉。整座城市的灯都被点亮了，夜市逐渐变得繁华，叶开和路拂并肩穿过狭窄热闹的街道，走上宽阔的大路。路灯透过树荫洒下暧昧的橙黄光晕，将两个人的影子拉得瘦长。叶开的头发还是没来得及剪，被夏日傍晚七点半的风吹得上扬，露出光洁的额头和像画一般的眉眼。

路拂吃了小龙虾、撸了串，整个人都像浸泡在满足的气泡里，倒还剩点儿心思关注叶开。他手插在校服裤兜里倒退着走，看向叶开："同学，感觉你情绪不太高啊。"

叶开笑了笑，思绪还停留在黄昏下伍思久跑向陈又涵的画面上。

两个人回校时运气爆棚，竟然没遇上值日老师。叶开从后门走进教室，学生们都在埋头补作业。讲台上坐着数学老师，他抬头看叶开一眼，点点头，没说话。叶开的成绩好，他是愿意睁一只眼闭一只眼的。

叶开从桌子里掏出一沓试卷，又是竞赛题，又是复习册。他转了转笔，淡漠的脸上表情有点儿生不如死的味道。

他没列几步算式，手机就振动起来，动静大得周围一片同学都回头看他。数学老师一脸"净知道给我找事"的无语表情，冲叶开招了招手。

得，叶开乖乖上交手机。

把手机递上去前他还不死心地看了一眼屏幕，是微信消息，只是再想打开看时，数学老师不干了，双手环胸嘲讽道："要不然，我在这儿等你回完微信？"

叶开无奈地递出手机，心里直觉是陈又涵发来的消息。

或许不会是陈又涵，他应该在忙。

可是叶开又还是觉得是。

见他神情蛮不情愿，年过四旬的数学老师推了推眼镜："这么想看哪？想看的话，明天下早自习找你们的班主任拿。"

台下都是窃窃私语声，数学老师手里的卷子被拍得"哗啦"作响："一天天的，还不知道收心！期末，啊，全市联考，我看你们考几分！"

叶开回到座位上，很任性地把数学卷子换到了最底下，开始写物理卷。勉强算了两道送分型的选择题，他握着笔开始走神。

每一秒都度日如年，第二堂晚自习终于结束，叶开在下课铃的余声中戳了戳他同桌杨卓宁的胳膊："手机借我一下。"

杨卓宁表情惊恐地捂住了自己："不了吧！"

叶开："借你的手机，你把自己捂这么严实干什么？"

"哦，对。"杨卓宁语重心长，"小叶同学，你的手机已经'壮烈牺牲'，现在数学老师肯定全面严打，你就不要觊觎我的了，好吗？"

叶开又戳前桌，还没出口。前桌头也不回地说："休想拖我下水！"

叶开："……"

他向四周问了一圈，一个个跟护崽子一样。上课铃打响，面对着大片空白的物理卷，以及只字未写的语、数、英、化练习册，眼底的淡漠神色终于有了一点儿波动……再不写他要完了。

他收了收心，提笔开写。

可是陈又涵会给他发什么？万一是很重要的事呢？他没回，陈又涵会不会打他的电话？发现关了机，陈又涵会不会担心？……画解析图……配平化学方程式……名词性从句、例句练习……真简单。他一边分心一边刷题刷得飞快，把同桌刺激得够呛。下课前五分钟，全班同学都觉得见了鬼了——叶开，天翼中学行走着的"金字招牌"，竟然拎着书包早退了！他猫着腰从后门轻手轻脚地溜出，佯装淡定地经过年级组办公室，而后迅速跑向四楼的高二教室。

路拂刚下课就被他堵了个正着，很感动，以为他特意来接自己放学。一出各位老师的视线范围，叶开便拍了拍他的胳膊："手机借一下。"

"你的呢？"

"被没收了。"

叶开解锁手机，不假思索地输入一串电话号码，等待接通的时间还瞥了一眼路拂。路拂痛心疾首地说："原来你不远万里、勇闯高二就是为了这个！"

陈又涵低沉的嗓音透过听筒传出："喂？请问哪位？"

叶开的情绪肉眼可见地变好，他离开汹涌的回寝人潮走向小径。周围安静了许多，只余下青蛙和蟋蟀的声音。他说："又涵哥哥，是我。"

陈又涵将办公室的玻璃窗推开，夜风送入，混杂着西江大桥上遥远的车水马龙声。他眺望江对岸的浩瀚灯火，笑着问："怎么想起给我打电话了？你的手机呢？"

叶开有些难以启齿："被老师没收了。你刚才，有没有给我发微信？"

"没有。"陈又涵很快地回答，察觉到叶开猝不及防地沉默下来，他又笑，"有人给你发微信你没来得及看？你以为是我？"

一个"学渣"这么聪明干什么？

叶开继续面无表情地说："打扰了。"

顾岫用脚推开门进来，指了指手里山一样的规划报批文件。陈又涵睨他一眼，挥挥手打发走了他，对着电话说："不打扰，我现在没事。"

顾岫："……"

"不打扰我也挂了。刚下晚自习，作业没写完。"叶开还差一张"公报私仇"的数学卷。有什么用？熬夜写的不还是他？

陈又涵无奈地说了声"早点儿休息"，听到话筒里传来了利索的忙音。

"你现在没事是吗?"顾岫出离愤怒,他才刚灌下一整杯醇浓黑咖!他长舒一口气:"这些全部都要审核批复,没问题的话OA签批。王区那边等得挺急,二把手下个月来考察,我看他要火烧眉毛……"顾岫突然顿住,愕然地看着陈又涵抄起车钥匙,"你干什么?"

"出去一趟,十二点前回来。"

顾岫很蒙:"什么事情比这事更重要?"

陈又涵把领带解开,把袖子挽到手肘,浑身都是深夜的落拓气息。他眯着眼,嘴里咬着一根没点燃的烟,只是微微一笑,什么也没说便走了。

洗过澡过十分钟熄灯,叶开拧开小台灯开始补数学作业。路拂躺在床上看视频,没拿稳,和手机来了个亲密接触,接着手机"嗡嗡"振动起来。要了命了。路拂拿起手机看哪个不长眼的人半夜三更给他打电话……好嘛,还是个陌生号码。

他接起电话,没好气地说道:"没钱!不贷款,不买房,不投资,不炒股,不买保险,诈骗出门右转找110,谢谢!"

对面的人沉默数秒:"找一下叶开。"

路拂:"……"尴尬来得如此突然。

"叶开……"他压低声音拖长音调喊道。

叶开从书桌上抬起头。路拂半个身子趴出来,一脸无语的表情,伸长了胳膊把手机递给他:"有人找你。"

叶开愣怔,不自觉地放下笔:"喂。"

陈又涵的声音传出,混杂着夜风。

"东门。"他言简意赅。

叶开看着卷子,很为难:"今天不行,作业没写完。"

陈又涵低头笑了笑,摁灭烟蒂:"不让你翻墙。"

"那你……"

对方挂了电话。

叶开冒着风险摸到校东门，看到陈又涵果然在。他两手插在裤兜里站在路灯下，光线晦暗，灰蛾"扑棱棱"地撞击着灯泡。看到叶开，他一歪头笑得像个纨绔子弟："哟，好学生。"

叶开边走边说："不吃烧烤，不翻墙，不逃课——"

"想来看看你。"

叶开停住脚，在距离那道铁门三步之遥的地方，张了张嘴，没说完的后半句话熄灭在寂静的深夜里，只余下若有似无的虫鸣声。

陈又涵看上去消瘦了，穿着白衬衫的身影融入鸦青色的夜色中。他故作轻松地说："行了，见到了，回去吧。"

叶开说："你遛狗呢？"

他花四十分钟从市中心开车过来，被遛的人不知道是谁。

"我今天看见你了。"陈又涵转身背靠着铁门，低头点烟，"你和你那个室友一起是吗？"

叶开愣了愣："看到我了怎么不打招呼？"

"你不也看到我了。"陈又涵微屈单腿斜靠着，烟在指间静静地燃着。他抽的烟很淡，是焦油量为一毫克的大卫杜夫，香味儿却很好闻，顺着夜风若有若无地扩散开来。

"我看到伍思久了，"叶开轻描淡写地说，"你们有事我凑什么热闹？"

陈又涵笑了一声，低头揉了揉过度疲惫的眉心："我跟他是有些事要处理。"他早就想解决这件事，只是因为对方要高考而一直搁置。见叶开一言不发，陈又涵只得又说："他以后不会再来烦你了。"

"我……"叶开心头一跳，时过境迁了，想到自己之前居然因为一句"幼稚"和"取代"而生病，真是尴尬，于是装作若无其事的样子，"其实没什么的，是我反应过度了。"

"没有反应过度,你只要记得,你是我的弟弟,谁都不能取代你。"

高考出分那天正好是全市联考的第一天。

叶开考完出考场,正巧碰到数学老师抱着密封卷去教研室,听到他跟旁边另一个监考老师闲聊:"是吗?我记得他成绩一般……哦,请了辅导老师?艺术生还是好提升一点儿……"叶开恍惚,想起这个老师还兼顾着教高三一个班。

他的猜测很快得到了证实。

因为之前关注过伍思久一段时间,因此总有人给他递消息,这会儿他还没进教室就听人八卦地说道:"高三那个谁考上'G美'了,牛。"全国八大美院,"G美"排第三,要考上纯艺术类专业更是难上加难。

叶开心里说不上是什么感觉,甚至一点儿波动也没有。他后来在走廊上碰到伍思久正给数学老师道谢。两个人眼神交汇,叶开知道他有话对自己说,便特意等了一下。

伍思久过来后,叶开神色平淡地说了声"恭喜",然而对方好像并没有觉得高兴,反而被刺到了,漂亮的脸上又出现那种不合时宜的偏执表情:"恭喜?我这么对你,你应该巴不得我高考失利沦落到三流大学里去吧。"

叶开牵动嘴角,礼貌地笑了一下:"我相信如果咱们立场对换,你一定会像你说的那样巴不得看到我被踩进泥里。可是我不是你。"

伍思久好像受了侮辱,白净的面容上表情有点儿绷不住,一字一顿尖锐地说:"麻烦收起你虚伪的、用钱保护出来的善良。"

叶开更是哭笑不得:"善良?你误会了,你考得好不好和我有什么关系?我根本不在乎。"

伍思久面容阴鸷。他怎么会不懂?这是叶开的高傲,也是他最厌恶叶开的一点。

出分的喜悦都被嫉恨和不甘心的情绪冲淡,他点着叶开的胸口:"你以为你赢了吗?"

叶开怔了一怔,为对方单方面的对赌感到荒唐,一时间竟没开口。

伍思久回味着这一刻的快意,只是尚未尽兴,便被一把拧住了胳膊。他吃痛且愤怒地扭头,脸色瞬间惨白。

陈又涵拧着他的胳膊,懒洋洋地说:"我说过了,不要再出现在他面前,你听不懂吗?"

来来往往的师生都往这边看,可旁边还站着副校长,没有人敢轻举妄动。陈又涵将伍思久轻轻一推,伍思久便很难看地跟跄了一步。大庭广众之下,伍思久的脸上青红交加。

陈又涵对副校长点了点头,轻描淡写地说:"见笑了。"

副校长其实落后一步,什么都没听到,只知道陈又涵替叶开出了头。这没头没尾的话,他只能打哈哈:"高中生嘛,磕磕碰碰都是难免的。叶开,功课复习得怎么样?全市联考,高一的排面都看你呢。"

陈又涵将叶开揽至过道里侧,对副校长微微一笑:"他有什么啊,一回家就知道打游戏,您就别给他压力了。"副校长还在等着引他参观,陈又涵不好多说,又理了理叶开的校服领子:"考完试告诉我,我带你吃饭。"

副校长适时伸手:"请,咱们这边走。"

陈又涵在商务方面向来谦逊内敛,只是走之前非常凌厉地扫了伍思久一眼。

两个人一走,围观群众彻底放飞自我,"嗡嗡"的私语声传遍了整个走廊。叶开神色自若地回到教室,翻开生物课本。

下午考完是五点半,他果然接到了陈又涵的电话。陈又涵惦记着叶开还要复习,没约在什么远的地方,就近在天翼中学的湖畔餐厅订了个包间。这里是校方进行商务接待考察的地方,当初瞿嘉亲自盯的,环境和菜品都不错。

两个人在三楼全玻璃封闭式花园露台上用餐,楼下就是湖,林荫小道环湖一圈,能看到学生抱着书在路灯下背单词。

"你今天怎么在学校?"叶开问。

"打算捐个图书馆,顺便设立一个教育助苗基金。"

叶开动作一顿:"真的假的?"

"真的。"陈又涵没细说。

"下次再碰到伍思久,你就走远点儿。"陈又涵说着,动手给他盛了碗汤。

叶开应了一声:"好的。"

好学生和成年人是两个世界。两个人用过餐没有多聊,便一个回去备考一个开车去皇天餐吧。乔楚对他这店很上心,三百六十五天,天天晚上都会在这儿待一会儿。远远看见陈又涵进来,他让人去酒窖里拿陈又涵存的麦卡伦,开玩笑似的问:"我怎么觉得有段时间没看见你了?"

陈又涵是有阵子没来了。从前他进皇天餐吧像回自己家一样轻车熟路,今天一进门,竟觉得音乐太闹。绚丽的灯光中,他眼前不合时宜地闪过和叶开在万豪顶楼跳舞的画面:唱英文歌的马来西亚乐队,开得很漂亮的朱丽叶月季,若有似无的幽香,叶开乱七八糟的舞步,女士们飞扬的白色裙摆。

"怎么看着情绪不太高啊,是我们皇天餐吧在你这儿失宠了吗?"乔楚手里的摇酒器"哗啦"作响,发出冰块碰撞的声音。

陈又涵在吧台椅上坐下:"说个事,以后别让伍思久在你这里兼职了。"

灯光下,乔楚瞄着他的神色,笑着问道:"怎么了?跟一个小孩儿计较？"

陈又涵抬眸瞥他一眼，不想多说什么，只言简意赅地说道："他个性有点儿缺陷，太早进社会会变本加厉。你拦着他对你对他都好。"

简单交代了这件事，他出了餐吧的门。夜风卷着夜市的灯火飘向远方。

暑气在车水马龙中消散，漫长的夏天要来了。

陈又涵点开对话框，写下："暑假快乐，这次可以陪我去看海吗？不下雨的那种。"

宁市的最后一场暴雨在六月末落下，就好像一场盛大的交响乐序章结束。

时间终于进入漫长炎热的夏季。

期末考刚过一周，成绩单便被发到了家长的手机上。天翼中学不进行全体排名公示，只在通知栏里贴上各年级的前五十名的名单。这次由于是宁市三十九校联考，故而后面还附加了全市名次。

叶开在瞿嘉的一声尖叫声中被提前透露了自己的成绩。

"宝宝！年级第一，全市前五名！"瞿嘉捂嘴掩饰住自己惊喜的神态，"你太棒了，妈妈好爱你！"

叶开松了一口气，总算发挥稳定。学期末枝节横生，他复习得不算太好，本已经做好了滑铁卢的准备。

他对瞿嘉很乖巧地笑了笑。成绩带来的愉悦心情持续时间很短，片刻过后，他心里起的却是另一个念头——陈又涵的那条微信，他还不知道怎么回复。

对话框里的消息停留在最后那一问上，已经是一个多星期前的事情了。刚开始他是忙着考试没来得及回，后来想再回又觉得突兀。他不回，陈又涵竟也没有催他，好像打定了主意要等叶开自己做出选择下定决心。

晚饭时大家难免聊到暑假安排。他已经报名了国外的全封闭式夏令营，是天翼中学和一所北美排名前五十的高中一起合作的。两校会一起在一所名校里做半个月的竞赛游学。这之后不用想，他必然是去温哥华陪外公外婆。算起来，他注定有一个月的时间不在国内。

陈又涵的生日在八月七日，他能赶回来吗？算了，他回不回来，陈又涵应该不在乎，成年人有成年人五光十色的生活。

第二天叶开返校拿纸质成绩单和暑假作业。

蝉鸣聒噪，叫得人头晕，整个校园充斥着一种假期中懒散的氛围。叶开脸上有点儿过敏，穿着白T恤衫，脸上戴了个黑色无纺布口罩，看上去有点儿拒人于千里之外的感觉。班里有一起去夏令营的女生，叫于然然，刷起题来特彪悍，在生物这一科上能甩叶开很多分，但性格很腼腆。叶开跟她同班一学年下来没聊过几句话，今天破天荒地敲她的课桌角，问："夏令营你准备好了吗？"

叶开的声音天然冷，气质因为出身也让人觉得冷。于然然紧张到结巴："我……我……要准备什么啊？"她讲话很小声，不太敢和叶开对视，尤其是在对方戴了一个口罩的情况下。叶开唯独露出的那双眼睛漂亮锐利，于然然觉得多盯两秒可能会爱上他。于然然内心只有学习，不太想在这个节骨眼儿上爱上豪门贵公子。

叶开笑了笑，他知道于然然是高中才考进来的，第一次入选夏令营，平常交际也不怎么广阔，估计不太能搞定。他简短地说："回头我在班级群里加你的微信，给你发个清单。"

于然然很直接地问："不是有带队老师吗？"

她同桌听到差点儿以头抢地，一把捂住于然然的嘴："她除了刷题啥也不会。叶开，别跟她计较！"

叶开弯了弯眼睛，转身回座位。

于然然说:"我哪里傻?"

同桌跟她脑袋凑脑袋,低声说:"于然然,千载难逢,你跟他要封闭式相处半个月,我们全班交给你一个重要任务!"

于然然:"嗯?"

同桌说:"观察一下他有没有喜欢的人!"

于然然说:"啊,关你们什么事?"

同桌说:"我们开了赌局,我押没有——加你一个?"

于然然:"……"

原来你们成绩上不去是有原因的。

叶开的座位在窗边,班主任还没进来,他托着下巴对着窗外发呆。凤凰木很茂密,鸡蛋花开了一茬儿又一茬儿,老榕树下门卫大爷坐着乘凉。他眼神一动,看到陈又涵跟一个很漂亮的女人在一起。

他戳同桌:"那个是咱们的老师吗?"

同桌杨卓宁见多识广,马上甄别出对方的身份:"今年刚来的行政老师,因为过于漂亮,老被赵副校长拉去商务接待。"

叶开淡漠地点点头,看着陈又涵跟漂亮女教师并肩缓行,看见陈又涵偶尔停下来看看校园建筑,神色认真,会点头回应,还会笑,可能还撩拨人了。

毕竟女老师笑得花枝乱颤,不是很妩媚地低头笑,就是柔情万种地撩头发。

"旁边那个人是谁?"杨卓宁凑过来看了会儿,诞生了有点儿多余的危机感,"是不是她的男朋友?"

叶开收回视线。

班会开始,教室里安静下来。叶开未摘口罩,双手抱胸后靠在椅背上,一腿屈膝一腿踩课桌横杠,满身低气压。

阳光太亮,他"唰"的一声拉上了窗帘。

第五章 误会

老师布置作业时整条走廊都是鬼哭狼嚎声，一科更比一科狠，卷子飘得如同六月飞雪。杨卓宁生不如死，叶开无动于衷。杨卓宁不禁钦佩，学霸就是学霸，不仅直面作业的狂风暴雨，说不定背地里还给自己加料。

下一秒，叶开回过神来：什么？发了八十张卷子？！

漫长的一个小时后，班会结束，班主任前脚一出教室门，后脚就听到身后跟月圆之夜狼人变身似的。书包再沉重也阻挡不了十七八岁的少年的轻快脚步，教室眨眼之间就空了。众人约了晚上聚餐，有的先去逛街，有的回家打扮臭美。教室被锁了门，叶开落后一步，黑色口罩下的脸毫无表情。

他还没走到楼梯口，跟陈又涵撞了个正着。漂亮女教师不见了，陈又涵一个人靠墙站着，穿一件纹样独特的垂纺衬衫，肩膀宽而平直，长腿屈着，脚上一双经典黑色休闲鞋。

叶开瞥他，像看一只不检点地乱开屏的孔雀。

陈又涵姿态慵懒，看到叶开才站直身朝他走了两步。两个人站在答疑室外面，叶开被他一堵，后背靠上了窗台。

"怎么戴口罩了？"

"过敏。"叶开冷冰冰地回应。

陈又涵故意幸灾乐祸地说："毁容了呀？来，我看看。"说着就去拉口罩。

他的腕间有香味儿，是"李先生的花园"，柚木苏打水的气泡感，像在心里下了场雨，金橘树和茉莉花都被打湿。

叶开在这香味儿中有些恍惚，一个愣神，黑色口罩被拉到下颌处。他肤色白皙剔透，衬得脸颊上几个小红点都有点儿可爱。

见对方反应冷淡，陈又涵收起玩笑心思，意有所指地问："你看到我怎么一点儿都不惊讶？"

叶开拉上口罩，别过头："早就看到你了。"

陈又涵不知道为什么解释了一下："不是要建图书馆吗？今天来看看，趁暑假动工。"

他说得有理有据。

叶开说："哦。"

陈又涵观察他，说："接待的女老师挺漂亮的，你认识吗？"

叶开说："不认识。"

"忘记问她要微信号了。"

叶开抬眸，眼神淡漠，语气隐约有点儿讥讽："我帮你问问？"

陈又涵饶有兴致地看着他。两个人挨得很近，又有快十厘米的身高差，陈又涵不得不低下头，脸上挂着笑，气势很有压迫感。

叶开被他看得有点儿慌，幸好蒙着口罩，才能维持面无表情的假象。

陈又涵慢条斯理地说："你们校长约我好几回了，特意挑的今天返校日来参观，知道为什么吗？"

叶开果然中计，懵懂地抬眸看向他。

"因为你忘记回我微信了，我只好亲自过来问一问。"陈又涵两手撑着窗台，问，"'三好学生'，暑假有空吗？"

叶开垂眸。他昨天对着日历算了半天，今天翻脸不认，狠心说："没有。"

陈又涵被噎了一下，退而求其次："我生日那天有空吗？"

叶开明知故问："你生日几号？"

陈又涵忍辱负重："八月七号。"

连回国的机票都买好了，叶开却说："在温哥华。"

狮子座的人哪有那么容易屈服，陈又涵找理由耍赖："人到不了，生日礼物总有吧。"

叶开问:"你想要什么?"

套子下在这儿呢。陈又涵看着他漂亮的眼睛,气势逼人:"钱对你来说不算什么,我要你最贵的东西。"

这话听着有点儿耳熟。

叶开愣住,还记得当时陈又涵那嚣张桀骜的答案。他起了个开头:"我最贵的东西是——"

"时间。"陈又涵抢答。

叶开紧紧抵住窗台,话赶话地嘴硬说:"你想得美,不给。"

他硬着头皮推开陈又涵,脚步轻重不知。陈又涵忍不住笑,优哉游哉地追着叶开。

蝉鸣声越来越重,人走空了,它们占山为王,喧嚣得人心烦意乱。叶开穿过长长的林荫道。两边老树接成遮天蔽日的弧形穹顶,光斑成片洒下,落在他的肩头、发间、穿着白T恤衫的挺拔瘦削的身体上。他低头走过,像少年泅渡一片波光粼粼的海。

"晚上有安排吗?"陈又涵追上去,想得到一个否定的回答。

"班级聚餐。"

"我送你。"陈又涵心甘情愿地当不怎么顺风的顺风车司机,开的还是SUV。

第六章　假期

深灰色兰博基尼线条锋利曲折分明，有着彪悍的动力，可惜猛兽遇到宁市晚高峰，也只有当绵羊的份儿。聚餐地点定在市中心，以四十迈极其尊老爱幼的速度熬过了西江大桥后，陈又涵一踩油门，终于把后面那辆老是别他的车甩得没影。车子驶进喷泉环岛，引得一帮高中生竞相拍照。直到叶开走了下来，众人顿时起哄。

杨卓宁揣回手机"嗷嗷"地叫："有的人看上去坐地铁、坐公交车、打出租，其实背地里接送的都是兰博基尼！"

叶开眼神淡漠，拉下口罩，面无表情地看了一眼杨卓宁，起哄的有一个算一个，全被他那眼神扫了过去。

众人都噤声。

"我打的车。"他冷静地说。

陈又涵："……"

大丈夫能屈能伸，他轻踩油门，在咆哮的引擎声中吊儿郎当地说："养车不易，麻烦帅哥给个五星好评！"

叶开脸都黑了，等车跑得没影才发现书包又落在了陈又涵那儿。

夜幕降下，楼体渐次亮起灯光，交织成五光十色的瑰丽梦境。

第六章 假期

公寓里有一个在学生党中很有名的娱乐场所。老板是"土豪",当初直接买了一整层复式房,每个馆都是独立的,而且隔音很好,门一关,玩到后半夜也不怕扰民。说是聚餐,叶开进了房间一看,好家伙,垃圾食品大联展,最健康的就是麦当劳鸡翅了,烤串儿在铁盘里码成小山,小龙虾装了整整五大盆,可乐、汽水、花生、瓜子、爆米花。有人已经先拿着话筒鬼哭狼嚎地吼上了。

叶开戴上一次性透明手套,坐在餐桌边,一边听他们唱歌,一边啃小龙虾。他双肘撑着桌,但脊背仍很挺拔,肩膀平直,有一种随性的贵气。他去虾壳的动作都很慢条斯理,虾头一律不沾,剥得干干净净地递入口中,抿着嘴巴,腮帮子咀嚼的幅度很小。

同班的一个女生就坐在叶开对面,看着他。杨卓宁看着女生,之后也跟着看向叶开,看了几眼,进食速度有样学样地慢下来,可惜瞧着有点儿扭捏,像村头割猪草的二丫突然捏起了绣花针。

叶开吃了几只小龙虾,有点儿辣,摘下手套用湿巾擦过嘴后,这才拧开了一瓶苏打水。虽然被辣得窘迫,但他还是喝得很节制,仰起的脖子曲线精致,少年人的喉结上下滚动。女生转过头去,把视线挪到杨卓宁身上。杨卓宁喝汽水,从嘴角流出了一点儿。女生叹了一口气。

过敏的人其实不适合吃这些辛辣油炸之物,叶开只是礼貌性地尝了几口,便推说自己饱了,窝进沙发一角刷手机。

他点开微信没话找话:"书包落在你的车上了。"

陈又涵没回,送完叶开就进了 GC 集团大楼。以前他的私生活和工作三七分,现在他却把所有多余的精力都奉献给伟大而高尚的赚钱事业。项目地点已经有序进行拆迁和安置工作,那地点有复杂的历史遗留问题,有人趁机闹事,媒体闻着"膻味儿"就上来"吸血"。陈又涵敲了公关部进行电话会议,一开就开了两个小时。他发了三次火,甚至摔了杯子。

商业集团公关部老大私下戳顾岫:"老板最近心情不好？"

顾岫瞟了一眼，看到陈又涵叼着烟袖子卷到手肘处，正掐着腰一边烦躁地转圈一边骂骂咧咧:"你怎么管的人？说得明明白白清清楚楚，政府对接这块总裁办公室直管，任佳管了吗？对接了吗？一问三不知，问就是集团公关部接手了！我怎么不知道集团公关部的人可以越权管我的人、我的事？再给她一个月时间，还处理不明白这档子事就从总裁办公室滚出去！"

顾岫被骂得没脾气:"集团公关部是被陈南珠把着。如果她不想把资源交接出来，这真不是我们使得上劲儿的。"

"陈南珠算老几？你告诉她，别说我尊老爱幼叫她一声'二姑'，真扯起来我提前送她去养老！尸位素餐，不知廉耻！你赶紧的，"陈又涵夹着烟指向顾岫的笔记本，"以商业集团总裁办公室的名义给她下OA。她想玩是吧？我陪她玩——把董事会那几个人都给我加上，签批到陈飞一那里！"

顾岫打开OA，标题还没起草好，便听总裁办公室传来"砰"的一声巨响，门都被撞得晃悠。

他这才给对方回信:"门已'壮烈牺牲'。"

公关部老大:"等等，你们在公司？不是周末吗？"

顾岫:"对，我们在公司。"后面跟了个阴阳怪气的微笑表情。

公关部老大:"我完了。"

顾岫:"你完了。"刚发完，办公室传来一声怒吼:"郑决帆呢？！在家生小孩儿吗？！"

顾岫:"兄弟，三十分钟内不到，人头落地，懂？"

商业集团公关部总监郑决帆，男，屁滚尿流地跑进了电梯。

燃烧到末尾的烟蒂被狠狠摁进烟灰缸，陈又涵仰躺在办公椅上长长地舒了一口气,这才想起看一眼手机。

叶开给他发了几条信息,第一条是:"书包落在你的车上了。"见陈又涵没回,叶开过了半个小时又发了一条:"……"见陈又涵仍没回,他可能生气了,公事公办地说:"明天我让陆叔去拿。"这是连见都懒得见一面了。

陈又涵忍不住笑,闭眼按了按眉心。

落地窗外,灯火明亮,游轮在江面闪着星光,远处传来一声长长的汽笛声。

手机振动,他舒一口气,接听电话时虽然嗓音沙哑,但语气里去了呛人的火气:"喂?"

电话那端却不是叶开,而是一群干瞪眼的高中生。

杨卓宁束手无策,握住叶开的手将手机解锁,翻了一圈,找到了陈又涵。

杨卓宁光听声音就觉得怕他,咽了口口水才说:"陈……陈先生,叶开在我们这里……"

他说得跟绑架勒索似的。

陈又涵冷声问:"你是哪位?"

"同……同学……"

陈又涵缓和了语气,但听着还是不怎么平易近人:"怎么了?"

"那什么,你……你方便来接他一下吗?"

陈又涵放下鼠标,直起身,离开顾岫几步才低声问道:"他出什么事了?"

杨卓宁回头看了一眼,忍住吐槽的冲动:"没事,就是睡着了……"

陈又涵没再细问,干脆地说:"好,十分钟。"

他抄起西装外套就走。

刚一脚踏进写字间、一脸惊恐表情的郑决帆:"……"

上下加起来快一百五十平方米的复式房被二十来个高中生占满了，装修和绿植都很有质感，就是满地狼藉不太雅观。陈又涵被人迎进来，集体噤声。他的发型乱了，手里很随性地拎着件黑西装，穿了一天的衬衫有些皱，每一点都不够完美，但合起来有一种不羁的侵略性。

半晌，他才听到有人说："哇。"

原来这帅哥就是晚上开兰博基尼的那个，无论从何种角度都值得一个"哇"。

陈又涵很随和地笑了笑，一眼看到趴在茶几上的叶开。

众人目光集体随着陈又涵的动作平移。

陈又涵将西服盖在叶开身上。叶开迷迷蒙蒙地睁开眼，灯光刺得他眼睛疼。看见陈又涵的面容在一片光晕中有些模糊，叶开没忍住嘟囔："你怎么来了？"

陈又涵蒙住他的眼睛，沉声说道："睡会儿，带你回家。"

叶开醒得很早，是被渴醒的。

他的记忆还停留在昨晚的聚会上，乍一看到覆着白纱的大落地窗，心里愣怔了一会儿，偏过头时看到了床头柜上的海螺化石，心不知为何变得柔软。他掀开被子下地，赤脚走入客厅。天还没全亮，屋子被笼罩在灰暗光线中，像一幅沉默的油画。陈又涵睡在油画中央，沙发是卡其样式的。

空调毯滑落地面，陈又涵屈膝仰躺，一手搭着眼睛，呼吸很浅。叶开刚俯身捡起毯子想给他盖上他就醒了："吵醒你了？"

"几点了？"陈又涵的声音低哑，透着股疲倦感。

"五点不到。"叶开把毯子扔他身上，从冰箱里取了一瓶巴黎水。

苏打水的刺激让他迅速清醒，他整理了一下语言："昨天你来接我的？我没干什么奇奇怪怪的事情吧？"

陈又涵仰躺在沙发上没动，听后勾起半边唇："你是指非要上街跳舞吗?"

叶开冷静地说:"我就算是疯了也不可能这样。"

陈又涵翻坐起身捏了捏眉心,等着那股直冲天灵盖的倦怠和头晕感平息了下来,才走向叶开,开玩笑似的说:"舞是没跳,就是讲话有点儿霸道。"

两个人在水吧前相对站着,忽然一束晨曦穿过玻璃投射在了水吧的玻璃冷泡壶上。

叶开拧开盖子,把尴尬感都掩盖在喝水的动作中,墨绿色的小瓶肚很快便空了一半。他顾左右而言他:"我说什么了?"

"你说我怎么又来你梦里串门儿。"

"噗——喀喀喀——"苏打水呛起人来要命,叶开眼睛都红了,一边咳嗽一边看着陈又涵,气都喘不顺也要立刻反驳,"我……喀喀……我……"

陈又涵慢条斯理地给他倒了杯纯净水,讲话语气很淡,但怎么听怎么得理不饶人:"是我要去的吗?梦到我的人不是你吗?怎么在梦里还声讨我呢?"

叶开含着眼泪:"我做的是噩梦!"

陈又涵从容不迫,一边往主卧浴室里走,一边笑了一声,让叶开占了回上风。但陈又涵这人大方让一回也让得云淡风轻的,反而透着让人想揍他的不爽之意。叶开眼睛被呛得红通通的,咬牙切齿地从藤框里抓了一条毛巾:"借你的浴室用一下。"

陈又涵笑道:"借?什么时候还啊?"

叶开被噎了一下:"破产了是吗?用个浴室这么小气。"

过了会儿手机振动。

陈又涵擦着湿发出来,发现微信转账一元,备注是:"浴室费用,敬请惠存。"

次卧浴室水汽蒸腾,花洒"哗哗"地响,陈又涵敲门,像公厕门口收费的老大爷,一边擦头发一边吊儿郎当地说:"不够啊,出来再补十块。"

叶开笑着骂了一声"无耻"。陈又涵没听清,只听到叶开的笑声混杂在花洒的水声中。

过了没几分钟,满室飘香,叶开刚从浴室里出来就闻到了。半开放式的厨房里,煎蛋和黄油的香味儿越来越浓郁。这回不用尼古丁配培根了,陈又涵正儿八经地下厨,气泡水倒上接骨木糖浆,加两片青柠,杯口抹细海盐,红心火龙果被捣成浆化入透明气泡中,形成一种渐变的紫红颜色。

"您去厨师学校进修过了?"叶开抱臂靠墙,嘴角噙着一丝笑,头发还有点儿湿,一滴水在肩头洇开。肩上是陈又涵给他的T恤衫,纯黑色的基础款,穿着有点儿大,衬得他身形瘦削利落。

陈又涵不在外面穿T恤衫,只在家里或睡觉时穿。

陈又涵把苏打水递给他:"别埋汰人行吗?法国蓝带不行?"

叶开浅浅抿了一口苏打水,觉得很好喝,有种难以描述的丰富层次。他没忍住,问:"你经常给别人做饭吗?"

陈又涵熄火装盘,神色平静地说:"我只经常给你做饭。"

问出去的话都成了回旋镖,这一下扎得叶开措手不及,他逃得跟小仓鼠一样。可他不知道为什么,今天的陈又涵似乎就是不放过他。吃早餐时陈又涵又问:"上次的那个学妹不是你喜欢的人,那你十七岁喜欢什么人了?"

叶开警觉,像啃玉米啃一半停下来的小动物:"干什么?"

"问问,好奇。"陈又涵又玩世不恭地激他,"不让问哪?"

这不是陈又涵第一次关心他这方面的问题。早知道叶开在温哥华那回就不乱假设了,以至陈又涵比瞿嘉和叶瑾还能折腾,生日当天两个人还吵了回激烈的架,说没有这号人,他又不信。不知道出于什么心态,或许是免得陈又涵一直追问排查,叶开干脆虚构一个子虚乌有的"喜欢"的对象。

"特别好。"叶开用三个字打发,又在陈又涵认真等待的目光中不自觉地杜撰细节,"虽然可能在别人眼里不怎么样,但对我特别好。"

"就因为对你好,你就喜欢哪?"陈又涵嫌弃,嘴角那丝笑分明带有嘲讽之意。

叶开立刻上套,捍卫起自己的审美:"当然不是,好看,也厉害,事业成功……"

陈又涵多敏锐,懒洋洋地讥讽:"听着年纪很大呀,有什么好喜欢的?"

叶开搬起石头砸自己的脚,圆不过来,闭嘴装死,放弃抵抗:"我近视,你有意见?"

"不是给你配眼镜了吗?"

"散光!度数不够!"

"听着像个阿姨,瞿嘉能打死你。"

叶开"哐"的一声重重搁下刀叉,义正词严地说:"什么阿姨!是姐姐!"

"你图什么啊?"陈又涵淡漠高冷,仿佛不理解,"图姐弟恋刺激?"

"图……不图什么,我就是喜欢,姐弟恋你有意见?"

陈又涵没忍住笑了笑:"我没意见。"

叶开秒速哑火,脸上的温度像发烧,重新拿起刀叉时都不知道该怎么用。

"不过那个姐姐对待感情那么随便,你不怕被辜负吗?既然她比你大,凭那些手段和阅历都可以随便欺负你。"陈又涵慢条斯理地问,语气像在跟他闲聊天气。

"……"叶开不敢看他,低头给面包片抹黄油,"我只是暗恋,不打算表白。"

陈又涵的手顿了顿:"为什么?"

剧本越编越真,陈又涵不好骗,叶开不得不给出一个充分的理由:"表白了就连朋友都做不成了。"

"那万一对方也喜欢你呢?"

"不可能。"叶开擦了擦嘴,喝了一口冰水,心想:因为压根儿就没这人。

吃过饭,陈又涵送他回思源路。从市中心过去,近四十分钟的车程,下车时,叶开抱着书包跟他道别:"又涵哥哥,我明天上飞机,大概月底回国。"又补充说,"夏令营全封闭,有事给我留言吧,半个月后回。"

于是陈又涵叼着烟点了点头,说:"好。"

飞机降落在芝加哥,窗外,橙红色的朝阳渲染着大地。

这次夏令营天翼中学总共来了五名带队教师和三十名高一的学生。叶开和于然然一个班,两个人从上机场大巴起就挨着坐。于然然内心牢记自己的使命:仔细观察、详细记录、大胆揣测、小心求证——叶开究竟有没有喜欢的人。

飞机滑行结束,飞机舱门开启,于然然在空姐的道别声中一边步入舷梯,一边扭头偷偷看叶开。

叶开没取颈枕,任由它卡着自己柔软的头发和脖颈。他的脸上蒙着黑色口罩,右手推一个银灰色登机箱,左手则举着手机懒洋洋地发语音:"刚落地,好困。"

于然然心想:他在跟谁报平安?语气跟平时那个冷淡的贵公子的气质截然不同。

叶开又问——这次指名道姓了:"又涵哥哥,你下班了吗?"

于然然:"……"

打扰了,原来对方是哥哥。

陈又涵在招标会上,收到叶开的语音,手滑了一下,不小心点了下语音,叶开困倦而慵懒的少年音一下子回荡在空旷的会议室里。正在进行方案展示的某建筑事务所主创人员停下演示,不知何去何从。陈又涵抿起半边唇,对他做了个"请"的手势。

会议再度开始,任何窃窃私语声都没敢出现。

陈又涵低头打字回信:"还没有,在开会。"

演示文稿停在他低头时的那一页上,直到他从屏幕间回过神来抬眸,主讲人才往下翻。

陈又涵把手机锁屏,将它压到图纸下,没再分心。直到会议最后一次茶歇,别人都去放水、倒咖啡、伸懒腰,他才拿起手机大步走向门口,"砰"地关上办公室的门。

叶开已经取了行李,现在正在去往芝加哥大学的大巴上。于然然与他挨坐着,见他接了个微信电话,超小声的那种:"嗯……没呢,半个小时吧,睡不着……"又说,"知道了……什么?"

于然然的余光瞥着叶开,她发现他微妙地咬牙切齿,一字一顿认真地澄清:"陈又涵,我才不会在夏令营早恋!"

于然然:"……"

怎么又是他?

于然然点开手机里的一个群聊:

"叶开应该没有喜欢的人,因为他全程都在跟一个'又涵哥哥'聊天。"

原本热闹的群顿时陷入沉默状态。

于然然:"怎么了?我错过了什么?"

杨卓宁:"没什么……再探、再报!"

他们的第一站是芝加哥大学,合作的高中——TCPS 来自纽约,已经先在芝加哥大学入住。吃中饭时两方终于见面,TCPS 是北美排名前列的精英学校,他们的学生大多出自中产家庭,教养得体、气势迫人,其中不乏帅哥。

学生进学校之后,由芝加哥大学的人协同两边校方的人共同进行封闭式管理,即时通信设备一律被没收,来自国内的学生还好,TCPS 的男男女女都差点儿疯了。课程也安排得很满,获诺贝尔经济学奖的大牛为他们授课"经济学原理入门",有专人带领他们参观费米实验室,普利策奖得主为他们娓娓道来"现代政治与媒体关系的解构与构建",动不动来个中西身份对换,我上你的课,你考我的卷子,偶尔citywalk①。

校方第二天便举办了社交舞会。

这个事项早就在行程中通报过了,所以每个学生都提前准备好了晚宴礼服。于然然比较腼腆保守,选了套翻领的赫本式小黑裙,不会出错,却在看到叶开时陷入了自卑情绪中。虽然,她很迷茫为什么自己一个女孩子要在叶开面前感到自卑。

她只觉得,他太适合黑色衣服了。

纯黑色奢牌高定无尾礼服华丽而利落,包裹着他年轻挺拔的身体,小扇形黑色缎面翻领和黑色领带相得益彰,仅凭面料的光泽与质感就区分出了层次,暗镏金色领带夹与右耳缀着的钻石耳钉交相辉映。

于然然无法呼吸,好像看到了来自南极极寒的一块冰,在深蓝色的天鹅绒幕布下绽放出钻石般的光芒。

叶开是天翼中学的校董代表,注定了他要这样出场。他锋芒毕露

---

① 城市漫步。

又谦逊有礼，与来自芝加哥大学和 TCPS 的高层用英语交流，游刃有余地周旋于所有笑谈中。

于然然端着杯饮料无所事事，或者说无所适从。她想不起叶开在学校穿着校服的样子了，觉得他好像天生就应该站在这样的场合中，像明星一样。

乐队曲风一变，灯光暧昧下来，舞会开始了。

一只手绅士地出现在于然然面前。叶开嘴角带着一丝恰到好处的笑："和我跳舞吧，于然然。"

于然然前所未有地感觉到自己的心跳加速。她不是会自作多情的人，虽然不擅交际，却在尊严方面敏感得异于常人。她知道，这是叶开在照顾她。

手搭上叶开的掌心，她拘束地说："我不会。"

叶开沉稳地说："我教你。"

叶开将她带入舞池，手绅士地搭在她的后背上。他教得通俗易懂。于然然在灯光下的脸很红："你……你跳得很棒。"

叶开轻描淡写地说："不会跳不行。"

令人眩晕的灯光下，叶开的脑海中闪过万豪露天酒吧的那场舞的场景，他跳得乱七八糟，故意踩了陈又涵十一脚，空气中依稀有朱丽叶月季淡淡的香味儿。那香味儿从那晚飘到了现在，飘到了这里。

于然然从舞池中下来时慌得口干舌燥，幸好，幸好她心里只有学习，不然太惨了。

学校安排的宿舍是双人寝室，叶开的室友叫 Max，是个学霸，骨瘦如柴，高得像根竹竿，对啦啦队员的身材和橄榄球球星的肱二头肌都毫无兴趣，一心只想搞量子力学。

好青年 Max 观察了他的天之骄子室友很多天，发现了室友的一个小秘密。

他的室友有一沓明信片，每天都在写，一天一张。他并不认识古老的东方文字，所以也无从窥探天机。

Citywalk 的时间在交流期的末尾，他们已转移到了位于纽约的哥伦比亚大学。叶开心不在焉，对这繁华的都市毫无惊叹之情，连繁华的广场都无法撼动他淡漠的表情。

叶开觉得自己疯了，竟然觉得会在哪个转角的咖啡店里看到陈又涵。

他魔怔了，都是陈又涵那次飞加拿大惯的。

陈又涵这段时间忙疯了，咖啡喝起来不要命，烟一根一根地抽，只是在看到宁市夜景时，会忽然没头没尾地对顾岫说："那栋公寓里有个娱乐场所。"又或者说，"你去没去过西临路的万豪酒店？顶楼的那个酒吧可以吹到西江的风。"那时候玻璃窗外灯火通明，黑沉沉的西江映着夹岸的灯影。

都是些鸡毛蒜皮、颠三倒四的话，近半个月里，顾岫快被他叨叨疯了。

研习结束那天，照例有合影环节，所有人都穿着正装，挨个儿上台领结业证书，像正儿八经地毕业一样。天气热得能让人发疯，流程一结束，大家都进宿舍打赤膊冲凉，只有叶开忍着热找领队老师："赵老师，手机可以返还了吗？"

"在我的宿舍里。你这么急？"

叶开的神情隐约有些焦躁，是长跑选手越临近终点线越想要泄气的焦躁样子。他热得冒汗，鬓角湿了，坚定地说："很急的。"

赵老师便稍微改变了一下安排，让众人现在就可以去领队老师的寝室取手机。

叶开一开机，信息成百上千，争先恐后地冒出来。手机的"嗡嗡"声不停，缀着红点的头像连成一排。叶开安定下来，像一个沙漠里找到晶莹葡萄的旅人。

脱衣服，冲凉，吹头发，他慢条斯理，换上日常T恤衫和卡其色烟管裤。床铺的被单被空调风吹得微微鼓动，他坐下来，点开陈又涵发来的微信消息。

第一天："添了一打巴黎水。"附图是家里打开着的双开门冰箱，墨绿色的巴黎水的瓶子排成一排。

第二天："今天的晚霞不错，我好像很久没看过黄昏的天空了，忙疯了。"附图是宁市某天的黄昏，橙红色的云彩，有凤凰尾巴一般的漂亮纹路。

第三天："衣服再不来拿丢了啊，净知道占我的衣柜。"附图是一件白T恤衫，叶开那天留宿他家忘拿了。

第四天："车子经过临江大道，不知道为什么总觉得海风是蓝色的。"附图是宁市的海。

每一天陈又涵都有内容发过来。

叶开还记得那时自己说："有事留言。"

他桩桩件件都是事，可桩桩件件又都不是事。

苏打水喝了再买，落日转瞬即逝，衣服不差那一件，车子驶过临江大道时变幻的光影和海的气味也不过是在那一刻特别美。陈又涵捕捉着转瞬即逝的东西，但在那些转瞬即逝的东西中，分明有什么是绝不失效的。

叶开很认真地看着每一张图，没着急给陈又涵回消息，打了个电话给兰曼。

"外婆。"

兰曼很惊喜："呀，宝宝从'集中营'解脱啦？"

"外婆，我先回国了。"叶开平静地说。

兰曼的情绪瞬间跌落谷底。她洒扫花园，买了新的苗种，亲自给他铺上床单插上鲜花，就连气候都是最好的，哪儿都在欢迎叶开回来。

"宝宝，发生什么事了吗？"兰曼难受得站不住，坐在单人沙发上，狠心揪那落日珊瑚的叶子。

叶开捂着心口："嗯，一定要回去。"

"是什么事？"兰曼执着地问。

"我……我想吃培根和煎蛋，还想喝杯口抹海盐的接骨木苏打气泡水。"

地铁驶上地面，速度变缓，雨水冲刷着玻璃窗，轨道旁的野蔷薇和三角梅被打得凋零，远处的海笼罩在灰风细雨中，所有的颜色都被水洗过了。

周末的地铁里人不多，叶开戴着耳机，目光无意识地停留在对面的一对情侣身上。那对情侣也是刚从机场出来。女生靠在男生的肩膀上，两个人共享一对耳机；男生半举着手机，可能在看电影。

时差的原因，困倦和亢奋感共同折磨着他，他的心脏在既沉重又强烈地跳动。

手机振动了一下，叶开回神，看向屏幕。

陈又涵说："今天的宁市下雨了。"附了一张图片，图片上，繁华的 CBD 笼罩在苍茫的白雾中，已经看不到漂亮的信号塔的塔尖。

叶开对着屏幕微微翘了翘嘴角。

两个人分享了同一场雨。

雨水里不知不觉带上了野蔷薇的香气。

地铁重又沉入地下，"轰隆"一声，光一闪而过。十五分钟后，叶开在宁西大道站下车，手边推着一个二十四寸大的行李箱、一个登机箱，背着一个双肩背包。人潮汹涌，他走得一点儿都不顺畅，进入地下通道步行五分钟，上扶梯，出门是 A 口，转乘另一层扶梯，视线随着缓缓上行，富丽奢华的大堂自下而上出现在叶开的视野中。

拨出一个微信语音电话，叶开平静地说："又涵哥哥，下楼取快递。"

陈又涵锻炼完刚洗过澡。他拿起手机时没有任何心理准备，看到熟悉的头像，竟怔了一怔。

陈又涵捡起衣物和毛巾放进脏衣篓，问："什么快递？"

"一个礼物。"被训练有素的保安注视着，叶开礼貌性地抿了抿唇，继续说，"被保安拦住了。"

陈又涵按下洗衣机的启动键，选程序，漫不经心地说："让保安签收就行。"

叶开耐心地说："不行，一定要本人亲自签收的。"

滚筒洗衣机静音运转，注水声响起，陈又涵离开洗衣房，彻底没脾气："送了个什么金贵玩意儿？不会是花吧？"

叶开被他惹笑，但没笑出声，只是声音里带着隐约的笑意："我送你花干什么？"

陈又涵下楼。电梯里只有他一人，他没话找话："到温哥华了吗？帮我给兰女士问好。"

叶开说："到了，帕尔玛玫瑰开了，外婆让我带给你。"

二十八层楼倏忽下完，"叮"的一声，玫瑰金的电梯门开启，走出来一个高大劲瘦的身影。陈又涵只在家里穿T恤衫，永远是黑色的款式，下半身是烟灰色运动裤，脚上甚至穿了双居家棉拖，头发松软地垂下。他这副打扮真是来见快递员的，脚步也不紧不慢，漫不经心地问："是吗，花语是什么？"抬眸，脚步停住，手松了，手机差点儿滑落——陈又涵愣在当场。

耳畔出现叶开的呼吸声，他干净的少年音在听筒中亦在现实中响起，带着轻笑："你自己猜。"

叶开跑向闸机只是短短几步,但因为穿着白T恤衫,又是那样玻璃一般剔透的少年,穿着板正制服的保安微微动容,竟觉得似乎看到了一阵初夏傍晚的风。

挂在行李箱上的双肩包"砰"地失衡落地。

喉结微微滚动,陈又涵找到自己的声音,声音里带点儿笑意:"好,我签收了。"

或许是这位非富即贵的业主难得如此笑了,保安多看了两眼,直到被陈又涵含笑的目光轻扫而过。心里一抖,保安将视线仓促地转开,再用余光瞥时,只看到他们进电梯的背影。

叶开拽着书包带子,惊喜过后,察觉到一点儿迟缓的尴尬感。

他说:"又涵哥哥,我骗你的。帕尔玛,我……我是要送给那个姐姐的,你觉得怎么样?"

陈又涵单手插在裤兜里,笑出声,笑得低下头:"我觉得姐姐应该会很喜欢。"

叶开观察他的神情,自顾自地不高兴起来:"你不是不让我早恋吗?你还笑。"

陈又涵勾了勾嘴唇,换了副语气,意有所指地问:"怎么,你抛下外公外婆提前回来,都是为了那个姐姐?"

叶开冷酷地说:"对。"

二十八层楼到了,陈又涵按指纹解锁。

叶开又说:"我怕回家挨骂,在你这儿躲躲。"

门"咔嗒"一声关上了,陈又涵意外地回头:"你爸妈不知道?"

叶开扭过头:"不知道。"

至于能瞒多久,取决于兰曼什么时候心血来潮和瞿嘉通电话。

陈又涵盯着他看,把他很不礼貌地堵在玄关处:"那你准备干什么?找那个姐姐?"

第六章 假期

身后是门,前面是气定神闲地压迫着他的陈又涵,浅灰色的玄关有十来平方米,但叶开愣觉得无处可躲,只好硬着头皮说:"姐姐很忙,我不能去打扰那个姐姐。"

陈又涵轻笑出声:"我不忙,你打扰我吧。"

叶开愣了:"啊?"

"我帮那位姐姐暂时照顾一下你,别客气。"

陈又涵这才舍得放叶开进屋,埋汰人:"这花快递过来有点儿不新鲜,我看得洗一洗,都有味儿了。"

叶开摘下颈枕砸他:"你闭嘴!"说完狐疑地抓起 T 恤衫前襟嗅了嗅,疑神疑鬼地想:可能有点儿飞机机舱的味道,那也不能算难闻吧!

陈又涵握着水杯笑不停:"你闻自己干什么?你是花吗?"

叶开彻底无语,打开行李箱翻出衣服,气得要死地走进浴室。

叶开洗过澡出来,陈又涵递给他一瓶巴黎水,促狭地嗅了嗅,说:"帕尔玛怎么是橙花的味道?"

叶开没好气地接过水,一边喝一边瞪他。喝完半瓶水,叶开整理衣服。陈又涵抱臂倚着柜门,闲聊般说:"我只有一张床。"

客卧的床还在路上,可能在漂洋过海,反正没到海关。

叶开的动作应声而停,他转过头:"客卧没床?"

"有的,就是这会儿还在大西洋上。"

叶开:"……"

陈又涵失笑:"我睡沙发,你睡床。"

叶开第一次意识清醒地睡在陈又涵的主卧里。床品都换了新的,窗帘没拉全,淡淡的光影透进白纱洒在地板上,像水一样。

叶开失眠,睁着眼睛数了不知道几百只羊,接着就听到客厅传来一声重物落地声。

他受惊地抖了抖，想到了什么，立刻跑出去打开筒灯，看到陈又涵扶着脑袋从地上爬起来，一脸蒙的样子。

陈又涵的口形分明是要骂什么脏话，见到叶开的那一刻脏话硬生生地堵在了嘴边，心里想：真丢人。

叶开有点儿幸灾乐祸："三十岁神经意识就退化成这样了。"

陈又涵抓起毯子，脸色有点儿臭。

叶开很懂事地说："又涵哥哥，其实咱们可以睡一张床，我睡觉很老实的，不会乱动。我们一人睡一头，也不挤。"见陈又涵没吭声，他又说，"你明天还要工作，一直睡沙发的话会休息不好。"陈又涵仍没吭声，他以退为进，"你不会嫌弃我吧？那我明天回家好了。"

陈又涵摔下毯子，揉着肩胛骨骂骂咧咧地跟着他进了卧室。

这么高的楼层听不到深夜的车声，静谧的冷气中，不知道是陈又涵还是他身上的橙花香，很淡地弥漫在夜色中。

第二天周一，上午开例会时顾岫觉得陈总裁心情不错，公关部完成了新一轮媒体投放，总结报告在顾岫看来是有点儿瑕疵的，但陈又涵居然没骂人，只让郑决帆再回去细化细化。

开完例会陈又涵把顾岫单独叫进办公室，提出要给他加薪。

顾岫瞬间觉得被雷劈中——不是，是被惊喜的雷劈中。好运来得太快就像龙卷风，他心里闪过这个念头，听到陈又涵说出后半句话："能者多劳，我休假一星期，由你主持工作。"

顾岫忍下骂人的冲动：真的是龙卷风，转眼就消失不见的那种。

他给人家打工能有什么办法？但是想想，一百五十多万的年薪还是很香的，顾岫硬生生咽下这口恶气，忍辱负重地说："谢谢老板！"

一上午都在交接工作中度过，陈又涵忙得连水都来不及喝一口，回到家里时嗓子都疼得冒烟。叶开倒时差刚醒，一看表，下午一点。他睡得迷糊，抓了两把乱七八糟的头发，站在地上茫然了三秒才想起来这里是陈又涵的家。

久睡后总会口渴,叶开往客厅走了两步,神态慵懒,接着便跟西装革履的陈又涵撞了个正着。

他吓得眼睛都睁大了:"你怎么回来了?"

陈又涵懒洋洋地吹了声口哨:"Surprise.①"

因为有会议,他今天穿得正式,气势迫人,衬衣和西服本就是量身定做的,一穿上只显得哪儿都透着利落感。叶开不自觉地跟着他进了衣帽间,看他慢条斯理地脱下西服,露出被衬衫包裹的身体,肩宽背阔,劲瘦有力;又看他半抬着手摘下腕表和袖扣。

陈又涵一回头,动作停住了,似笑非笑地问:"喂,这谁家的傻儿子?"

叶开眼神一动,很凶地收回视线,继而干脆转身走掉。

过了会儿,陈又涵换了T恤衫出来,喝水润过嗓子后,闲聊般问:"有时间的话,你想和那个姐姐去干什么?"

叶开有点儿意外,思考了一下说:"无所谓,干什么都行。"

陈又涵"啧啧"了两声,话里有话:"叶开,你完了。"

叶开恼羞成怒:"你有意见?"

"没意见,特别好,回头给你们送一束花,祝你们百年好合。"

叶开翘了翘嘴角。

陈又涵又说:"不过能不能先关爱一下你可怜的又涵哥哥?"

叶开:"啊?"

陈又涵漫不经心地说道:"前段时间犯了个严重错误,今天被停职停薪了。"

他那模样以假乱真,由不得叶开不傻乎乎地走进圈套。叶开关切

---

① 惊喜。

且懵懂地问:"那怎么办?"

"休个假吧。"

"可以吗?"高中生表示很怀疑。

一般成年人犯了错当然不可以度假。

但陈总裁不是一般成年人,毕竟被停了千万年薪的职,家里还有上千亿的矿要继承。

"可以。"他笃定地说,没皮没脸地卖惨,"反正那个姐姐那么忙,你陪陪我。"

叶开蒙了,脸上一瞬间不知道做什么表情。嘴角上翘的样子太扎眼,他努力压平嘴角,试探地问:"那你想去哪里?"

陈又涵佯装思索了一下才说:"斐济吧。"

实际上他连酒店都订好了。

叶开眼睛里像落了星星。大白天的哪有星星?不过是他双眸明亮。他的嘴角终于乱翘起来:"真的?"

他一直想去斐济体验高空跳伞、船潜、跳岛游。

陈又涵不正面回答他,而是说:"去收拾行李吧。"

陈总裁平常日理万机,效率自然也非同一般。

叶开直到坐上飞机了,也还没回过神来,恍如做梦。

头等舱宽敞安静温度舒适,平板电脑里是最新下载下来的旅游攻略。

他最近坐飞机的次数有点儿多,时差乱七八糟,他看着看着迷迷糊糊地睡了过去,等醒来时发现身上盖着毯子。他没动静,只是睁开了眼,看到陈又涵的笔记本亮着,屏幕上是演示文稿。叶开忍不住出声:"又涵哥哥,你不是说停职了吗?"

陈又涵滑触控板的手停下,他轻描淡写地说:"无聊了。"

你们成年人无聊了的消遣是看建筑方案吗?叶开表示不是很懂。

但高中生也有高中生的要务。他在背包里摸索一阵，赫然掏出一本数学暑假作业、一沓稿纸和两支笔，无情地说："行吧，那你无聊吧，我先写作业了。"然后就戴上了蓝牙耳机，开启降噪模式。

陈又涵："……"

空姐服务两次，全程看到他们两个人各自埋头沉浸在工作和学习中，一个面色不悦地做批注，好像随时都处在骂人的边缘；一个眉头微蹙地算代数，似乎完全遨游在了数学的魅力海洋中。两个人像是出差、考察、办公，就是不像去度假。

飞机降落在国际机场上，两个人接着换乘酒店的直升机。近半个小时的半高空飞行后，飞机翱翔俯瞰南太平洋蔚蓝如宝石的宽阔海面，最后停留在一座奢华的私人岛屿上。

这是一座仅允许同时接待三组游客的顶级度假村，每组游客都单独配备两名顶级米其林大厨、八名专属私人英国管家、二十四小时待命的船长和白色双层豪华游艇以及广袤的十八洞高尔夫球场。

三组游客也嫌多，陈又涵就包了全岛。

在给酒店的邮件里，顾岫如此彬彬有礼地要求："请阁下聘请两对外籍工作人员全程入住，并请其保持每天三至五次的出现频率，如阁下允许，鄙人将不胜感谢。"

邮件是英文的，他边写边骂，回头就在网上下单了《资本论》和《论持久战》。

收到信件的酒店方觉得匪夷所思，但他们毕竟是专业的，一头雾水也不妨碍欣然应允，同时委婉地怀疑这富豪脑子可能有问题。

两个人下飞机时，英国管家带着团队在停机坪前迎接他们。船长也在，穿着白色双排扣船长制服，是个很高大的德国人。

螺旋桨的声音在耳边和着风鼓荡。

看着蓝色的海、白色的沙滩、连绵的绿茵，叶开觉得头晕。他的眼睛不够用，呼吸亦不够用了。

晚饭安排在白沙滩上。

西式长餐桌，白桌布，莫兰迪粉的餐垫，镏金色刀叉配宝蓝色细骨瓷描金餐具，水晶雕花剔透高脚杯，淡色玫瑰与绿叶从桌尾迤逦垂下，藤萝迎着海风摇晃，插着法国芦苇的古董花瓶靠在一角。香槟金的竹节椅扎着透明白纱，与海边的纯白玻璃三角教堂相得益彰。灯泡、玫瑰和仿冰块水晶一起盛在巨大的玻璃罐中，组成一个被冰封的迷你星球。

叶开远远地看到，停下了脚步，狐疑地说："又涵哥哥，他们是不是弄错了？"

陈又涵咳嗽一声，淡定地回答："没弄错，是我安排的。"

叶开扭头想溜："我好像也不是很饿……"

陈又涵拉住他："跑什么？"

侍应生和管家远远地站着，海浪一波又一波地温柔冲刷，白色烛火跳动了一下，无声半响。陈又涵无奈地勾了勾嘴角，召过管家，还是让他把餐桌撤了。

这些东西侍应生花了一下午的时间布置，玫瑰都是从内岛空运过来的。管家训练有素，领首领命后便想让人来动手。

叶开却蓦然改变主意："Wait!"[①]他拦了一声，踌躇后，抬眸看向陈又涵："就这样吧，别浪费了。"

餐品是米其林主厨亲自甄选的专属菜单，一共二十六道料理，主菜是当初评星的橙味儿煎鳕鱼和迷迭香意式烤羊排，整个就餐流程持续了近两个小时。佐餐酒还是配的莫吉托，叶开喝的是无酒精的，虽然不正宗，但这是叶开的极限了。

日暮四沉，镏金色的黄昏撕裂云层，渐渐把天空涂抹成粉色。

---

① 等等！

第六章 假期

两个人用过餐,沿着沙滩并行,长长的椰林旁是长长的连绵的脚印。他们走得很远,走到那座白色教堂旁。陈又涵手里还握着杯威士忌,冰快化了,成了小小的浮冰。

"又涵哥哥,威士忌那么好喝吗?"叶开的气息有苹果和薄荷的香味儿,是少年般干净的味道。他看着陈又涵的眼睛,"我可以试试吗?"

陈又涵失笑:"你是不是对自己的酒量有什么误解?"

"就一口,一小口。"

陈又涵举高手:"想都别想。"

叶开去抢,赤脚踩在沙滩上,手臂伸得笔直。可惜陈又涵在身高上碾压他,轻轻松松就可以让叶开碰不到杯子,气息里带笑地骂着:"又到叛逆期了是不是?"

叶开很吃力地踮起脚:"我就尝——"

眼睛倏然睁大,他失去平衡,推着陈又涵,两个人摔在沙滩上,威士忌洒了满身。

酒店的套房大得吓人,主卧出门便是横贯十米的无边泳池,正对面是一望无际的海洋。晚上有绿莹莹的浮游生物在海水里沉浮。

叶开又失眠,听着陈又涵一个人在外面游泳。

水声有规律地轻响,搅动水面的月光。

叶开下床换上泳裤,在池边坐下,小腿拨弄着水,嘴里啃着苹果。在月光下,他像个无忧无虑的小王子。小王子揶揄地说道:"大半夜不睡觉是要当菲尔普斯吗?"

陈又涵从水里出来,水珠顺着他上仰的脖颈滑下锁骨,继而向下。他面色不悦地抹了把脸问:"你怎么还没睡?"

叶开没回答他,扔掉苹果核,做了拉伸动作后,便跃入了水中。入水的声音与他的入水姿态是如出一辙的干脆。叶开在水下潜泳了一会儿,在陈又涵身边钻出水面,年轻瘦削的脸在月光下有一种梦幻般的剔透感。

陈又涵却转身上岸了。躺椅上垫着白毛巾,他坐下,点燃一根烟,看着叶开无忧无虑地自由泳。

烟雾中,叶开游了两个来回。他姿态漂亮轻盈,真的像一尾鱼,最优雅的那种。

两个来回后,烟燃到了尽头。

叶开借着水的浮力轻松上岸,捡起浴巾擦了擦头发。不知道出于什么心态,他明知道这个话题是陈又涵近期内的禁区,却仍屡犯不改。他旧话重提,表情似笑非笑:"我还有半年满十八岁,又涵哥哥,十八岁可以谈恋爱吧?"

这问题他当初在花市时问过。

陈又涵那时骂他早恋,让他找瞿嘉讨打去。

这会儿他不了。

他起身走向叶开,指间夹着烟,气势迫人,眼底有侵略性的光。

叶开以为又要挨骂。

陈又涵冷冷地呼出一口烟,垂眸看了他半晌,只说:"先去洗个澡。"

等叶开冲完澡穿上浴袍回来,陈又涵却不在躺椅上,而是坐在了一旁篷下相对摆放的扶手沙发上,面前边几上放着果盘、甜点和一壶锡兰红茶。韦奇伍德瓷器精致华美,茶香在深夜里缥缈浓郁。叶开喝了一杯滚烫的茶水。

无边的泳池在月光下微微荡漾。远远的沙滩上,好像有两个人在散步。椰林被风吹动,"沙沙"作响。忽然一声重响传来,是青椰摔在沙坑里的声音。

陈又涵看着他,熟练地弹出一支烟,偏头点燃了,吸了一口,说:"小开,别这么着急长大。"

叶开低垂着头,看杯口那圈精致的金线描纹。

"还记得上次跟你提过的那个初恋吗?"陈又涵弹了弹烟灰。

叶开点了点头:"那个同学?"

"年少轻狂时,我被陈飞一揍个半死。那时候你好像刚周岁。"陈又涵忍不住笑,"我来看你时嘴角瘀青都没消,你还戳我。"

"你鼻青脸肿的,还要来看我?"

"什么抓重点的能力?"陈又涵无奈,"是你的周岁宴。说实话,那一年多的时间我都在挨揍。你不知道陈飞一揍人多狠,我当时小腿青紫,就是被他踹的。"

叶开:"……"

他完全没有听过这样的事。他自从懂事起就知道陈又涵风流,不觉得有错,反而觉得天经地义。后来他成熟了,真正懂事了,才知道原来这样是不对的。

可陈又涵看着那么游刃有余。他意气风发,堂堂正正,走到哪儿都像是明星一样。

"不过,你现在跟我那时候年代不同,很多东西已经发生变化。"在缥缈的白色烟雾中,陈又涵的眉眼深沉而温柔。白色飞蛾循着灯光找到吊灯,"扑簌簌"地环绕着飞,发出撞击的声音。"我不是想限制你或教你,无论如何,我只是希望你十七八岁的每一天,都是快乐的、值得的。你要珍而重之,不要像我。"

叶开觉得冷,不自觉地又喝完一杯茶。

"不说我了。"陈又涵抿了口茶,漫不经心地问,"你开学就高二了,想好将来做什么了吗?"

"爷爷让我学金融管理,将来……"

陈又涵笑了笑:"有一次碰到叶瑾,她说你是叶家培养的完美继承人。"

叶开仓皇地低头喝茶。那么小一杯,早就凉了。

"我不完美……"

"是因为喜欢了那个姐姐吗?"陈又涵不动声色地问。

叶开迟缓地点了点头。

"喜欢姐姐,跟我当年差不多吧,"陈又涵轻描淡写地说,"都是大逆不道。"

叶开放下杯子。茶杯和托盘磕碰,发出高级瓷具独有的清脆声。他不知道陈又涵为什么这么关心他和那个姐姐的感情状态,不过永远不会告诉陈又涵,那个姐姐是杜撰的,只是个游戏。他略微伸了个懒腰,开玩笑似的说:"我才不要像你一样被打。"

陈又涵无声地勾了勾嘴角:"你说得对,我那时候没你聪明,不知道也可以藏起来偷偷喜欢。"

"你现在也没我聪明。"叶开说。

"嗯。"陈又涵应他。

"所有秘密我都藏得很好。"叶开继续说。

陈又涵忍不住笑了笑,抬手捏他的后颈:"藏得太好了。"

"你想知道吗?"

陈又涵拍了拍他的头顶,又往下按了按。叶开被按得低下头,听到陈又涵说:"不想知道。"陈又涵顿了顿,又说,"你开心就好。"

叶开抬头,看到陈又涵夹着烟,在夜色中走入灯火通明的客厅,又抬手关掉了所有的灯。

整个套房陷入黑暗中,"哗——哗——"叶开耳边只有海浪循环往复的声音。

月光漫在水面上流浪。这一切和之前没有任何不同。

第七章　成年

两个人在斐济玩了三天，把跳岛游、滑翔、落日巡航、海钓、鲨潜玩了个遍。不过多数时间是叶开在玩，陈又涵不过是在游艇上陪他。

陈又涵电话不断，后面开始带电脑上船。遇到其他酒店的游艇，人家在享受日光浴，陈又涵在视频里跟顾岫发火。

第四天叶开很早就醒了，坐在床上抓着被子，视线透过棕榈树和青椰投在翡翠蓝的海面。整个人怔怔的，眼睛显然没有聚焦。还没等他整理好情绪，他就听到陈又涵又在打电话："嗯，你急什么？两三天吧。让任佳……不，你亲自去。接任的是谁？算了，我问你干什么？……挂了，老头子给我来电话了。"

"喂，爸。嗯，在斐济。"

竟然是陈飞一的电话。

叶开之后便没再听到陈又涵说话了，可见都是陈飞一在讲。

他轻手轻脚地下床，推开玻璃门，见陈又涵一身亚麻衣服，立在泳池边一边打电话一边抽烟，面色凝重。半晌，陈又涵长吁一口气，抬手把烟蒂摁灭了，眼底有狠厉的躁色，略微嘲讽地笑道："你当年可没把他得罪轻。"

陈飞一又说了什么，陈又涵一手掐着腰低头转圈，越听越烦躁："早就该把陈南珠送去养老，别说我懒得跟她争，真斗起来她够看吗？要不是怕气到你……行了，行了，人我收拾，我唱黑脸。现在回不去！"他压抑着怒火笑了一声，"在斐济不度假，我当劳工来了？行，行，行……"一抬眼，看到叶开，陈又涵满腔烦躁的话顿时收住，"我先挂了，先这样，嗯。"

叶开穿着T恤衫和短裤靠着玻璃门，眼神不知道聚焦在哪里，好像还在梦游。在南太平洋明媚的海风中，他柔软的黑发被吹得微微飘动。在泳池旁，朱瑾花蓬勃地盛开。

陈又涵站在原地看了一会儿，才向他走去。

"昨晚睡得好吗？"

叶开用手背掩着嘴，微微打了个哈欠，恹恹地说："好晚才睡着。"

陈又涵哪儿能不知道，尽听见他翻身、坐起又躺下地来回折腾了，跟做了一晚上仰卧起坐似的。被太阳晒得舒服，叶开仰起脸，眼睛微微眯着，脸几乎被照得像玉一般透明。

陈又涵移开视线，视线中，一朵朱槿花在海风中轻颤。

"又涵哥哥。"

"嗯？"

"花好看吗？"

陈又涵说："好看。"

叶开似笑非笑地说："宁市满街都是，怎么没见你看得这么仔细？"

两个人去餐厅吃饭。早餐厅的玻璃是全透明的，对面是广袤的草场，上面散养着几只洗得干干净净的绵羊和羊驼，还有长颈鹿。这两天叶开光顾着喂长颈鹿了，导致它一到饭点就在窗口探脖子。叶开今天却没工夫搭理它，刚吃两口便接到了视频电话，瞬间魂都吓掉了——是瞿嘉打来的。

"妈妈。"他接起电话,乖乖巧巧地正襟危坐。

"在哪里?"瞿嘉耐着性子问。

叶开看陈又涵一眼:"斐济。"

"谁带你去的?"

陈又涵扶额。

叶开摆出更乖巧的模样:"我让又涵哥哥带我来的。"

瞿嘉声音里憋着火:"陈又涵,我知道你在听,三天内把我儿子送回来,否则……"

"好,好,好,阿姨,没有否则,您别生气。"陈又涵求饶,就是声音里带着笑,听着就不太正经。

叶开卖乖,哄道:"妈妈,我只是太累了想出来玩一下。是又涵哥哥刷的卡,回去咱们一起请他吃饭吧。"

瞿嘉气死了,陈又涵先斩后奏、不干好事,还要请他吃饭?

"吃,吃完就给我关禁闭!"

被挂了电话,叶开咬着小银匙笑得趴在桌子上。陈又涵无语:"我在你妈那儿是不是负分了?"

"是吧。"叶开中肯地说,又安慰道,"没关系,兰女士喜欢你,根据我的经验,瞿女士拿兰女士没办法。"

见陈又涵又低头在回微信,叶开主动说:"明天就回去吧,又涵哥哥,你是不是该上班了?"

陈又涵收回手机:"没有,你不是还约了高空跳伞吗?不差这两天。"

"没关系的,下次还可以再来。又涵哥哥,你的生日我可能不能出来了。"陈又涵的生日是八月七号。按瞿嘉说到做到的行事风格,八月中旬前叶开都别想出门。

陈又涵说:"没事。"

"那礼物也没有时间准备了，本来想在温哥华的古董店找一个什么寓意特别好的东西给你。"

陈又涵笑了："没关系，在斐济这几天就当是过生日了。"

叶开愣了："真的吗？"

陈又涵问："你想送什么寓意的古董给我？"

叶开咬着小匙想了想："象征友谊地久天长、永远好运开心的。"

"地久天长，永远好运……好，我收到了。"陈又涵笑了笑，"我很喜欢。"

回了国，叶开果然被瞿嘉彻底控制了人身自由，从早到晚上补习班。为了防止无聊，叶开再三请求，瞿嘉才给他额外加了两节网球课。手机也被没收了，每天只给玩一个小时。

瞿嘉从前管他不管得这么严，实在是叶开这次玩得太大，两头瞒着跑回国，又跟陈又涵去斐济。况且叶开又刚好进入了最让家长焦头烂额、严防死守的叛逆期，若她真放任不管，指不定他下回还给她憋个更大的事。

六号下午六点多，陈又涵收到了叶开的微信，对暗号似的说："又涵哥哥，在吗？"

陈又涵："在。"

叶开："生日快乐。对不起，只能提前跟你说，不然明天就排不上队了。"

陈又涵："这种事也要抢先的吗？"

叶开："你明天肯定很忙。"

叶开："可能有上千号人给你送祝福。"

叶开："我会被淹掉的。"

陈又涵发了张截图。

叶开点开一看，他的头像赫然在陈又涵的微信列表的顶上。

叶开:"你给我设置置顶了?"

陈又涵:"嗯。"

叶开:"为什么?"

陈又涵:"怕你个子小被淹了。"

叶开:"喊,我一米七八了,刚量过!"

陈又涵:"什么时候一米八,给你开香槟。"

叶开:"至于吗?这是写在基因里注定的事。"

陈又涵:"我看未必。"

叶开:"那我不祝你生日快乐了。"

陈又涵:"你还是祝吧,一年就这一天。"

即使是微信里的文字,他讲话也是半真半假、含着戏谑之意的。叶开吃不透,干脆拨了个电话过去。

"怎么打电话过来了?"陈又涵在吃泡面,吃完马上就进会议室去开会。

"听你这么一说,觉得还是打电话有仪式感一点儿。"

陈又涵很久没听到叶开的声音了,但是算一算,好像也就是半个月。他在电话那头笑了笑:"那你说吧,我等着呢。"

"又涵哥哥,生日快乐,祝你……祝你想要什么都能得到,最难得到的、最珍贵的、最稀有的、最想要的东西,都能得到。"

"再多说一点儿。"

叶开为难地"啊"了一下,沉默了会儿,可能在想词,继续说道:"祝你……好难啊,你想要什么?"

"祝我有情人终成眷属吧。"陈又涵说。

"你都没有——"

"我先收着不行?"

"那好吧,就祝你有情人终成眷属,你喜欢的人刚好也特别喜欢你。"叶开说完,冷不丁地便听到瞿嘉在背后计时:"倒数五分钟。"

叶开只好仓促地对着电话说:"拜拜!"

这一声"拜拜"戛然而止,意犹未尽,以至零点时,叶开还在床上辗转反侧,一边在心里祝着陈又涵"生日快乐",一边猜他在干什么。可能在什么酒会上,或者酒吧里。一群又一群的人给他敬酒,祝他生日快乐、给他唱歌、送他礼物。有人投怀送抱,有人借着酒醉勾搭他,他的手机里又加了上百个微信好友。

叶开"唰"的一下从床上坐起——手机,他要手机。

瞿嘉已经睡了,他跑上四楼,找叶瑾。

叶瑾窝在小客厅里追剧,见叶开衣衫不整地顶着一头乱发跑过来,以为他有什么要紧事,没想到他张口就说:"姐姐,手机借我。"

"桌子上。你要手机干什么?"叶瑾问。

"暑假作业记不清了,我问一下同学。"

"这么晚?"叶瑾看了一下时间,"你确定?"

"确定,确定,他很晚睡的。"叶开拿起手机跑掉,轻手轻脚地关上门,不忘叮嘱,"不要告诉妈妈!"

他窝回床上,靠坐在床头,点着一盏温和的小夜灯。

电话号码他记得很熟了,甚至不需要翻通讯录。

"嘟"声响了没两下,那边的人接起:"喂。"

看,他果然没睡。

陈又涵坐在阳台上抽烟,小圆几上是一瓶麦卡伦,已经空了一半。冰桶里的冰都化了很多,凝成一片冰凉的水珠。他戴上耳机,往酒杯里添了块冰,语气淡漠而随意。

对面的人迟迟没声音,陈又涵笑了一声:"大小姐,半夜三更打电话来不出声,是失恋了,还是扮女鬼吓唬人?"

叶开这才说:"又涵哥哥,是我。"

陈又涵的手停住了,烟灰掉下来,烫得他激灵了一下。

陈又涵其实不太记得清去年的生日是怎么过的了。

来了哪些人?喝了多少酒?他都记不清了。

他只记得叶开送的那个海螺化石,是叶开趁着周末提前送过来的。

叶开性子急,刚上车就递过来了。化石外边儿用小礼盒包着,他邀功似的显摆:"我自己包的!"陈又涵问他是什么,他说随手捡的。

晚上聚会完陈又涵也没记得拆,跟其他礼物一起笼统地装进了一个大纸箱里,第二天回家补完觉才腾出手处理。便宜的没人送得出手,贵的陈又涵都有更好的,他拆得意兴阑珊,弄一半就睡着了。过了几天,他才拆完剩下那一半礼物,纯为完成任务,冷不防看到那个藏蓝色的盒子,拆开,是化石。化石真是叶开捡的,表面有洗不掉的冻土。

盒子里掉出一张卡片,手写的:"我来自海拔五千二百米的珠峰大本营,亿万年过去我只属于过你。"签名是"Super Lucky[①]"。

陈又涵一直留着那张手写卡片,把它放在给化石定做的底座下。

那天叶开穿的是天翼中学的校服,翻领的polo衫[②],胸口有个蓝色的校徽胸章——陈又涵的脑海里模糊地掠过这些记忆,画面隐约泛起鼠尾草和海盐的味道,也许那是叶开的香水味儿。

陈又涵放缓呼吸,低笑着问:"你偷你姐姐的手机?"

"什么偷,光明正大地借的。你忙吗?"

"不忙,一个人。"

听到出乎意料的回答,叶开怔了一下,回过神来,问:"那你在干什么?"

"看月亮。"

---

① 超级幸运。

② 马球衫。

月亮？叶开扭头看了一眼窗外景致，看不到月亮，他这里是刚好隐在盲区里了。他问："好看吗？"

陈又涵说："好看。"

叶开把手机还给叶瑾时神色很拘谨，手机往沙发上一扔就下了楼。叶瑾发现他连鞋都没穿。

第二天叶开跟贾阿姨在厨房鼓捣了好久，谁都不许进去窥探，末了提了个小盒子交给陆叔，让他送到 GC 集团总部大楼的总裁办公室，去找顾岫。顾岫接到前台内线电话，见陆叔衣着体面、谈吐得体，但仍没想起来这是哪号人物。寒暄数句后，陆叔递上小礼盒："顾总，这是给陈总的生日礼物，有劳您转交。"

顾岫一看就知道是蛋糕。这年头谁给陈又涵送生日蛋糕？忒寒酸。而且也犯不着他一个堂堂总助理、总裁办公室主任亲自出来接待吧？！他为难地推拒："抱歉，陈总……"

陆叔彬彬有礼地鞠躬："有劳了，您可以和陈总说是叶家送的。"

"叶"？哪个"叶"？顾岫在供应商、政府和商业地产的社交圈里搜寻了个遍，没想起这一号人物。陆叔却已经走了。顾岫拎着礼盒敲陈又涵的办公室门："有人给你送生日蛋糕，吃吗？"

陈又涵在看国外专家团队递交的海洋馆建造报价，这是新项目的重要业态之一，其中有个宽五十米的海洋观景窗是亚洲之最，对方采用了目前最新的亚克力专利技术。顾岫的声音也就是往他的耳朵里过了一遍，他没在意，随便挥了挥手让顾岫出去。

"得嘞。"顾岫松手关门，又被陈又涵叫住："回来！"

"谁送的？"陈又涵从文件中抬头，"怎么送到你这里来了？"

顾岫心想"我也很蒙"，复述道："一个看着五十来岁的男的，说是叶家的。"

然后他就看到陈又涵站了起来，从办公桌后大步流星地走到他面前，劈手夺过了纸袋。

牛皮纸袋用纸胶带封着，里面是一个六寸蛋糕盒，香槟亚光质感，上面用马克笔龙飞凤舞地写着"Super Lucky"。陈又涵看到这儿就忍不住笑了。他揉了揉眉心，没急着打开盒子，起身走到落地窗前做了个深呼吸。

夏天的宁市永远很美，西江两侧盛开着三角梅，江面宽阔澄净，天很蓝，倒映在水里。他点了支烟，静静地吸了两口便摁灭，回去继续拆他的超级幸运礼盒。

一个六寸慕斯蛋糕，杧果味儿的，样子还不算糟糕，估计能入口。蛋糕上面用果酱写了字："地久天长，永远好运"。字迹歪歪扭扭，像个小学生写的。陈又涵用手指蘸了一点儿抿入口中，果酱是草莓味儿的。

蛋糕外还有一沓明信片，用皮筋扎成小小一沓。他拆开，明信片上是国外的风光，有公路、女神雕像、中央公园的航拍，有巨石、海岸风光。每一张背面都有叶开的留言，想来也是之前他在夏令营时写的。

陈又涵一张一张地看过去。小孩子的玩意儿，却令他面上不自觉浮起微笑，连顾岫进来送文件都没有察觉。

顾岫看到拆开了的蛋糕，找抽地说道："哎，这蛋糕看着不错，我能……"

"你不能。"

顾岫说："我就问……"

"不准问。"

顾岫深呼吸，满面微笑："好嘞，您说了算。"

陈又涵又吩咐："把蛋糕收拾一下放进冰箱。"

总裁办公室有自己单独的茶水间，里面冰箱、酒柜、咖啡机一应俱全,顾岫把蛋糕包好放进冰箱,同时在办公室的私人小群里明令禁止今天谁都不许放食物进去,没有气味的东西也不行!下午时顾岫再来看,发现蛋糕果然被提走了。

叶开今天多上了一节网球课,等打完时刚好快到晚饭时间。听到车子进地库的声音,他马上跑到电梯口等着,澡也没洗,发带也没摘,手上还握着个拍子。电梯门打开,叶通被他吓了一跳:"等我?"

叶开冲陆叔眨了眨眼,然后忙不迭地点头:"爷爷今天工作顺心吗?"

叶通虽然不太懂,还是点了点头:"明年暑假是不是该做实践了?来爷爷这里怎么样?"

叶开吓得支吾地说道:"明年再说……陆叔,我帮你拎!"他抢过陆叔手里的公文包,小声问,"送到了吗?"

陆叔点头。

"是姓顾的吗?"

陆叔又点头。

叶开这才放心。

叶通扭头看他们两个人:"你们之间还有小秘密?"

叶开乖巧地摇头,谁知在吃饭时还是被拆穿。瞿嘉阴阳怪气地长吁短叹:"宝宝一转眼都十八岁了,妈妈也没这个荣幸吃他亲手做的蛋糕。"

大家这才知道叶开花了一上午给陈又涵做蛋糕。别看叶开又聪明身体素质又好,实际上对厨艺一窍不通,做废了三个才得一个稍微看得过眼的成品。一家人都跟着笑话他,贾阿姨顺手拍的照片被拿出来挨个儿传阅。叶瑾都快笑死了。叶开的耳朵有点儿发烧:"贾阿姨,不是让你删掉吗?"他嘟囔道。

贾阿姨说:"我哪里舍得?你看这个……"照片上叶开围着围兜,

手上全是面粉，鼻尖、腮上也沾了点儿面粉，正在很别扭地打鸡蛋。

叶通看了照片，哈哈大笑："小开跟又涵关系最好。"

瞿嘉嗔怪："宝宝就是没良心，我们大家谁吃过他做的蛋糕？还比不上陈又涵。"

叶开实在心虚，立马一口气预约出去四个。

叶通笑着点了点头："明年实践，你要是不想在家里的话，去他那里也好。"

"就是不知道又涵方不方便。"叶通又说。

叶开心想：方便，他方便死了。

吃过晚饭，蒙瞿嘉大赦，叶开终于拿到了自己的手机。

陈又涵发了信息过来，问："在吗？"

真巧，两个人像约好了一样。

叶开回："刚刚拿到手机。"

陈又涵对着这句话笑，末了，回一句："谢谢你的蛋糕。"

叶开料想也不是很好吃，而且也不怎么好看，那八个字像小学生写的，不，他幼儿园时就比这个写得好。只能怪裱花嘴太难用。他也有点儿后悔送了这个蛋糕，陈又涵缺他这一口蛋糕吗？吃这一口能长命百岁吗？

叶开装轻描淡写，矜持里透着傲娇感："不用谢。贾阿姨今天刚好做蛋糕，我让她顺手教的。"

聊是聊不尽兴的，瞿嘉进门来放下果盘，扫兴地提醒："还有半个小时。"

暑假接近尾声，叶开已经回到了忙碌的状态中。不怪瞿嘉盯得紧，他的教材都是提前学的，开学才高二，他却要在暑假就把高三数学学完。

每年的八月七号都挨着立秋，叶开从小就有一个奇怪的认知——

陈又涵过完生日，秋天便来了。

宁市的秋天也像春天，花依然开得盎然，只有道路两侧的柠果树挂了果，等开了学，叶开倒是发现学校里的柠檬树也染上了黄色。

天翼中学新学年开学，唯一一件比较轰动的事是高一新生里有个叫乔亦初的超级优等生，是以全市中考第一的成绩考进来的。开学第一天杨卓宁就八卦地说道："开，你校草的位置不保啊。"

新学年第一次师生大会，新生上台致辞，叶开终于见到了这个传说中的乔亦初。他穿着天翼中学的校服，全程脱稿，举手投足间有股漫不经心的控场感。等他讲完下台，台下的人立刻就疯了。鉴于叶开的豪门身份和看似春风化雨实则如南极寒冰的疏离感，广大少女立刻把热情挥洒到了乔亦初身上。

天翼中学给高三学生安排了单独的宿舍楼，路拂开学第一天就搬走了。叶开的新室友是个高一新生，叫施译。这个"译"字所指明确，据说是因为他爸爸是个国内很有名的翻译作家。叶开很快便发现自己竟然读过他爸爸的作品。他爸爸同时攻坚西班牙语和英语翻译，近年来比较出彩的某名著的中文译本就出自其手。

"Tang？这是你爸爸的笔名吗？"

"他叫杜唐，不过作品署名和出席活动都是用Tang。"施译看到叶开的书架上摆着杜唐去年翻译的诗选，说，"服了，你应该跟他有话聊，我不行，我完全没有文学细胞。"

"是你继承到了但不感兴趣吧。"叶开不动声色地圆场。

施译笑得很随性："你们有钱人的家教都这么滴水不漏的吗？他叫杜唐，我叫施译，很显然，你应该猜到我们不是亲生父子。"

叶开的确第一时间就注意到了，换普通人可能直接就问了，但他装作没听到。施译的个性很直接："有教养是很好啦，不过你跟乔亦初一样，都不觉得累吗？"

原来乔亦初是施译的同班同学,而且还是他的同桌。

"那位小同志也是每天都很善解人意。"施译说罢举了很多"看似在春天实际在冬天"的例子。叶开便发现了,施译看上去大大咧咧,其实非常敏锐,对人心的捕捉有着与生俱来的直觉。两个人的室友关系非常和谐,叶开听他很有意思地吐槽完,问:"可以帮我向你爸爸要几个签名吗?"叶开回忆了一下,说,"三本,我买过三本他的译作。"

"可能不行。"施译委婉地表示难处,"他不喜欢留签名,出版社让他签售,他都没同意过,送别人书的扉页也是干干净净的。"

或许是怕叶开不信,施译并起两指发誓:"真的,他连给我签名都不愿意!他就是……这么个人。"

叶开怔了怔,随即释然笑开:"没关系,那就请你帮我转达我的喜欢。"

他对签名这种事没有执念,虽然有些遗憾,但等下周一,在做课间操看到陈又涵时,已经把签名这件事抛到脑后了。

新的图书馆大楼已经封顶,正在拆围挡,陈又涵应该是来看进度的。他今天穿的是一件黑色高领半袖针织T恤衫,看上去非常冷冽内敛,但又极其有侵略性。校长亲自接待他。下课大潮时正碰上他们一行人在楼外围参观。因为身高差,他一手横在胸前一手搭着下颌,微微侧过身,面容冷峻,时而点一下头,偶尔笑笑,整个人都散发出一种成熟的风度。三个年级的女生都在看他,一边看一边问这是谁?是不是新来的老师?

叶开隐在人潮之中,跟所有人一起看陈又涵。原本以为对方不会看到他,谁知陈又涵还是把他逮个正着。

陈又涵只是那么瞥他一眼,似笑非笑的,好像在说"抓到你了",接着目光便又回落到了校长身上。

还没走到教室,叶开就收到了陈又涵的微信消息,他让叶开在四楼的楼梯平台等他。

杨卓宁从一旁经过,被叶开拉住问道:"我现在头发还好吗?"

杨卓宁莫名其妙:"好。"

叶开上了楼梯,路过一楼、二楼、三楼、四楼,人群全部向左拐,他向右转。四楼是理科教研室,但各科老师一般都在年级组办公室里待着,所以那里基本没人。

叶开靠墙斜倚,等人时心里百无聊赖地数数,数到二十八时陈又涵便来了。

陈又涵穿着一身黑,看着更显得高,两手插兜,一副闲庭信步的样子,还是那副似笑非笑的表情:"糟了,忘了找你是干什么了。"

这人一上来就气人。叶开冷冰冰地问:"你是不是没事找事?"

陈又涵勾了勾唇,垂下眼眸给他整了整校服领子:"逗你的,好好上课。"

叶开别扭地问:"你什么时候走?"

"吃过中饭,怎么了?"

"那你帮我带几本书回去,我周末问你拿……"

陈又涵笑,不假思索地说:"好。"

两节数学课连着上,任课老师大发慈悲,听见下课铃后难得没有拖堂,爽快地放他们去吃饭了。午休时宿舍是开放的,叶开吃过饭到宿舍楼下,发现陈又涵已经在那里等他。

在宿管阿姨处做好登记,两个人上三楼,进入走廊尽头倒数第二间宿舍。天翼中学的宿舍和一些大学比较像,两个人一间,两间共用客厅、浴室和洗手间。叶开打开门,把陈又涵请进去的时候无端地有点儿紧张。

高中生宿舍都有严格的内务要求:桌面整洁无杂物,书架上允许放五本与课程无关的课外读物。叶开从书架上抽出要拜托陈又涵带走的书,一转身,见陈又涵顺手翻着其中一本夹着书签的课外读物。

"挺轻松啊,还有时间看课外书。"陈又涵调侃道,随手翻开了封面。

"室友的爸爸的作品,当代著名青年翻译家,我很喜欢他翻译的准确性和文风。"

叶开抬眸,看到陈又涵单手合上硬壳封面,再度确认了一眼翻译作者的姓名。

"Tang。"一个不中不洋的笔名。

"嗯。"叶开笑了一笑,"我本来还想拜托我室友帮我要一下签名,但他说他爸爸从不签名。"

"挺有个性。"这种个性倒让陈又涵想起了一个故人,或者说,故友。

"人如其名,他的真名也很简洁,让人觉得跟他的性格真是如出一辙。"

陈又涵略挑了挑眉:"叫什么?"

"杜唐。"

某出版社总部大楼,现当代西班牙语文学翻译编辑部位于第三十三层。陈又涵风度翩翩地叩响前台桌面:"你好,找一下杜唐。"

"杜主编今天不在,建议您改天预约呢。"前台工作人员微笑着把来人的请求挡了回去,看样子很习惯帮杜唐拒绝人。

陈又涵两指间夹着递出一张名片:"打内线,念。"

他是一种完全命令式的语气,但脸上挂着散漫的笑,让人不容拒绝。前台工作人员鬼使神差地拿起电话:"杜主编,不好意思打扰您,这里有一位……GC商业集团总裁陈……陈又涵先生说……"前台工作人员没说完便被打断，愣怔地重复，"让他进去是吗？好的。"

"我带您进去。"前台工作人员把名片放下，领着陈又涵穿过杂乱但还算有序的编辑部，敲响了挂着主编办公室铭牌的玻璃门。

"请进。"里面的声音低沉清透，有种金属的质感，光听声音的话，不会猜到他已经三十出头了。

门被推开。

陈又涵单手插在裤兜里，心里静了一瞬，走了进去。

两米宽的大办公桌上摆满了各种几乎有半人高的书堆和纸堆，羊皮鞋底的皮鞋踩上地毯无声无息。过了一会儿，从那故纸堆后面抬起一张毫无表情的脸。他戴着黑框近视眼镜，很快地瞥了陈又涵一眼："坐。"然后便又低下了头。

他的手里握着一支钢笔，正在一沓白纸上写着什么。

洒满午后阳光的大办公室里，只有笔尖"沙沙"的声音。

陈又涵的目光从他身后横贯整面墙的内嵌实木玻璃书架上扫过，都是书，满满当当的外文书籍和词典，上层很不在意地塞了一些奖杯、奖牌和证书。陈又涵看了五秒，没忍住轻笑了一声。

"怠慢了啊。"他说。

"啪——"

钢笔被按下，杜唐把眼镜往上一推，推开办公椅起身。会客区挨着落地窗，他率先走过去，却没有坐下，在水吧给陈又涵沏茶，不冷不热地说："好久不见。"

好一个好久不见，他说得好像也就个把月。

陈又涵模糊地估算，十几年了？他竟然记不清。

他摸出烟盒递出一根烟。杜唐却很利落地摆手，一副拒绝的姿态："戒了。"

陈又涵微微挑眉，自己叼上一根："杜主编的办公室里不会禁烟吧?"

"禁,你例外。"

陈又涵咬着烟嘴,低头无声地笑着摇了摇头。烟雾在空气中缥缈地散开,他轻吐出一口烟:"真能躲。"

"怎么找到的?"

"你儿子,"陈又涵磕烟灰,想起就好笑,"他是我朋友……弟弟的室友,我弟弟是你的粉丝……书迷?"

杜唐淡漠的表情有了一丝松动,继而他失笑道:"这么巧?"

陈又涵深表遗憾地微摊手,仿佛一场旷日持久的游戏最终以他作弊的方式取得了微妙的胜利。

杜唐终于走向他两步,伸出手臂以兄弟的姿态抱了抱陈又涵,淡淡地说:"抱歉,又涵。"

这一声抱歉含了太多层双方已知的、未知的、不能宣之于口的、心知肚明的意思。

陈又涵一手夹着烟,只抬起一手回抱,拍了拍杜唐的肩膀:"得了,你突然这么矫情我受不了。"

杜唐勾了勾嘴角,恢复了面无表情的状态,无情地说:"我还有工作。"

这赶人赶得含蓄又利索,陈又涵无语:"你真的一点儿都没变。"

"施译在天翼中学上学,我不会跑。"杜唐复又戴上眼镜,走向办公室的门。

"你当年……"

"小译是施文的儿子。"杜唐说完这句话才打开门,语气拒人于千里之外,但隐约有些无奈,"不要再问了,事情已经解决,我不打算跟任何人透露施译原本的身世。"

这真是史上最快的会客记录,快到陈又涵连一根烟都没来得及抽完。他在干净如新的烟灰缸里摁灭长长的烟蒂，自来熟地在桌上抽走了一张名片，半举起手对杜唐示意道："回见。"

这场迟到了十多年的见面让陈又涵颇为憋屈，晚上便约了乔楚喝酒。乔楚听了这事也很震惊，看热闹不嫌事大，采访当事人："请问你现在是什么感觉？"

陈又涵笑着揉了揉眉心："我脑子里全是他为什么会和施文的孩子在一起的念头。"

乔楚仔细观察着他，确认他的情绪平稳。

到了周五叶开下晚自习的光景，陈又涵的电话准时过来："'三好学生'，过来拿书吗？"

班里还剩下三五个学生，叶开正在收拾卷子，将手机夹在耳下"嗯"了一声，说："不急，改天吧。"

陈又涵笑了："就知道你会这么说。"

然后叶开就听见教室门被敲响了。

陈又涵穿着白衬衫，墨绿色的领带被他扯得松了，保持着手指叩门的动作，挑眉说道："下课了吗？"

用不着叶开回答，剩下的几个同学都见过陈又涵，异口同声地拖长调子说："早就下了！"

陈又涵吊儿郎当地问，像个不务正业的学长："下课了还不回家？"

这下热闹了，一阵此起彼伏的起哄声响起："没人接啊！"

"我也想坐兰博基尼回家！"

叶开背上书包："认他当哥，要什么都有。"

屋子里静了一瞬，高中生们齐声做乖巧状：

"哥！！！"

三五个人愣是喊出了惊天动地的架势。陈又涵一边绅士地领着叶开往外走，一边无情地说："兰博基尼坐不下，等下回喜提高铁再来接你们。"

"喊……"

余声回荡在空旷的走廊上。

两个人穿过（2）班和（1）班的教室，穿过年级组大办公室，转身下楼。

临近九点半的校园很寂静，大部分人回家了，只剩下周末也留宿的学生在上最后一节晚自习。十月末的夜晚已经有了些许凉意，灯光把凤凰木的树影照得茂密，两个人并行的影子被拉得老长。

从教学楼走向大门停车场的路上，倏地起了风，两个人都没说话，路上碰到老师，叶开淡定地叫"老师好"，对方还问："你哥来接你回家啊？"

等老师一走，不知是谁先没忍住笑出了声。两个人的脚步慢悠悠的，像是在校园里散步。陈又涵抬头看了一眼月亮，亮着呢。

谁知今天陈又涵开的车却不是兰博基尼，换了辆阿斯顿马丁DBS硬顶款，铅灰色的矫健造型，在夜色中像一个蓄势待发的捕食者。极平庸的光影也流转出了它的奢华倜傥外形，让人一看就知道会是陈又涵开的车。

轰鸣声在夜色中嚣张地响着，车一路驰骋着上了临江大道，一侧是江，一侧是海，码头沿岸是连片的酒吧。陈又涵在海边停下车，把杜唐的全套签名作品扔给叶开："齐了。"

一共十三本。以杜唐的年纪来说，这个成果可以说是天道酬勤。

叶开震惊，一时没反应过来："什么？"

"杜唐的签名，你不是想要？"

"你……"叶开含蓄地问，"没犯法吧？"

陈又涵失笑出声，玩世不恭地回："问得好，绑架了他，把刀架在他脖子上逼他签的……"并起的两指在叶开的额头上点了一下，"小小年纪想什么呢？我就是这样的人哪？"

叶开抱着书，嘴角上翘："我想不通你是怎么做到的。"

毕竟杜唐是连儿子的请求都能拒绝的铁面无私之人。

陈又涵不避讳："其实他是我朋友，高中同学，不过分别十几年了。我一直在找他，踏破铁鞋，托你的福，得来全不费功夫。"

叶开更讶异："这么巧？以前怎么从没听你提起过？"

"都是些陈年旧账，有什么好提的？"陈又涵勾了勾唇，"都过去了。"

叶开问："你看到他，还能想起自己十七岁时的光景吗？"

陈又涵点着烟，闻言沉默了一下，无声地笑了笑："怎么说呢？我记性不太好，只记得住一个人十七岁的样子。"

叶开纤长的手指停留在光滑亚光的扉页上，只见杜唐的钢笔签名遒劲潇洒。

陈又涵下车，亲自为他打开车门。两个人一前一后地走上石堤。

酒吧的喧闹声渐渐消失在身后，海面是变幻的霓虹灯光影。

"我还记得他高中时英语就很好，可以阅读原文书籍。我跟他，还有一个叫施文的人，是最好的朋友。不过他性格……"陈又涵措辞委婉，"比我还独断专行。我们还打过架。"

施文的"施"，显而易见是施译的"施"，但叶开聪明地没有多问，只关切地问道："那你打赢了吗？"

"两败俱伤，各写检讨三千字。他是优等生，人生中第一回写检讨，所以还是我赢了。"

"久别重逢，听上去之前有很多无奈。那现在呢？你还遗憾吗？"

陈又涵停下脚步。海边风更大，叶开的两只手不得不抓着衣服领子，柔软的黑发被风吹得乱了，眼神却很通透。陈又涵非常喜欢他这样的眼神，聪明、矜骄、自持，又很平和，没有任何戾气和杂质，只是一种干干净净的剔透感。

面对这样的眼神，陈又涵从来不忍心说谎。

衬衫被风吹得贴上胸膛，后背被风灌得鼓起，陈又涵这样看上去，有种倜傥的落拓气质。

"没有。过去我找不到他和施文的时候，确实有很多遗憾、疑问，甚至是焦虑，现在找到了，就只剩下释然了。"他回眸，看向叶开，开玩笑似的说，"托你的福，Super Lucky，谢谢你拯救我。"

叶开后来在期末考试的家长会上见过杜唐一回，在学校里，施译在带他重温校园。是施译先看到了叶开，冲他招手，大声喊他的名字。叶开刚从新落成的图书馆出来，冲施译挥了挥手，看到了他身边那个高大的男人。

他冰山一样的气质，穿得却很书卷气，白衬衫外面罩一件莫兰迪淡绿色的圆领针织衫，看着像个不苟言笑的学长。

施译很周到地介绍："杜唐，这就是之前想找你签名的叶开。"

杜唐伸出手，是对待成人的社交礼。叶开与他握手："杜老师好。"

杜唐分神回忆起陈又涵约他喝下午茶的那天。陈又涵提起小译的室友，硬逼他签了一整套的名。

杜唐回神，眼神停留在叶开的脸上。干净、内敛的高贵气质，让他想起叶芝的散文笔触，是自然的、毫不张扬的轻盈的美。他刚才在想叶开会叫他"哥哥"还是"叔叔"，毕竟怎么叫辈分都会乱，没想到叶开叫他"杜老师"。

他很少笑，此刻对叶开温和地笑了笑，疏离地寒暄，嗓音特别好听："你好，小译平时给你添麻烦了。"

"杜老师客气了，在宿舍里还是施译照顾我多一点儿。"叶开顿了顿，说，"谢谢您上次给我签名。"

杜唐勾了勾嘴唇，问："最近看的作品中，你最喜欢哪一句？"

"还没有看完,只记得一句,"叶开看向李花。开得真早,不过一月份就很热闹了,满树的白色小花一簇一簇地拥在枝头,被风一吹就落了满地。他收回目光,用标准的西班牙语发音念出一句诗:"你是我每日的梦想。"

"好句子。"

礼貌地告别后,施译微抬头问:"你还会说西班牙语吗?"

叶开走出校门,陈又涵的车等在路边。从什么时候开始变成了陈又涵来接送他上下学?叶开竟然不太记得清了。

像三十七摄氏度的水,平常人会忘了它的存在,但它包裹着指尖时,会令人有一种无可替代的舒服感。

他打开车门,把书包扔在后座上。

车子启动,叶开随手点开一个本地音乐电台。在本地方言的播报声中,陈又涵微笑着吐出一口烟,单手打转方向盘,切入寒假接学生放假的混乱车流中。

瞿嘉从年前就开始推进叶开的十八岁生日宴。准备工作旷日持久,光会场布置方案就毙掉了百十个版本。年前,香槟色烫金请柬瞿嘉就已派专人送到了宁、平二市上流社交圈以及其他往来密切的商业合作伙伴手中。

宁市最大最豪华的欧式尖顶城堡丽宁公馆是时代遗留的产物,现在成了上流社会派对的宠儿。前庭的草坪养护得比有钱人家的羊毛地毯还光鲜洁净,大得可以跑马。三重罗马风雕塑音乐喷泉一重比一重壮丽,青砖铺就的两米宽的步道上,瞿嘉派人做了绵延的花径,两侧乐队弦乐悠扬,客人穿过这些,才是别墅的厚重雕花正门。身着晚礼服的侍应生为宾客推开大门,五光十色的华丽场景如同烟花在眼前绽放。

为了这场成人礼，瞿嘉不计代价。

所有玫瑰全部从肯尼亚空运，这些娇嫩华贵的花把最美的姿态盛放在了当天，第二天便尽数枯败凋零。三个顶级的花艺团队共出动了两百多名花艺师从前天深夜开始忙活，才完成了主宴会厅的花海布置。白荔枝的甜美、珍珠雪山的高雅、海洋之歌的神秘、蔓塔的华丽，共同交织成一场让人如同置身云端的玫瑰梦境。

叶家是最低调的，他们的私生活作风中看不到任何奢靡的痕迹，几乎是上流社交圈里"节制"的代名词，但瞿嘉有意用这今生有且仅有一次的极尽奢华场面，来骄傲地宣布叶开成年。

陈又涵推开化妆室的门。

叶开闭着眼，化妆师正在为他轻扫眼影。等睁开眼时，他从镜子里看到了陈又涵。

陈又涵的着装是从来不出错的，今天这样的场合他选了最经典的无尾黑礼服，黑色真丝领带，胸口只以一块淡蓝色星云纹的口袋巾做点缀。

化妆师轻托叶开的下巴："小开，不要低头，看前方。"

陈又涵的嘴角噙着一丝若有似无的笑，两手插在西装裤口袋里，视线漫不经心地掠过了镜子中叶开的脸。他轻轻吹了声口哨，慵懒地说："靓仔，十八岁快乐。"

叶开长长的羽睫又不自觉地垂下，他用清冷的声音回答："谢谢又涵哥哥。"

麦琪一边给他的鼻侧扫了点儿阴影，一边笑着说："小开好乖呀，这么乖可是会被很多姐姐喜欢的。"

陈又涵立刻就笑了，被叶开瞪了一眼。麦琪顺着看向陈又涵，打趣说道："陈哥哥今天也很帅，又看上哪家千金了？"

陈又涵风度翩翩地胡诌："看上了，千金不千金不知道，但肯定是今天最漂亮的。"

叶瑾这时候推开更衣室的门出来。她穿了一件酒红色亮片吊带半身连衣裙,肩平腰细腿长,打了高光的身体在灯光下散发出高级的光泽感,一头精心打理的鬈发慵懒地披散。她一抬臂,反手捋了把长发,笑着说:"我说今天心一直'怦怦'直跳,原来是你看上了我。"

陈又涵无语,"啧"了一声。叶瑾嘴里咬开一个发卡,一手绾住如云般的黑发,慢悠悠地拜托说道:"劳驾,帮我托住头发。"

陈又涵静了一秒,怀着无语的心情走向她,懒洋洋地伸出一只手,不甚温柔地托住了那把长发。

叶瑾在后面别上一个"U"形夹,从镜子里与陈又涵对视,语气带点儿嗔怪:"什么表情,原来我今天不是最漂亮的呀?"

陈又涵没心思跟她打情骂俏,半真半假地敷衍:"离风华绝代还差点儿意思。"

叶瑾这时候瞥了一眼叶开。麦琪在给他做造型,他静默着一声未吭。男士的妆容不过是点缀,只为了在水晶吊灯下显得不那么苍白,锦上添花的作用是没有的,更不要说鬼斧神工、改头换面了。他就是天生如此,冰峰一样冷冽,玫瑰一样娇嫩,像月光下的一朵花,又疏离又乖巧。

叶瑾收回目光,似笑非笑地睨陈又涵:"警告你呀,别带坏我们小开。"说罢,她低头在颈后扣住昂贵的钻石项链。陈又涵耐心告罄,放下头发后退一步,冷淡而不客气地说:"有你什么事?"

门开了又合,眨眼间的事情。叶瑾莫名其妙:"我说错什么了?"

叶开没回答这个问题,笑了一声,说:"他生气了。"

叶瑾一把拽下项链,气炸了,咬牙切齿又像撒娇:"浑蛋。"

主会场像一片浩瀚的星河,天花板上是由水晶打造的多层次星座折线,主背景如同山河起伏,又像是海浪绵延,有一种水般的流动感。

雾霾蓝的绣球、落新妇、寒丁子和大花蕙兰隐藏着冷凝的烟雾，银扇草折射着如同贝母般的珠光，真丝纱幔上光影流转，水晶灯倒悬，没有通明，只用星罗棋布的氛围灯为它照射出冷冽的光感。

整个会场就像是冬天尽头的星空，寓意很妙：待凛冬散尽，繁星升起，星河长明，鲜花永盛，远阔的山河和人间的烟火都在星夜下为十八岁的你奔涌。

中庭高近十米，暧昧如银河的灯光下，衣香鬓影，香槟酒映着珠宝的华贵光芒，喧嚣的人声飘浮在乐队的管弦伴奏声中。

陈又涵从侍应生端着的托盘里取下一杯威士忌，抬眸定住，看到叶开不知何时出现在旋转楼梯上。

他这一眼如同涟漪，穿着礼服的少女们都抬起了头。透明纯净的香槟杯中，淡金色的液体冒着细小的气泡。

陈又涵勾了勾嘴角，对叶开微微举起酒杯示意。

不知是谁带头鼓掌，掌声如潮水般涌向他，有人抿着手指吹口哨，接着便是起哄声，叶开还未走到舞台上，便忍不住微低头笑了一声。那笑声举重若轻，像一颗气泡轻盈地被戳破。瞿嘉往上迎了两步，当着众人的面抱住了叶开，亲了亲他的脸颊："宝宝，生日快乐。"她无端地哽咽了，长了细纹的眼眶湿润着，揽着叶开的背与他一起走完这最后几步。

被鲜花簇拥的 LED 屏幕上开始放叶开的成长记录，什么视频、照片都一股脑儿地被放出来，好在他小时粉雕玉琢的，很可爱，长大了如芝兰玉树般清贵，让人看了近十五分钟也不觉得困倦。看到他小时候跟柯基赛跑，众人都笑翻了，纷纷问是谁这么坏，录了这一段视频。

"始作俑者"还能有谁？陈又涵站在外围，把自己的存在感降到了零。

照例是要有一段演讲的，叶开认真而克制，语气淡淡的，偶尔自黑来活跃氛围,是非常成熟的公众演讲风度,所有表现都恰到好处。瞿嘉的高调让他无奈,他有意收敛,却不知道这样的疏离感才是最致命的特质。陈又涵看到几个妙龄少女悄悄咬耳朵,你拧我一下,我拍你一下,不知道聊到了什么,笑作一团。等叶开下台,邀请他跳舞的预约已经排到了十五支舞后。

丽宁公馆的灯火通明持续到了后半夜。

泳池里、喷泉边、草坪上、摆着精致甜点的长桌旁和花枝掩映的露台花园中,哪里都是嬉笑作乐的人群。厚重的提花羊毛地毯踩上去悄无声息,走廊的灯光明亮华美,连绵的薄荷色缠枝花墙纸从一楼蜿蜒到四楼。

叶开陆续打开四十多间房间。有叔伯在里面品雪茄,他说一声"抱歉";有情侣在沙发上亲昵,他闭上眼说"对不起";有小朋友在一起打手游,他像个大哥哥一样哄着让他们"乖"。

他的脚步有点儿踉跄,撞到边柜,差点儿摔碎一整套明顿瓷器。他一边笑,一边手忙脚乱地扶住,走廊镶嵌的巴洛克雕花椭圆镜子照出他被汗水打湿却仍然飞扬起的黑发。

他用手拧住镏金门把手,门被一阵风似的推开。

他气喘吁吁,抬眸的瞬间,看到陈又涵斜坐在窗台上抽烟。

陈又涵回眸,漫不经心的眼神,衬着窗外深蓝夜空更加浓重如墨。楼下泳池边的喧哗声像飘浮在光柱里的灰尘,都变得模糊而不足轻重了。

叶开抿着唇,小小地吸了一口气。"啪嗒"一声,门被扣上,他反握着把手,背紧绷着,而后松弛下来,倚着门,双手垂下,看着陈又涵笑。

陈又涵指间的烟静静地燃烧,屋子里有一种蓝风铃和尼古丁混杂的微妙香味儿。叶开一步步走向他。

陈又涵问:"今天真的十八岁了,还想恋爱吗?"

叶开摇摇头,注视着他的眼睛:"不想了。"

"不会觉得不谈恋爱的十八岁很无聊?"

"你说的,要珍而重之,我听你的话。"

陈又涵笑了笑,抬手关掉主灯,华丽的房间里只剩下一盏落地台灯的暖黄光晕。

"看烟花。"

叶开随着他的话语抬眸,耳边声音轰然炸响。黑色的老钢窗外,金色的烟花缀满整片天空,又如流星般滑落。尖叫声此起彼伏,初春深夜的料峭寒意在灼热的烟火中消散了。

陈又涵低眸看他:"生日快乐,祝你的十八岁比你做过的所有梦都更好。"

走廊里传来说话声。

"刚才看到他往楼上跑,一转眼又不见了……"

门被拧开,叶开从窗边回头:"姐姐。"

"你们两个在这里干吗?"叶瑾费解地看了看叶开,又看了看陈又涵。

陈又涵举起一支没来得及点燃的烟,轻描淡写地笑了笑。

叶瑾的脸色微变:"不许抽烟,听到了吗?"

叶开"哦"了一声。

陈又涵闷笑出声。

"有事吗?"叶开问。

"妈咪让你下楼切蛋糕。"叶瑾过来牵起他的手,发现很凉,又贴贴他的额头,"别吹风了,手这么冰。"

叶开回头看了一眼没动静的陈又涵,说:"又涵哥哥,来吃蛋糕吧,好吗?"

陈又涵这才拎起西装外套，慢悠悠地跟上。

他步调慵懒，一手拎着西服搭在肩上，一手插着裤兜，一副不冷不热的模样，一看就不想社交，结果下个楼的工夫，仍是不断遇到人请他换地方再喝一杯。

三层蛋糕极其精美，叶开象征性地切了一刀。他没穿外套，领带也不知道跑哪里去了，衬衫解开两颗扣子，袖子挽到手肘，切完蛋糕抬眸，与不知道哪家的千金视线对上，对方径自红了脸。他放下泛着银色光泽的刀子，交给侍应生打理，自己下台，在人群中找到陈又涵。

外面还在放烟花，杯口相碰的清脆声和人群后半夜懒洋洋的交谈声被烟花声掩盖住。叶开仰首说道："又涵哥哥，带我去看生日礼物。"

他说完便拉着陈又涵跑，跌跌撞撞地跑，穿过富丽堂皇的宴会厅，穿过长而拥挤的走廊，穿过尽头的楼梯，撞到无数侍应生，撞到几个不认识的同辈孩子。两个人不知道为什么笑起来，一口气跑上二楼，折返到尽头的房间，推开包着隔音材料的软包门，那是房主特意保留的名流太太和小姐们的衣帽间：一排又一排的华美衣裙，一套又一套的锦帽貂裘，成排的珠光高跟鞋，缀满珠片的晚宴手包。

夜渐渐沉下，有人开车离开，轰鸣的引擎声震颤夜空，有人就地住下，华美的卧室里是五星酒店级的全新用品。走廊上的声音忽近忽远，叶开的心忽上忽下，他挨着陈又涵屈膝坐着，小臂叠在膝盖上，歪过脸笑起来的样子好看极了。

他亮着眼神问："我的礼物呢？"

陈又涵从裤兜里摸出一个小盒子——黑色天鹅绒的珠宝盒。

小盒子被"啪"地打开，如夜幕般的绒布上缀着一颗方形蓝宝石，火彩极亮，没有任何花里胡哨的钻石镶嵌，纯粹而孤傲。

普通蓝宝石没什么好送的，但凡陈又涵拿出手的，都是带着高贵的出身和历史的。

叶开屏住呼吸，孩子气地说："像颗蓝色的水果硬糖。"

珠宝盒里的蓝宝石价值七位数，开头数字超过五。陈又涵一副纨绔的语调："收着玩。"

叶开收下，握在掌心里："又涵哥哥，你这么送礼物会倾家荡产的。"

一缕暗淡的光线穿过拱形窗棂，照射在满地的锦衣华服上。

黛粉色的蓬松蛋糕裙摆宽大凌乱，上面躺着两个人，被白色的真丝长裙、黑色的透纱蕾丝、蓝色的缎面礼服蒙头盖脸。一只手扒开小山一样乱七八糟盖着自己的裙子，摸索着从中找到振动的根源。

"喂。"说话的人声音沙哑。

对方说了句什么。

陈又涵猛地坐起，冷静地说："先稳住她，我马上过去。"

叶开抬起一只手盖住眼睛，静了会儿，才从地上爬起来。在地板上睡了一晚，他腰酸背痛，手扫到了什么，酒瓶子骨碌碌地滚出老远，响起清脆的磕碰声。空的酒瓶和满地的烟灰烟蒂，都是陈又涵的"杰作"。

陈又涵捡起西装外套："我送你回家。"

两个人推开厚重的软包门，走廊里静悄悄的，残留着昨夜彻夜狂欢的痕迹，像美人脸上倦怠的残妆。走了两步想起什么，叶开脸色微变，匆忙返回衣帽间，埋头在一堆裙子里扒拉了好一阵子，最后终于找到了那个黑色的小珠宝盒。

陈又涵揽着西装倚着门笑得不行："丢了可没第二颗呀。"

叶开打开一看，幸好还在。他把盒子揣进兜里，冷酷地说："哼，破玻璃珠子。"

两个人收了玩笑，跟做贼似的轻手轻脚地穿过走廊，踩下有轻微"咯吱"声的木楼梯。浪漫的宴会厅里此刻已经是一片狼藉的场景，五颜六色的奶油果酱凝固在蛋糕盒子上，他们穿过这片已经暗淡了的星海,推开丽宁公馆的大门。

眼前是清晨六点多的光景。

阿斯顿马丁自动感应开锁,引擎声在一片鸟鸣中显得突兀。

"回家吗?"陈又涵打转方向盘,车子驶出宽阔的绿茵前庭。

出了门就是湖,睡莲败了,只残留着枯枝照影,往前接着便是宽阔的单向四车道主干道。

"你是不是有事?"叶开含蓄地问。

陈又涵立刻便笑了:"别回去了好吗?去我那儿洗个澡,补个觉。我回陈飞一那儿一趟,顺利的话中午来接你吃饭。"

叶开没作声。

"不好啊?"陈又涵开车切上主路,勾了勾唇,"现在送你回去也行。"

叶开说:"我要回去写作业。"这话听着很自觉,就是语气并不那么坚定。

陈又涵笑出了声,没再跟叶开争,可方向盘在自己手里,他爱往哪儿拐就往哪儿拐。半个多小时的车程里叶开困得浅浅睡着,等车停下时赫然发现这是哪儿的地下车库。陈又涵已经帮他拉开了车门:"擅自做主,带你来这儿了。"

陈又涵刷卡进业主电梯,一梯一户的入户电梯,开门就是外玄关。

"密码是'357159',和手机的密码一样,"他开门,把叶开迎进去,又说道,"等睡醒录一个指纹好不好?"

陈又涵的"好不好""好吗""行吗"和别人的不太一样。别人是征求意见,他是例行公事,听着像问你,实际上是通知你,带着一股了不起的劲儿。

"这是业主卡,用这个可以进电梯……"黑卡被随意扔在玄关的边柜上,陈又涵连衣服都来不及换,拧着门把手背对着叶开说,"我二姑在家里闹事，我得回去一趟，你好好休息。"他又回头看了叶开一眼，似笑非笑地问，"你不会跑了吧？"

叶开小幅度地摇摇头，叫他："又涵哥哥。"又说，"路上小心。"

陈家主宅在宁市的另一片著名别墅区里，靠海，每一幢面积都超过一千平方米。一家人住里面连见个面都费劲，陈飞一自己和几个管家以及用人住在这里，竟不嫌冷清。陈又涵偶尔回来看看还要被嫌打搅了清静。这会儿刚下车就听到摔东西的声音，他还有点儿幸灾乐祸，结果一推开书房门便差点儿被飞出的紫砂壶给砸破相。他心惊胆战地侧身躲过，几十万的大师之作应声而碎。陈南珠骂道："陈又涵！白眼儿狼……你来得正好！"

陈飞一坐在沙发上脸色深沉，贴身秘书拼命给陈又涵使眼色。

这对亲兄妹是冤家，一个被宠得没边，一个作得上天。

陈又涵不动声色地扫了一眼，显然陈南珠已经撒泼很久。他叼起一根烟，低头点燃吸了一口，才吊儿郎当地说："二姑，这是什么话？去年五十岁生日我还给您送了礼物，祝您寿比南山呢。"

陈南珠不理他这茬儿，翻了个白眼骂道："集团公关部是我辛辛苦苦一手拉起来的，想让我走？你先问问你陈又涵有没有这个本事、这个资格！"

"二姑，"陈又涵弹了弹烟灰，四两拨千斤地笑，"没人会忘记您的功劳，别墅已经准备好了。您要不乐意，全世界各地随便挑，以我个人名义出钱，就当孝敬您的。"

陈南珠从鼻子里挤出笑："陈又涵，你最擅长埋汰人，我陈南珠缺你那仨瓜俩枣吗？商业是'GC'最核心的业务，你管得不错，这我无话可说，但政府公关向来归总部直管，你横插一脚。怎么？你是要先拿我开刀，再跟整个陈家的人争权？陈家几辈子的生意，偏偏没你打的这一盘！"

陈飞一冷喝道:"够了,南珠!"

陈又涵抬手压了一下,那个姿势带着不由分说的强势,而后取下烟,眯眼盯着陈南珠说道:"二姑今天看来是有备而来,好,那我就跟你掰扯掰扯。政府公关归你直管,你觉得你合格了吗?楼村的档案,之前就留下的问题,有人来提醒你吗?关系处成这样,你还好意思到我面前来撒泼?战略公关密不可分,如果不是因为你把政府公关处成了一笔糊涂账、烂账,谁都敢来瞒你,楼村的项目会卡在这里?别人做局下套玩'GC'呢!二——姑!"

陈南珠愣怔:"陈芝麻烂谷子的事……"

"您贵人多忘事啊,"陈又涵打断她的话,压着浑身的暴戾之气,"要不要我帮你回忆一下?就因为你的愚蠢、狭隘、自大,楼村那点儿破事多掏了我八亿!"

"你现在骂我白眼儿狼?我多给了你半年的时间让你可以体面地走,你不要,跑到我爸面前来撒泼打滚?醒醒吧,二姑,你亲爱的哥哥不能照顾你一辈子,五十来岁的人了,别光长皱纹不长脑子!"

陈飞一听不下去了,拍桌子吼:"陈又涵!你眼里还有没有长辈?!"

秘书叫赵丛海,是跟了陈飞一二十多年的老人了,在旁边拼命给陈又涵打手势,让他适可而止。

"长辈?"陈又涵夹着烟烦躁地在客厅里走了两步,平缓了一下语气,指着陈南珠说道:"为了这点儿破权,你明里暗里给我使了多少绊子?说实话,这一亩三分地的玩意儿,我陈又涵根本就不在乎,但你又干得怎么样?一个破海洋馆的审批卡了半年没下,你有什么能耐、什么对策?"

"海洋馆材料……"陈南珠一时嗫嚅。

"天真!"陈又涵狠狠摁灭烟,"陈南珠,商业集团的项目关系到整个'GC'未来二十年的生死,退位让贤,我敬你一句大气体面,否否则你哪儿都别想去!"

"咣!"书房门被狠狠砸上。

过了两分钟,院子里响起嚣张的引擎咆哮声,车子怒吼着扬长而去。

赵丛海眼观鼻,鼻观心,适时地递上一杯温水:"董事长。"

陈飞一和着温水服下高血压药,觉得太阳穴一跳一跳地鼓胀。他对陈南珠说:"南珠,公关一路堵,路路堵,这件事上,你确实难辞其咎……"

"我可以弥补。"陈南珠感觉心口堵得慌,一口气差点儿没提上来。

"没用的。时移世易,今时不同往日,"陈飞一拧了拧眉心,"让又涵去处理吧。"

陈又涵回到公寓时叶开还在睡。陈又涵去得急,回得也急,洗完澡出来也不过是上午十一点没到。

他坐在床沿的动静惊醒了叶开,叶开睁开眼,见陈又涵坐在床边。

"吵醒你了?"陈又涵说。

叶开顺从地闭眼,看样子是有点儿没睡醒,迷迷糊糊的。

"喂。"陈又涵又说。昨晚上两个人玩了通宵,今天精神不济在所难免。陈又涵笑:"不是十八岁吗?怎么比我一个三十几岁的人还虚?"

男人不能被人说虚——高中生也不行!叶开睁开眼,一骨碌从床上翻坐起来:"我刚才去录指纹了。"

"成功了吗?"

"不会弄,好像坏了。"

陈又涵服了,笑得不行:"不是年级第一全市前五名吗?嗯?"

叶开"哼"了一声,说:"是这个产品设计得反人类,而且我又没说明书。"

"好,是它的错。"陈又涵干脆地说。

叶开怀疑他在嘲笑自己，恼怒地说道："你是不是在笑我？你笑了。"

陈又涵莞尔一笑，半抬双手投降："岂敢。"但他嘴角的笑意鲜明，明明是嘲讽，还透着一丝纵容之意。

他果然纵容叶开，拉着他："重新录，报复它。"

"录十个。"叶开跳下床。

"用不用把你的脚趾的指纹也录进去？"陈又涵瞥了他一眼。

"那我也勉强可以接受。"叶开光着脚在地上走了两步，抬起一条腿，"以后我就这么开门。"

陈又涵笑得要命。

指纹录入成功，叶开撑着双手坐在沙发上："十八岁的第一天好像也没有什么特别的。"不像是对话，倒像是自言自语。他又说："我早上起来第一个念头，你知道是什么吗？"

"什么？"

"我今天十八岁了。"

如此孩子气的念头，却令陈又涵脸上不自觉地浮出笑容。

叶开转过脸："你知道吗？我小时候天天盼着长大成年。"

"为什么？"

"因为觉得长大以后就可以天天吃冰激凌了。"

叶开嗜甜如命，从小就如此，得了一嘴蛀牙，瞿嘉不得已，甚至派人二十四小时看着他。叶开数冰激凌像数珍宝："哈根达斯的夏威夷果口味是第二喜欢的，第一喜欢的是……"

西厨内传来冰箱被打开的声音。

"第一喜欢的是朗姆酒口味的。"陈又涵的声音由远及近，怀里抱着一桶什么，"成年第一天，允许你放肆。"

那桶冰激凌被扔进叶开怀里，他被冰得激灵了一下，手臂上纸桶外壁的凝霜沾上他。

冰激凌是朗姆酒口味的。

叶开揭开盖子："陈又涵，原来你也偷偷吃冰激凌。"

"哪儿来的傻瓜？"

叶开抿着唇笑。他当然知道，陈又涵不吃冰激凌，但西厨内的那台冰箱冷冻层里，永远会有冰激凌。

陈又涵似笑非笑地说："你喜欢吃什么，我会不知道吗？"

叶开不信邪，一边撕开封纸，一边出考题。

"水果？"

"荔枝、山竹、青柠。"

"青菜？"

"姜汁芥蓝，挑食鬼，让你吃个青菜要你的命了。"

"饮料？"

"苏打水、可乐，喝一肚子二氧化碳。"

"零食？"

"不爱吃零食，算你有点儿救。"

叶开咬着勺子说："刺身？"怎么这题越出越偏？

"蓝鳍金枪鱼，真够挑的，没点儿钱还养不起你。"

叶开放弃挑刺，原来陈又涵真的什么都知道。

第八章　校庆

　　叶开放着一堆作业不写，缠着陈又涵窝进影音房里看电影。看的电影是《诺丁山》，落魄的中年书店老板邂逅当红好莱坞女星，诞生出一段童话般的爱情。男女主角都美得梦幻，纵使不知道是第几次重温了，当看到男主角假扮记者去采访时，叶开还是笑得双肩发抖，打翻了一大桶爆米花。

　　看完电影后陈又涵亲自把人送回了叶家，刚巧跟叶通的车一前一后到，被逮住留下来吃晚饭。

　　瞿嘉很不爽地问："干什么去了，刚成年就玩夜不归宿啊？还关机！"

　　叶开心虚地说："手机没电了……"

　　陈又涵悠然地笑，替他挡枪："带他去玩了，累了在我那儿睡了一晚。"

　　瞿嘉一听就要炸，叶征马上出来打圆场："小开长大了，又涵，他昨晚一定给你添了不少麻烦吧？"

　　陈又涵睨了叶开一眼，嘴角噙着一丝笑意："不麻烦。"

　　叶开生怕再被瞿嘉问个长短，丢下一句"我去收拾书包"，便匆忙跑向室内电梯。他关门时，陈又涵拦下，挤了进去，帮他按了个"3"。

两个人上了三楼。春日三四点的阳光正好卷过窗帘，照射在明净的棕色实木地板上。

过了一会儿，贾阿姨敲门进来："我给你和又涵泡了茶。"

陈又涵笑道："贾阿姨气色真好，这么久没见，以为您年轻了十岁呢。"

"哎呀，你！"英式下午茶被放在黑胡桃木桌面上，贾阿姨敷了粉的脸颊泛红，"嘴这么甜，怪不得小姑娘看到你都要疯的呀！"

陈又涵跟着她转出客厅："何止。"

叶开冲他做口形，明明白白三个字：脸皮厚。

陈又涵下楼陪叶通坐着聊天。老人家颇有谈兴，但很含蓄："我听说当年你们陈家在隶区和他有过龃龉，怎么样，这段时间我看还算平静？"

陈又涵不置可否："位置在那儿了，多少年前的事情，犯不着在这上面计较。跌份儿，您说对吗？"

叶通点了点头："对大区来说，楼村那个项目是核心中的核心，新地标、新港口、对标国际、三市环城高速出入口，你当初能拿下那一片地，的确是有眼光、有魄力。"

陈又涵笑了笑，剥开一片橘子："您过奖了。我有什么？都是董事会的决议。"

叶通非常欣赏陈又涵，甚至于没把他当一个和叶瑾同龄的孙辈去看。叶通拍拍他的肩膀："有什么问题，尽可以来找我。"

一个开银行的人跟一个搞地产的人说有问题来找他，陈又涵心里牵起一丝意味深长的笑。看来，海洋馆审批被卡半年的事还是在社交圈里泛起了一丝波澜。

叶家是非常传统的富豪家庭，有客人在，用餐便设在专门的小宴会厅，分餐制，汤汤水水的都很精致。陈又涵已经想不起上次正儿八经地坐下吃家常菜是什么时候了。喝一口汤，他心里下意识地想，只有这样精细的料理才能养出叶开这样的人。

席间聊起叶开的学业，叶通正好提出来："文书也可以开始准备了吧？趁暑假好好做一些实践。"

因为是天翼中学校董主席的亲儿子，叶开注定是要参加高考的，而且必须考好，但与此同时，外国的学校也要申请、文书、活动、竞赛、托福、SAT，都在按进程推进。叶开应了一声，迟疑了一下，又轻声问："可以不出国吗？"

"不可以。"瞿嘉完全是在西方教育背景下长大的，倒不是专信国外那一套，但在她眼里，对叶开来说，西方的学术背景和教学深度都更适合他。

叶开犟了一下："那万一考上了国内的顶尖学校，不去念也很亏。"

瞿嘉的眉毛都快竖起来了。叶征又出来打圆场："原来宝宝有信心考顶尖学校，那很好，如果考上了，爸爸也不舍得你出国。"

叶通不置可否地应了一声，问在场唯一的外人："又涵，你觉得呢？"

陈又涵看着叶开，叶开这时候也抬眸看他。对视半晌，陈又涵将目光转开了，事不关己般中肯而礼貌地笑着说："都好，有机会的话当然还是要去的。"

"嗯。"叶通点了点头，"暑假实习，我本打算让小开跟在我身边多看看，不过这孩子好像对自己家的东西不是很感兴趣。"他说完大家都笑。

叶通顺势问道："你方不方便？"

陈又涵没有答应，也没有拒绝，委婉地说："现在只是三月份，离暑假还早。到了六月份如果小开愿意……"

叶开攥着手巾，面无表情地看着他，又转开了视线，强自镇定地说："我吃好了。"

"这么快呀？"瞿嘉看了一眼他干干净净的碗碟，"是不是胃口不好？"

叶开胡乱地点了点头："可能昨天太累了。妈妈，我回学校上晚自习了。"说罢，他俯下身与瞿嘉贴了贴面，又与叶征、叶通告别。叶瑾不在，叶开最后才看向陈又涵，疏离而客套地说："又涵哥哥，你慢吃，我先走了。"

陆叔开着车候在门口，叶开离开宴会厅，贾阿姨递上书包，两个人聊了几句，引擎声渐远。

陈又涵食不知味。

过了漫长而敷衍的近一个小时，席间还聊了什么，陈又涵毫无印象。等出门时天已经黑透，从思源路到天翼中学堵成一片红，他开阿斯顿马丁，别人都被他不讲道理的野蛮劲儿吓得又凶又厌，不敢超他、别他，只好降下车窗破口大骂。

赶到天翼中学时晚自习已经进行到了第二节，陈又涵一边发微信一边摔上车门往校门岗亭大步流星地走去。

离岗亭十几步远，公交车站内，长椅上坐了孤零零的一个人。

陈又涵急三火四的脚步硬生生停住，心也静了下来。他走过去，声音低沉地问："怎么在这里？"

叶开抬起头，手机还亮着，停留在他和陈又涵的对话界面上。

陈又涵看到了，在他跟前蹲下，问："看到信息也不回？这么生气啊？"

叶开冷冰冰地问："你怎么来了？"

"想到你可能在等我，我就来了。"

"谁等你？我没有，我等车。"叶开抽回手，站起身，把手揣进校服外套口袋里。

公交车到了,不知道是哪一路,也不知道开往哪里。叶开平常会搭公共交通,有市民卡。他上车刷卡过后,走向后排,脸上什么表情也没有。车上几乎没有乘客。陈又涵堵在上车口,明明是对任何事都游刃有余的人,在司机拖长调子的催促声中,看着竟有些窘迫。

"刷卡、投币、扫二维码,微信、支付宝都可以,不要堵门口,往里走走了啊!"

后面没人排队,陈又涵靠着栏杆,根据贴纸提示点开支付宝,点击城市服务,然后申领宁市交通卡,生成二维码……陈又涵自小到大金贵成什么样儿了,心里忍不住焦躁,什么玩意儿!

终于,亮着的二维码被贴上扫码枪,陈又涵等了两秒,却半天没听到扣费动静。

司机斜眼:"手机插进去,平放!"

后排传来一声"扑哧"的笑声。

听到"嘀"的一声轻响,陈又涵终于松了一口气,走向叶开。叶开选的是双人位,坐在里面靠窗的位子,外面的座位是空的。陈又涵坐下:"惭愧,打从出生起就没坐过公交车。"

他还好意思说?

叶开扭头看向窗外,淡漠地问:"地铁呢?"

"这个坐过。"

叶开很惊讶,猜测着,想必是什么地方又远又堵,他不得不放弃私家车或专车。谁知陈又涵慢悠悠地说:"宁市第一条地铁线开通,陈飞一受邀体验,他抱着我坐的。"

叶开这下真没忍住,虽然尽力抿着唇,但嘴角还是忍不住上翘。

陈又涵见他笑了,心落了回去,顿了一顿,问:"为什么不想出国念书?"

"念完大学念硕士,也许心血来潮或者状态不好,还会 gap① 一两年,加起来就是七八年。"叶开垂下脸,自嘲地勾了勾唇,"也许这么说很幼稚,但是……"他抬起头,望向陈又涵双眼的深处,"我还没有做好准备跟你,跟很多人、很多事分别这么久。"

他果然是有着孩子的想法。

"不幼稚。"陈又涵却说,"我在你这个年纪的时候,虽然不说,但也会恐惧离别。成年的世界充满离别,一不留神就是十年,对那时候的我、这时候的你来说,都超出了想象。"

"我还记得幼儿园毕业,很多同学约好了以后也要一直做朋友,要常聚。多久聚一次?有人说,十年吧。那时候我们异口同声,说这么久!"叶开笑了笑,"现在差不多快十年了,我们确实再也没见过。"

车厢内的灯光透着死气沉沉的白色,窗外街道的霓虹灯灯影不断掠过叶开年轻的脸庞。他转向陈又涵:"那你现在呢?已经是一个不惧怕分别的成年人了?"

他话里含有微讽之意,更多的却是赌气。陈又涵知道,他在报饭桌上自己轻描淡写、事不关己的一箭之仇。

叶开十八岁,陈又涵陪了他十八年。

"小开,人生有很多重要的事是不能放弃的。"陈又涵没有回答他,而是说,"念书,深造,实现理想,看看世界,成为一个更好的人,这一路你会遇到很多诱惑,很多看着五光十色的很漂亮的东西,未必是适合你的。你不要轻易停下来。"

叶开平静地问:"你一定要在这个时候教会我?"

陈又涵笑了笑,转换语气:"你刚才问我的问题,我现在可以回答你,不是我现在已经是一个不惧怕分别的成年人了,而是对现在的

---

① 间隔。

我来说,有一百种方法去解决我不想面临的离别,去见我愿意见的人。出国念书怎么了?我是买不起去看你的飞机票,还是没有时间?不管相差多少个小时,都无所谓。"

城市繁华的光影在车厢里穿梭。公交车到站了,有人上车,有人下车,车里依然很空。门发出气闸的声音,缓缓合上。

叶开若有似无地哼笑:"嗯,有道理,到时候你动不动飞一遍太平洋,'GC'被你管得乱七八糟。"

陈又涵无语。叶开笑开了,终于用天真而轻快的语气说:"开玩笑的,又涵哥哥最厉害了。"

一个穿校服的漂亮少年跟着一个西装革履的精英帅哥,这画面实在是夺目养眼,上车的人越来越多,大家都在偷偷地打量他们。叶开用不轻不重的声音说:"哥,咱们下一站到了。"

播报声响,两个人一前一后地从后门下车。

夜风扑面而来,是西江沿岸的一站,附近连绵一片都是临江公园,宽阔的草坪上盛开的向日葵已经耷拉下脑袋,凤凰木开得如火如荼。陈又涵打开软件叫了专车,送叶开回去上课。

上第三节晚自习时,全班开了个短暂的班会。班主任叫毕胜,一听就特有野心,学生们背地里都叫他"必胜客"。"必胜客"亲自主持班会,是因为今年是天翼中学建校二十周年,上面已经决定了要办文艺晚会,各班出节目,高一的嫩,高三的忙,这个重担显然只能让高二的学生以及各社团来扛。消息一出来下面就怨声载道,"必胜客"拍桌子:"喊?喊什么喊?有这个精力给我留到舞台上喊去!出节目,明天晚自习前给出五个备选,那个什么……文艺委员举一下手,对,赵晓昕,你组织一下。"

赵晓昕上讲台,教室里一潭死水。

高二(3)班作为理科实验班可谓一枝独秀、画风清奇,除了平均分和年级前十名这两个数据被他们班牢牢把控,其他像什么先进班级、运动会、文艺晚会之类的东西,全都不屑一顾,全班从上到下都是一句大写的"I don't care.[①]"。

杨卓宁举手道:"不怕!叶开在咱们班,闭着眼都能拿高分!"

叶开扶额。他一下子成了火力中心,班会主题一下子从"想出五个德智体美劳的参赛节目"变成了"为叶开量身定制一个一击必杀的必胜节目"。

"网球特技,真人版网球王子!"

"……"

"自弹自唱,钢琴小王子!"

"不了吧。"

"跳一支国际标准舞!"

"你为什么觉得我会这个技能?"

"街舞,哥们儿给你打拍子!"

"我谢谢了!"

"必胜客"出来打圆场:"你们这样不行的嘛,要团结起来,调动一切力量,展现咱们(3)班集体风貌啊,怎么能让叶开一个人上台呢?"

赵晓昕主动发挥文艺委员的脑洞,提议说:"演个话剧吧!"

马上有人抬杠:"演什么呀?没头没尾的很难入戏,自己写的话……谁写?"

杨卓宁:"你傻啊,那么多经典本子可以挑!《恋爱的犀牛》《仲夏夜之梦》《哈姆雷特》……对了,我觉得《威尼斯商人》不错!可以挑两场串起来演。"

[①] 我不在乎。

他之所以能想到《威尼斯商人》，还是托语文课本的福——"课后选读"节选了法庭的那一场。

毕胜气得吐血，他有心要当一回"必胜客"扬眉吐气、一雪前耻，没想到全班的同学十分"佛系"，毫无"狼性精神"，一看演话剧既省事参与人数又少，没等他说什么就有人立刻举双手投票同意。

毕胜退而求其次："这样，咱们改一下行吗？加场舞进去，全班同学都上！"

教室里响起哀号声。

毕胜深谙谈判逻辑，冷着脸让他们号完五秒钟，抬手压了压，笑眯眯地问："一半，上一半行了吧？"

"敌营"被成功拉拢分化，除了几个小声嘀咕的人，果然再没人反对。

杨卓宁生怕不够乱，又起哄："那也太平了，还得找个重磅炸弹！"

"反串！"赵晓昕眼睛一亮，立即跟上火力。

叶开瞬间就有种不好的预感。果然，全班目光再次跟探照灯似的齐刷刷向他聚焦而来。

叶开："……"

虽然从"必胜客"到高二（3）班整个集体都默认了"重在参与"这一宗旨，但叶开还是让叶瑾帮忙跟圈内某个道具组借了服装和道具：夸张的缎面礼服、紫红丝绒斗篷、织锦缎小马甲、白泡袖衬衣、熠熠发光的孔雀绿珠宝、白色长卷假发……叶瑾直接找宁市剧院的人借的，可以说是专业级的歌剧服装，精致华丽，高中生们一拿到就被唬住了。

他们改了剧本。剧本里一共有三场戏：第一场是在威尼斯狂欢节，也就是"必胜客"钦点的改编戏，二十来个高中生穿着欧洲宫廷蓬蓬裙和短靴在舞台上群魔乱舞，主人公巴萨尼奥和鲍西娅便是在这场舞会上相遇的；第二场是安东尼奥和夏洛克借钱，并签下那个著名的

"割一磅肉"的协约，巴萨尼奥得到了这笔钱，向鲍西娅求婚成功；第三场是鲍西娅得知安东尼奥被算计，女扮男装在法庭上智斗夏洛克。

巴萨尼奥、安东尼奥和夏洛克是谁不重要，重要的是鲍西娅一定要让叶开来演。

晚自习最后一节课被毕胜拨出来给他们当练习时间，有大段文绉绉的台词要背诵，还要练习跳宫廷舞。《威尼斯商人》完成于十六世纪，那时候的欧洲宫廷内，帕凡已经开始过时，小步舞逐渐时兴，舞蹈风格端庄、活泼、优美，一对舞伴按照"Z"字形或"8"字形进行舞步构图，有序且好学。难的是，女士要体现出那种名门淑女的矜持与高贵，男士则要表现出绅士般的风度与骑士般的潇洒。

叶开请了叶家的礼仪老师在周末授课。这名礼仪老师姓伊，名佟，深谙欧洲贵族的生活、社交的规范和礼仪，整个人的气质和行为举止就像是一位行走着的《唐顿庄园》大小姐。她出过书，也给许多千金、太太上过课，在宁市上流社交圈里颇有交际。叶开的华尔兹也是她教的。

学校里没场地，学生们都聚在了叶家的舞蹈房里，那是当时为了叶瑾学芭蕾专门装修的一层，整个五楼全部被打通，所有墙壁全部镶嵌落地镜，可以供学生们三百六十度无死角地欣赏到自己僵硬的舞姿。

陈又涵提着给叶开买的星冰乐跟贾阿姨上五楼时，一推门就看到叶开和另一个男生在转着圈排练。巨大的落地镜照出叶开瘦削的身影，仪态端庄又优雅。在陈又涵看来已经是完美得不得了了，偏偏他却听到了女老师的训诫声。

"不对，不对。"伊佟握着戒尺打拍子，见两个人跳得扭扭捏捏，当机立断地喊了停。

叶开停下，黑发有点儿湿了。他从镜子里看到斜倚着门的陈又涵，"唰"的一下扭过头去："你怎么来了？"

这里面的人不少见过陈又涵不止一次了，学累了都坐在地上起哄："兰博基尼哥哥又来了呀！"

陈又涵把星冰乐递给叶开："路过，顺便来看看。"他见阵仗颇大，想了想，有点儿猜到了，"校庆演出？"

叶开高度警戒："你怎么知道？"

"收到邀请函了。"

校庆邀请了很多知名校友返校参观，陈又涵又是捐图书馆又是设立基金的，学校邀请他来本就正常。

叶开却不知道在别扭什么："'学渣'回去干什么，给老师添堵吗？"他说着，插入吸管喝了两口摩卡星冰乐。二十五个学生窃窃私语一阵，笑嘻嘻地齐声说道："又涵哥哥，我们也要星冰乐！"

伊佟举手，笑得有点儿羞涩："陈少爷不介意的话，加我一杯。"

陈又涵掏出手机在软件上下单"专星送"服务。叶开把他拉到走廊上，问："你认识伊老师？"

"谁？"

"礼仪老师。"

"伊佟啊，"陈又涵在填地址，心不在焉地回，"见过几次。"话音落下没听到回音，他觉得不对劲，抬头一看，见叶开静静地盯着他，乌黑的眼珠子总让他想起被水洗过的黑曜石。

陈又涵失笑："你想什么呢？"

"我都不知道你们认识。"

陈又涵不得已纠正措辞："不认识，就是名字对得上人的那种。她不是一直在开课吗？"

叶开回了舞蹈室，伊佟已经组织学生继续训练。但那种神态真是不好把握，众人转了几轮还是不开窍，尤其是男生，不是像大马猴，就是像呆头鹅。她拍手喊"停"，目光在二十六个人中扫视一圈，最后停留在两手插兜事不关己的陈又涵身上。她微微笑着，俏皮地冲他伸出手："又涵哥哥，配合一下？"

陈又涵略微站直，神态自若："不了吧，我不会跳舞。"

可学生们不放过他，一个接一个地起哄，都要看他跳舞。陈又涵才不上当，虽然一直保持着绅士风度，但拒绝得毫无转圜余地。眼看伊佟逐渐尴尬，叶开说："伊老师，我来。"

伊佟也明白叶开当然是最佳人选，只是和陈又涵偶遇几次都没找到机会更进一步，她实在是心有不甘。陈又涵出现在这里真是意外之喜，他往常都是出现在某贵妇主理的下午茶会或是酒店的自助晚宴上，来去匆匆，都是给面子捧个场便消失不见。这里不同，在场的都是学生，又是宫廷舞教学现场，气氛恰到好处，进可暧昧退也合分寸，还有不明就里的高中生当助攻。

千算万算，伊佟算漏了陈又涵对自己没兴趣。

叶开走向舞蹈房中央，与伊佟配合着演示。他神色自若，进退有度，举手投足分明没什么特别的，但偏偏姿态端正，神态看似松弛却又矜持，让人移不开目光。

于然然盘腿坐在地板上，神情恍惚。她感觉仿佛又回到了在芝加哥那个宴会上，叶开依然是所有人瞩目的焦点。

错身的瞬间，叶开与伊佟相对做弯腰屈膝礼。叶开轻声说："伊老师，陈又涵有心上人。"

伊佟以为自己幻听，看到叶开对自己笑了笑，嘴角弯起的弧度一如既往，眼神却很冷。

一轮演示结束，众人都鼓掌吹口哨。陈又涵懒懒地鼓掌，看叶开冲自己走过来，抓起架子上的白毛巾擦汗。陈又涵微俯身，用只有叶开听得到的声音说："骗我不会跳舞是吗？"

呃。

"刚学的。"叶开面不改色,继续喝剩下的星冰乐。

"用不用我跟你们伊老师聊一聊?"

叶开咬着吸管,微微歪头,笑得可无辜了。

最终众人练了一下午,直到下午四点多才结束。舞步、队列和动作是依葫芦画瓢地都学会了,但那股子神韵还得好好练练。顺利收工后,叶开给伊佟安排专车送她。

陈又涵看过叶开后便去了击剑馆。像他们这种高压人群必须得有个发泄口,真烦起来打高尔夫都嫌磨叽,不是玩刺激就是找快感,然而这些现在都跟他无缘,除了打拳、击剑,他也实在没别的招儿了。叶瑾有时候会约他赛车,但陈又涵还没到那个地步,拒了几次后,叶瑾也就作罢了。

陈又涵洗过澡出来刚巧接到叶开的电话。

"又涵哥哥,你是不是忘了什么事?"

陈又涵坐在软皮凳上擦头发,想了想,问:"有吗?"

"晚上借你的地方写作业。"

陈又涵失笑:"怎么?特别中意我的书房?"

黑色帕萨特缓缓停下,是叶开叫的网约车。陈又涵从听筒里听到司机和叶开确认了一下尾号和目的地,还真是繁宁空墅那儿。

他没忍住勾了勾嘴角:"既然要来,怎么不让我去接你?"

叶开从书包里掏出一套托福官方的真题集,单手打开笔帽:"坐你的车上想聊天,在专车上可以刷题。"

司机抬头从后视镜瞥了一眼这个"三好学生",一时之间十分钦佩。

陈又涵也钦佩得要命,换衣服时都忍不住笑出了声。

从思源路到市中心有段路程,叶开全神贯注地刷完了一套卷子,抬眸时看到窗外暮色已降,公寓楼前的喷泉亮起了灯。他下车,掏出业主卡刷进闸机。高层电梯运转快速,眨眼间便到了。电梯开门,对面直接就是外玄关，正对着的边柜上，古董花瓶里插着几枝奥斯汀月季。叶开握住门把手，贴上右手大拇指。

电子锁开启，女声说："欢迎回家。"

陈又涵正在吧台后给叶开调无酒精的莫吉托。长匙在深杯里搅动冰块，上升的气泡，清新的薄荷香气，冰块的破碎声，一起凝在了有关这个周末傍晚的记忆中。

"吃晚饭了吗？"陈又涵问。

"吃过了才过来的。"

宽大的办公桌边一左一右坐了两个人。一个对着电脑看文件，一个继续刷托福真题，哈曼卡顿音响里流淌出轻柔的轻音乐。

专注的人不觉时间流逝。时针转过十点时，陈又涵去阳光房打了两个较长的电话，进来后发现叶开又换了套卷子，开始刷物理题了。这劲儿真不愧是"三好学生"。

陈又涵有心让他放松放松，便转移他的注意力，问："文艺晚会你上去跳舞？"

叶开握着笔的手一僵。

差点儿忘了这事……他装作一副冷淡的模样，回："我是 B 角候选，不一定上场。"

"演什么？"

"《威尼斯商人》，话剧。"叶开半扭过头问陈又涵，"你真要去？"

"去啊，不去不行，随便看会儿。"

叶开心里有鬼，脸色便有些微妙："随便看会儿？你很闲哪，高中生的文艺晚会也看。"

"你好像很有意见哪？"

话剧断断续续练了一个月，终于到了能见人的程度。杨卓宁从年级组办公室打探消息回来，眉飞色舞地说"必胜客"看过彩排后信心十足,已在各班主任面前夸下海口说最起码会拿下二等奖,同时特别点名了他的秘密武器叶开——一个天生的贵族,往台上一站就值一个最高分十分和一个最低分九点八分。

叶开惦记着陈又涵要来,在微信里若有若无地打探,又不方便直言,否则陈又涵肯定会来看他的笑话。陈又涵被他问了几次,察觉出点儿猫腻:"怎么,你要上台?怕我看见?"

"我是 B 角。"叶开咬死这个说法。

陈又涵还想说什么,一抬眸,刚好看到郑决帆叩了叩门,一脸想进又不敢进的模样。

陈南珠退位后,政府公关这边由总裁办公室的任佳和商业集团公关分工,权限高度集中在陈又涵手中。他之前已经拜访过新上任的几位领导,上头的风向如何,要看下面人的转变。海洋馆终于拿到了关键审批,楼村项目也开始破土动工。郑决帆现在进来,正是要对这一个多月来的工作成果进行述职。

陈又涵招手让人进来,对叶开说:"校庆去不了,你安心吧。"

叶开放下手机,心里松了一口气,但又觉得有点儿空落落的。

校庆那天星光熠熠。

纵使天翼中学不以贵族学校自居,也并没有开出什么天价择校费和学费,但从校友的身份来看,它仍然是宁市当之无愧的最"贵"私校。当天受邀返校的有已经国际扬名的时尚设计师,有年纪轻轻就登上国际知名榜单的青年企业家,也有获得国家工程奖的年轻学者。去年的 G 省理科尖子生也出自天翼中学,上午刚受邀在大礼堂对高三生进行了演讲和分享活动。高一和高二的学生则为他们的文艺汇报演出做最后的准备。其实校友里不乏明星,他们也会列席演出,但学生青涩稚嫩的表演,远比成熟的舞台和耀眼的星光更能打动人。

麦琪带了整个工作室的成员来为叶开的同学们上妆，自己则单独为瞿嘉和叶开做造型。看过叶开的服装后，她笑得不怀好意："反串哪？那姐姐今天必须把你化成绝世大美人了。"

叶开内心平静。挣扎不掉的事情，他一般都能迅速调整自己的心情状态，让自己做到最好。这是他的坚韧所在。

"鲍西娅不是绝世大美女，她聪慧坚定，整个人都闪烁着文艺复兴时期理智、高贵的光芒。"叶开在镜子里找到麦琪的目光，对她笑了笑，"麦琪姐姐，不要擅自发挥，把鲍西娅化成奥菲利亚。"

麦琪瞪着眼睛，俏皮地撇了撇嘴："虽然不知道奥菲利亚是谁，不过好吧，我懂了。"

同学们都先化好了妆，不是在乱七八糟地换戏服，就是挤作一团玩自拍。看着羽毛扇、翎羽帽、闪闪发光的宝石项链、宽大华丽的裙摆，女生们臭美死了。男生就比较苦，看着白色长筒袜、高跟短靴、法官似的假发和丝绒斗篷，一个个都扭扭捏捏的，看到丝袜时恨不得代替叶开去反串。大家最后约定了一起换好一起亮相，出来时整个化妆间的人全部笑翻。杨卓宁低头看看自己裹在白丝袜里的纤细小腿，又看了看叶开立体、精致的化了妆的脸，悲愤地说："到底谁才是大佬啊？！"

现在他们后悔也来不及了。叶开嘴角凝着冷然的笑，悠然地说："杨卓宁，下回起哄前，记得先看点儿书。"

杨卓宁拉着另外十二名男生一齐给麦琪"滑跪磕头"："大佬姐姐，请务必把他化得比女人还女人！"

麦琪用刷柄微抬起叶开的脸，从镜子里端详。为了方便上妆，他的头发在头顶被扎起，露出光洁的额头、好看的发际线、瘦削的下巴、精致的眉骨和挺俏的鼻梁，脸型的线条极其流畅，微深的人中让他的唇形看起来更加饱满，像花瓣般艳丽且柔美。他眼睛微合，黑长的羽睫自然地垂下,在眼睑处留下一小片扇形的阴影。这个向下垂眸的神态已经完全被打上叶开的烙印,矜持、冷淡、不动声色、居高临下,组合成一种静默的有距离的美。

大刷子在叶开的脸上轻扫,为底妆打上散粉。她化起妆来轻车熟路,腮红、眼影、眼线、口红……因为是舞台女妆,她下起手来特狠。高中生们渐渐看得呆了,不知道该惊叹于麦琪姐姐出神入化的化妆技巧,还是震惊于叶开化上妆后的和谐感。

大功告成,麦琪摘下叶开头发上的小皮筋,柔顺的刘海儿垂下来。他睁眼,瞥过杨卓宁和其他同学。

如果说平常叶开的气质只有一股淡淡的冷感的话,化上浓妆后,就变成了锋利,漂亮得就像一把锋利的匕首,可以漫不经心地将夜空下的玫瑰划落。

杨卓宁不自觉地吞了吞口水,是被吓的。

不是,他想象中叶开被起哄、取笑继而扭捏、害羞、落荒而逃的场景呢?!

麦琪拍了拍手,卷起化妆刷收纳包,笑着说:"真正的美是没有性别的,当男的还是当女的都会漂亮。"

谁管他漂不漂亮啊?!我们只想看他出丑——杨卓宁内心的恶龙在无能地咆哮、狂怒。

麦琪取出发网:"要戴假发对不对?先去换衣服。"

这世界上最无聊的生物之一,一定是男高中生。叶开马上要穿裙子了!好的,二十多部手机齐刷刷地对准更衣室的帘子。叶开看着那件暗红色缎面宫廷蓬蓬裙,微微蹙眉,研究了会儿怎么穿,掀开帘子的瞬间——

眼睛快要被闪瞎了。

"谁开的闪光灯?"叶开提着裙子拉着帘子淡淡地问。

没人回答他，大家全在疯狂按快门。赵晓昕迅速在班级群分享照片，附言："哥特少女。"

麦琪给叶开戴上发网和假发，拍拍他的肩，开玩笑似的说："可惜了，要是家里不是这么有钱，就可以出道，当个明星。"

"大佬姐姐，他演技不行。"赵晓昕说，获得一片附和声。

"对，对，他演技不行，不是不行，是超差！"

然后众人如愿看到叶开的脸黑了。

"哇，就是幸好演的是个贵族少女，可以本色出演，否则就是场灾难。"

毕胜正巧推门进来，没听到这话，只扫视了一圈众人化完妆的样子，又想起之前看他们彩排时那华丽活泼的宫廷舞步，信心顿时暴涨："稳了！我看咱们（3）班这次要一炮而红！"

杨卓宁逗叶开："'鲍西娅'，来，请表演一下那句'哦，巴萨尼奥，我真的很担心安东尼。'"

叶开面无表情地说："哦，巴萨尼奥，我真的很担心安东尼。"

空气静了两秒，接着众人爆发出一阵狂笑，麦琪捂着肚子笑得眼泪都出来了："开，你好像译制片里毫无感情的朗诵机器。"

叶开乖巧地对毕胜笑了笑："老师，重在参与。"

毕胜："……"

节目顺序按抽签定，（3）班运气最足的居然是于然然。于然然随便一抽，众人都吼"牛"，一共二十三个节目，他们排第五，很符合高二（3）班集体"早演完早解脱"的心理需求。

叶开在舞台左侧候场。开场就是宫廷舞，他是"C位[①]"，要和"巴萨尼奥"领舞。扮演巴萨尼奥的同学已经紧张得呼吸急促、心跳加

---

① 中心位。

快了,叶开仍是一副很淡漠的样子。"巴萨尼奥"掀开红色幕布看了看:"哇,亲爱的鲍西娅,好多人!"叶开礼貌性地探了探头,往观众区瞥了一眼,然后僵在了当场。

"巴萨尼奥"看到叶开上一秒还是气定神闲、云淡风轻,一副看过剧本胜券在握的"佛系"模样,下一秒就跟自己一样呼吸加快、脸色僵硬、目光紧绷、喉头滚动了。

"巴萨尼奥"不见外,一把捞起叶开的手腕搭脉:好家伙,脉象紊乱、心率爆表,估计下一秒就要晕倒了!

叶开咬牙切齿地说:"浑蛋!"

"巴萨尼奥"又往外探了探头,发现二楼栏杆前侧倚着一个人,穿着白衬衫、窄腿西裤,正低头看手机。那人姿态闲适,透着股偶偶劲儿,一线舞台灯光淡淡照亮他深沉的眉骨和眼窝,其余部分则融入淡淡的阴影里。

好浓墨重彩的眼神。

"巴萨尼奥"缩回身,哼唱道:"一定是特别的缘分,才可以一路走来变成了一家人。"

陈又涵在高二(3)班出了名。紧张得无处宣泄的学生们纷纷探出头去看:"哇,又涵哥哥也是杰出校友吗?"

叶开的声音冷冷的:"不,是杰出'学渣'。"

众人:"……"

书包和衣服都留在规定的看台座位区,手机不在身边,叶开不清楚陈又涵是在给自己发信息还是怎么的,只知道自己紧张得掌心出汗。主持人开始报幕,叶开开始忘词,到了主持人报幕的尾声,他连舞步都开始忘了!

灯光暗下,一束追光灯打亮,幕布朝两侧拉开,"巴萨尼奥"拍了一下雕塑般的"鲍西娅同志",两个人领头优雅地以小步舞蹦跶而出。

掌声如潮水般响起，瞿嘉就坐在贵宾席上，陪着几位重要嘉宾领导。她甚至第一眼都没认出叶开，只觉得领头的这个学生姿态出众，非常漂亮。

陈又涵趴在二楼栏杆上，似笑非笑地勾起嘴角，视线锁定了追光灯中心那位漂亮的"女士"。

"C位女士"的舞姿是当之无愧的名流贵族的典范，"她"一开口却不是那么回事："哦，勇敢正直的巴萨尼奥，我答应你。"

整个礼堂的人都笑疯了，马上发现这是个男扮女装的反串演员。"鲍西娅女士"脸皮发麻紧绷，纵使拼命控制，还是没忍住做了个剧本外的动作——他抬起头，看了眼二楼正中的位置。

陈又涵搭着栏杆的小臂冲他漫不经心地挥了挥，他明知道不该笑，还是忍不住笑得低下了头。

这场戏的最后一幕，是鲍西娅假扮法官智斗犹太商人，叶开换下了法官服和假发，看得台下观众很蒙。等谢幕后，众人一时都忙着自拍，等回过神来时才发现"鲍西娅同志"不见了，跟他一起消失的还有那件酒红色缎面礼服裙，便猜他是马不停蹄地去更衣室换装了。

天翼中学有两座礼堂，一座有百年历史，是当年的省校旧址，承载着时代的回忆和变迁；另一座是建校十周年时建造的秉礼堂，拥有两千个阶梯座位，造型室贯穿一整条走廊。高二（3）班和高一（9）班共享同一间，（9）班的人此刻正在紧张候场，拥挤的化妆间此刻空无一人。

叶开摘下假发和勒得很紧的发套，终于长长地舒了一口气。他把掌心贴上面颊，放空了一会儿，才起身脱演出服。法官长袍刚被脱下，门便被推开，叶开抬眸，从镜子里看到了抱臂斜倚在门边的陈又涵。

叶开惊慌失措地转过身，紧紧靠着梳妆台，黑袍解开了，露出里面的泡泡袖花瓣边立领飘带衬衫，和高筒长靴紧身马裤。这分明是那个世纪的男装,并不是反串的女裙,但他还是尴尬到头皮发紧。

"你怎么来了?"

陈又涵挑眉,吹了声口哨,慢悠悠地走向他。

"本来真有事来不了,后来突然想起来,就趁机来看看。"陈又涵做无辜状,"发微信你又不回。"

叶开冷冷地说:"不信。"

陈又涵笑了一声:"不信就对了,我有这么好骗吗?"

原来他早就猜到了自己铁定上场,而且还有自己打死也不想让他看见的理由,就冲这一点,他就怎么都得来看看热闹。

叶开慌忙垂下眼,原来陈又涵什么都知道。这几天叶开借口排练忙,找陈又涵的频率少了很多。陈又涵或许也是被公务绊住,并没有深问,弄得叶开还以为逃过一劫。

"反串不错,'鲍西娅小姐',你说对吗?"

晚会结束时已九点,第二天刚好是周末,瞿嘉顺道接叶开一起回家。几位校领导陪同着,一路送他们去校门外的露天停车场。客气寒暄的气氛是属于大人的,独剩叶开落后一步。

叶开换回了校服,脸上的妆也卸了,露出原本干净清丽的少年面孔。他刚刚被陈又涵戏弄了一阵,又被看了自己反串的模样,因此神情恹恹的,一副满肚子赌气和不情愿的模样,连一旁谁跟他说的话都没听进去。

瞿嘉又揶揄了一遍:"怎么了这是?张老师跟你讲话呢,你都没听到啊?"

张老师是教导主任,快人快语:"我知道了,一定是演反串角色委屈了!哎呀,看你在台上很自然嘛。别怕,演得很好的!"

瞿嘉笑了一声:"还不快谢谢主任关心。"

"谢谢老师。"叶开情绪不高地回答。

几位校领导一走,瞿嘉才伸手摸了摸他的头发:"真这么丢脸?明明效果很好,大家都夸你呢。"

叶开委屈地卖乖:"没有,妈妈,我就是觉得穿裙子有点儿丢脸。"内心却想:主要是被陈又涵看到有点儿丢脸。

两个人一起坐上后座。瞿嘉笑着把儿子搂进怀里:"这有什么?小时候你还主动穿过裙子呢。"

"哈?"叶开抬起头,一脸怀疑的表情。

"真的啊,你以为我骗你?你问老陆。"

陆叔扶着方向盘,一边倒车一边笑着接腔:"是的,是的,我记得很清楚呢。"

叶开立刻坐直身体:"不会吧!"

"怎么不会?"陆叔斩钉截铁地说,"还是少爷你要求一定要穿的呢!不给穿还耍赖。"

叶开的脸红得不能再红了。

瞿嘉感到好笑地睨他:"你脸红什么?害羞啊?"

"不是……"叶开感觉脸烧了起来,既觉得匪夷所思,又深觉好笑。陈又涵一定早就看过他穿裙子的模样了,这么好玩的事,他怎么可能缺席?说不定就是他背后怂恿的!今天还装蒜……

叶开扶额,把脸藏进掌心里:"好丢脸,我什么都没听到,我不记得了,没有这回事!"

瞿嘉笑死,觉得他好可爱。她心里明镜似的,问:"今天陈又涵也来了吧,是不是又被他捉弄了,所以才这么坐立难安的?"

叶开立刻控诉:"他还想骗我再穿一次鲍西娅的那个裙子!"

瞿嘉"扑哧"一声笑了,顺着叶开的心意说:"就是,他是浑蛋。"话题不知怎么就拐到了叶瑾的婚姻上,"你爷爷还想让小瑾嫁给陈又涵，哪儿有那么便宜的事情？"

"姐姐可能是有点儿喜欢他的。"叶开说。

"她？喜欢什么啊。她还缺一个陈又涵？"瞿嘉拍了拍叶开的腿，"你呀，既高看了陈又涵，也不了解你姐姐。"

"哦。"叶开心想也好，免得他还得改口叫陈又涵一声"姐夫"，怪别扭的。

"你暑假去他那里实习？"瞿嘉将他的手握在掌心里，另一只手在他的手背上亲昵地拍了拍，"有点儿远，陆叔送不过来吧？我又不放心你开车。"

叶开趁机说："我住又涵哥哥那里。"

瞿嘉沉默了几秒，终于松口说："也不是不行。"又仍不甘心地问，"小开，在银行里不好学东西吗？"

"没有，但我想看看'GC'的运转和管理模式。"叶开说，"妈妈，'GC'很厉害的，大区建设天天上新闻，楼村是最核心的商业项目。"

瞿嘉不知想到了什么，冷淡地说："风光落魄一线间，昨日高楼宴客，明朝大厦倾圮，谁说得准呢？"

话音落下，车内弥漫着一股沉默气氛。她轻叹一口气："行吧，住他那里就住他那里，除了公司里的本事，别的一概不许学，听到没有！"

"知道了……"叶开的嘴角上扬，"妈妈，又涵哥哥很厉害吧？"

"还行。"

"你夸他一下。"

"夸他你能分钱哪？"瞿嘉好笑地问。

"承认一下他挺厉害的。"

"好，好，好，他厉害，的确不错，你爷爷眼高于顶，能看中他还用我多余夸一句吗？"

第八章 校庆

叶开这才安静下来。过了会儿，趁瞿嘉闭眼小憩，他摸出手机给陈又涵发微信。

叶开："同志，我暑假去你那里实习，说定了。"

陈又涵："欢迎小同志莅临指导。"

叶开："给你当助理。"

陈又涵："没问题，给我当领导也行。"

一直到七月份之前，叶开的时间都被备考占满了。他报名了新加坡考点五月份的 SAT 考试，校庆之后便请了假，在家教的指导下度过了一个月的全封闭训练时间。SAT 考试结束后，又在各科老师"友善"的目光下开始狂补作业进度。"必胜客"生怕他期末不能保住年级第一的宝座，明里暗里找他本人和其他任教老师旁敲侧击了多遍。

叶开虽然提前修完了课程，但长期不刷题的确会生疏，为此已经连续熬了两周的夜。

施译起夜时发现叶开的小台灯还亮着，课桌上堆满了各种很难的名师拓展练习卷。

"你好拼哪。"施译困倦地扶着栏杆。不知道为什么，看着叶开瘦削挺拔的背影，竟然看出了一丝孤独的味道。

叶开摘下眼镜闭眼揉了揉眉心："是不是吵到你了？"

"不是，不是，没有，没有。"施译忙摆手，"我就是觉得你好累呀，要参加竞赛，要考 SAT，要考托福，还有期末考试和高考。"他给叶开倒了杯水，"你这是在用一个普通高中生的时间长度去挑战两国的高考制度，还一定要考到最好？"

叶开接过水杯，小声说了声"谢谢"，笑了笑："我要上'清大'。"

"我的天！"施译彻底跪服，"请问您是不是还得申请哈佛大学？"

"不申请了。"叶开看了施译一眼，连续熬夜的疲倦双眼清亮澄澈，翘了翘嘴角,"不要告诉别人。"

"你的意思是……你留在国内上大学?"施译精神起来,拖过椅子在叶开身边坐下,"你疯啦?你家里不会同意吧!"

叶开沉默了几秒,把中性笔在指间灵活地转个圈:"所以我必须考上'清大'。"

G省是高考大省,竞争极其激烈,外省名校对其划分的分数线高得离谱儿。自主招生、保送、竞赛录取名额倒是给得爽快,叶开拼这其中任何一个捷径都够格,但他不可以。

前方远山雪巅闪耀,山风凛冽,他注定要孤身直面,一往无前。

陈又涵以为叶开考完SAT后会稍微放松一下,谁知道叶开又是连续两周不回家,全天不是泡在图书馆就是自习室里。叶开再这么用功下去成"工伤"了——他不得不亲自跑到天翼中学去堵人。

周末留校的人少,整个四楼的走廊安安静静,陈又涵穿过紧锁的年级组办公室、空无一人的(1)班、只有两三个人的(2)班,停在了(3)班教室侧前方。

他的视线穿过狭窄的缝隙,看见叶开坐在教室正中,正埋首写着什么。

来不及打理的刘海儿已经过长,叶开用一个小文件夹把它们在头上夹成一撮。小文件夹是蒂芙尼蓝的颜色,夹起的头发很可爱地往后垂落。

陈又涵没忍住勾起嘴角,放轻脚步走了进去。

面前投下一片阴影,叶开以为是哪个班来串门的同学,抬头一看,却是陈又涵架着腿坐在前桌的课桌上,双手抱臂,正带了一丝笑垂眸看他。

"你怎么来了?"

高温不退

第八章 校庆

陈又涵没回答，抬手拨了一下他那撮竖起的刘海儿："这位同学，你这样有点儿……"

叶开愣了愣，手忙脚乱地扯下夹子。因为太过惊慌，发丝卡在缝隙里被猛地拉断，疼得他轻轻"啊"了一声，尚捏着夹子的手诚实地捂了上去，看向陈又涵的眼神又委屈又埋怨。

陈又涵又是心疼又是好笑，哄小孩儿："用得着用功到人间蒸发吗？找你还得来学校。"

"'学渣'当然不懂……"叶开嘴硬，"谁有你闲？"不过是话赶话激将了上去，其实他比谁都清楚陈又涵的日理万机的事业心。

"我带你在学校里逛逛吧。"叶开掩上卷子起身，"刚好透口气。"

陈又涵笑着说了声"好"。

高中生活对陈又涵来说是遥远而模糊的记忆。他两手插在裤兜里，懒洋洋地跟在叶开身后，听叶开一一介绍："这是答疑室，这是高二理科教研组大办公室，这是高一的走廊。今年扩招，一共十八个班，施译刚好就在（18）班。"讲到施译时，叶开停了下来，看着陈又涵。

"怎么了？"

"你没什么想问的吗？他成绩不错，英语特别好，很聪明，也很活泼……"

陈又涵打断他的话："跳过。"

"哦。他的同桌也很厉害，是今年中考全市第一……"

"乔亦初吗？"

"你认识？"

"是乔楚的儿子。"陈又涵笑着摇了摇头，"他们的亲子关系一团糟。"

两个人断断续续地闲聊，穿过高一的走廊，穿过露天花园阶梯，通过相连的甬道进入第一教学楼。

"这边是高三和大影音阶梯教室、画室和音乐室、舞蹈房。"

"一教"年头更久,是天翼中学建校初的教学楼,"二教"则是七八年前新盖的。一走进"一教",建筑物内上了年头的陈旧味道唤醒了陈又涵的记忆。他仰头看了看大厅上掉了漆的标语:"我上学那会儿,这里写的是'笃学尚行'。"

现在换成了"天道酬勤",旁边是一个倒计时电子屏幕。上一届的高考已经结束,叶开看到这个倒计时就蓦地有点儿紧张。

"就是在这里,那天自由活动课打球回来,叶瑾找到我,说——"陈又涵顿了顿,才又说,"'明天是我弟弟的周岁宴,你千万不要迟到。'"

那只是他生命中非常普通的一个周五午后,他和隔壁班男生打了半场酣畅淋漓的球赛,路上经过小卖部,买了一瓶冰过的运动饮料。四点多的阳光从高大的门厅斜穿进来,与身后的走廊亮光交织成温暖的一片光影。一个他不感兴趣的女孩儿,一则与他无关的消息,一场乏味的宴会邀请……如果他知道未来自己会把叶开看得如此重,他一定会更努力地记住那天下午的光线、气味和温度,记住那场球赛他的得分,记住那瓶已经退了市的饮料的名字与入口那一瞬间的味道。

高三生已经搬离了。所有教室都空了,被保洁从里到外打扫过一遍。有些教室的黑板报没擦,教室前的黑板上写着"高考加油",教室后的黑板上则写着"后会有期",上面龙飞凤舞地签着几十个签名。一间间穿行,到了走廊尽头最后一间,陈又涵停了下来:"这是我高一时候的教室。"

如今这里已经成了自习答疑室了。

陈又涵只是习惯性地抬手轻推,门"吱呀"一声开了道缝——竟然没锁。和班级教室不同,这里只拼了几张大课桌,各科老师晚自习时会在这里值班,学生有功课要请教就来这边。黑板上还留了两道数学题没擦,重要题干下画了两道重而有力的线,仿佛可以看到老师拍着黑板说"今年必考"的样子。

"惭愧,"陈又涵没忍住勾了勾嘴角,"一进来想到的都是打架、上课看闲书、把垃圾桶当篮筐扔瓶子、被班主任叫起来罚站,还有四十分的物理卷。"

"四十分?"叶开震惊,"我还没见过四十分的卷子。"

他们班都是尖子生,成绩低于八十分就羞愧得要面壁了。四十分?这样的人见到毕胜得跪着走。

"都是黑历史,我跟你说这些干吗?"陈又涵自嘲,"学没好好上,但也没谈过恋爱,学生时代连个能怀念的对象都没有。"

叶开迷离地眨了眨眼:"我还是很震撼你的物理四十分。怎么办,将来等我上了'清大',你到学校看我会不会心虚、自卑、抬不起头?"

他过于杞人忧天了,陈又涵三十四年的人生中,就没出现过"心虚、自卑、抬不起头"这几个字。

陈又涵闷笑出声,玩世不恭地回应:"我觉得,继承好家里一千二百亿的矿,不会比物理考满分更简单。"

叶开:"……"

今年宁市的夏天来得格外早,也格外热。

在聒噪的蝉鸣声中,叶开有惊无险地度过了期末考试,虽然没拿到第一,但也没跌出前三名,还算好交差。

路拂的分数和报考学校也定了,是一所外省的重点大学,他报了信息管理专业。他办过了谢师宴和同学宴,怕叶开面对一群高三生不自在,又单独请叶开吃了饭。

男高中毕业生对成年的定义很简单——高中毕业、随便喝酒。这两点给了他们无限膨胀的自信心。一顿饭下来,两个人吃了四五斤龙虾,啤酒空了两瓶。叶开不能喝,打死不张口,因此啤酒全是路拂的战绩。

吃过饭沿着江堤散了会儿步,路拂问:"你怎么回去?打车?还是让人来接?"

这里是西江沿岸,离陈又涵家就隔了两个街区。叶开想了想,给陈又涵打了个电话。路拂陪他坐在江边的长椅上等,尴尬地没话找话:"你那个哥哥对你挺好的,就这么点儿路程还亲自来接。"

手机振动起来,叶开很快接起电话。这边不好停车,两个人先走到路边,等一辆打双闪的兰博基尼。

绿灯通行三十秒后,陈又涵的兰博基尼在路边缓缓停下。他推门下车,绕到叶开那一侧,先握住他双肩对视了两秒,确定叶开还清醒后,才严厉地骂道:"以后我不在身边都不要沾酒,知道吗?"

叶开等他凶完才小声说:"我都没喝……"

陈又涵怔了怔,道歉的同时松了一口气:"对不起,是我紧张过度、先入为主了。"

自省完,陈又涵才注意到旁边的路拂,拿对小孩儿的语气问:"你呢?还清醒吗?"

路拂猛地摇头,又迅速点头:"我没事,没事。"

"上车,这里不好打车。"陈又涵当机立断地吩咐,然后打开副驾驶位的门,推叶开坐了进去。

路拂注意到陈又涵虽然看着强硬,但实际上很小心,怕叶开的头撞到,手还在车顶挡了一下。

"前面是明康路,那边好打车。"陈又涵说着,没有征询路拂的意见,驶过两个红绿灯后右拐,车子在路边停下,"叫车也行,出租也行,看你,等你上车后我们再走。"

路拂觉得这男人强势得要死,但那股威压的气场又让他心悦诚服。他家比较远,原本想叫网约车到最近的地铁站的。

叶开主动而体贴地说:"又涵哥哥,去最近的三号线地铁站吧。周末路上堵,他坐地铁快一点儿。"

路拂客气地说道:"也还好,我可以……"兰博基尼比他支支吾吾的语速快,"轰"的一声起跑。路拂把话都憋回了肚子里,低头默默取消了网约车的订单。

路程不远,路拂坐在后排到底尴尬,一路只听前排两个人的低语。

陈又涵柔声地问:"困不困?要不要睡一会儿?"

叶开摇摇头,轻声说:"有点儿晕,回去再睡。"

又是一个红灯,陈又涵问:"冷吗?要不要把空调调高一点儿?"

叶开又摇头,侧过脸,眼睛很亮地看着陈又涵,小声叫他:"又涵哥哥。"

陈又涵应了一声,半侧过脸对他勾了勾嘴角,绿灯亮起,两个人都没再说话。这样的沉默与静谧气氛也是排外的。路拂塞上耳机,闭上眼睛,给自己找了件事做,好显得不那么格格不入。

第九章　实习

　　暑假生活正式开始，暑期实践和实习也提上了日程。叶开要回思源路收拾行李。陈又涵开车送他。

　　从市中心到思源路走快速干道要开四十多分钟的车。叶开进了家门，照面儿碰上了瞿嘉。她刚跟一帮太太喝完下午茶回来，一身套装没来得及脱，看上去雍容华贵，见"失踪人口"回归，冷笑了一声说道："叶小开，家都被你住成宾馆了。"

　　叶开规规矩矩站好："妈妈，昨天晚上和同学吃完夜宵，是又涵哥哥接我回去的。"

　　陈又涵对瞿嘉颇有风度地欠了欠身，就是两手还插在裤兜里，那点儿笑怎么看怎么欠揍。

　　瞿嘉果然赏陈又涵白眼一枚，忆及叶开实习的事情，问道："明天开始实习了？"

　　"嗯，"叶开忙不迭地说道，"我收拾一点儿衣服过去。"

　　实习的事情是叶通和陈又涵讲定的，大家都没有意见，瞿嘉当初也同意了叶开住陈又涵那儿的方案。这下子叶开真要住过去了，她反倒担心起来，似笑非笑地问："陈总，你们年轻人有年轻人的生活方式,小开不会打扰你吗?"

陈又涵微微颔首,风度翩翩地说道:"劳您记挂,不打扰。"

叶开见缝插针地说:"妈妈,我会早睡早起、作息规律的,周末就回来看你!"说罢他连电梯也不等,三两步爬上楼梯,声音丢在身后,"我去收拾行李了!"

贾阿姨正巧抱着一瓶新鲜的欧洲月季出来,望了望两个人一前一后的背影,笑道:"小少爷和又涵的友情真是难得,两个人差十六岁也玩得这么好。"

真收拾起来速度倒也很快,其实叶开也没什么好拿的,无非就是些教辅作业和上班穿的衣服。

叶开一柜子的衬衫、西服都是往常出席活动定制的,他穿上身就让人移不开目光。第二天他一进GC集团办公楼,果然众人都看他。他们陈总裁再帅他们也看疲劳了,旁边冷不丁多了个叶开,气质清冷而贵气,脸上是恰到好处的疏离微笑,让人看了便心生喜欢,却也不敢生出任何其他的心思,像对待一株令人爱而敬之的玫瑰。

一路不停有人喊"陈总好""陈总早上好",陈又涵架子十足,冷淡地点头。电梯在六十五楼停下,他步出电梯的同时抬手松了松表带,脚步不停地穿过一整层宽大明亮的办公室。两个人靠近总裁办公室,行政秘书柏仲从办公桌后迎出来跟上,听陈又涵吩咐道:"通知总裁办公室,十五分钟后开会,倒两杯咖啡进来,一杯美式、一杯意式浓缩加奶加糖,让郑决帆把第四季度媒体投放预算发在我的邮箱里,下午三点详细汇报,顺便问一下海洋馆动保组织有人闹事的问题究竟解决没,通知财务部沈柔跟总裁办公室的人一起开会。"一口气有条不紊、马不停蹄地吩咐完,他话锋一转,说,"先认识一下,叶开,你们未来一个月的同事。"

三个人停在总裁办公室外面,柏仲看了叶开一眼,收起录音笔,对他伸出手:"您好,幸会,柏仲。"

叶开笑了笑,与他握手:"您好,叶开。"

"等顾岫到了,你让他亲自带叶开熟悉一下各部门,先去忙吧。"

叶开跟着他进办公室,门关上,卷帘没拉,一举一动都在众人的视线内。他观察着陈又涵的办公室,好大,落地窗正对着的景色一流,看一眼都觉得贵。两个人没聊两句,顾岫推门进来,看见叶开站在落地窗前,一身西服从剪裁上就透着高级感,戴一块腕表,气质出众,气场从容,很年轻,但站在这样的场合,竟毫无局促之感。在顾岫反应过来之前,叶开甚至先对他笑了笑,点头致意的分寸很讲究,不卑不亢,温和疏离。

顾岫将视线从叶开身上转开,耳朵里听陈又涵说道:"人交给你,给你一个月的时间,给我好好带,各部门资料查看权限都可以授权,等一下你陪他逛一下办公室,见一见各部门总监,回头在总裁办公室安排张办公桌,办公用品让柏仲安排申领。"

交代完,陈又涵又对叶开说:"这是顾岫,你对哪个部门或者哪个项目感兴趣的话,可以直接告诉他,他有权限。"

啰里啰唆的,这资本家日理万机,什么时候连一张办公桌都要事无巨细地交代清楚了?

在十五分钟后总裁办公室的会议上,顾岫还以为有什么正经事——正经事是说了几件,都不过是鸡毛蒜皮,到头来的重点还是欢迎新实习生。连财务部老大沈柔都在,陈又涵让她多提点、多照顾。她听蒙了,戳顾岫:"什么来头?"

顾岫哪里知道?

会一开完,总裁办办公室的大群里,大家公事公办地欢迎新实习生,私人小群里则疯狂闪烁刷屏,有夸长相帅气的,有猜身份的,有八卦叶开和陈又涵的关系的,好热闹。

顾岫顺理成章地加了叶开的微信，在茶水间里喝咖啡的工夫偷偷摸排情况，一杯咖啡喝得比平时都慢。啧，怎么对方还是个高中生？那种气场和成熟的社交风度，看上去还真不像。顾岫又往下滑，看到了叶开一张十八岁生日的照片，眼神迷离，笑得可爱，让人羡慕背后掌镜的人。

叶开第一天入职没平静半天，一顿午饭的工夫，便到处都有人在八卦新来的实习生是什么来头。能被陈又涵亲自带进来介绍的人，身份自然不一般，偏偏陈家家大业大，裙带关系剪不断理还乱。一来二去，添油加醋，叶开莫名其妙地便成了谁谁的私生子。早上这一出看似演的是兄友弟恭，内里其实指不定是兄弟阋墙、豪门大战的前戏。

顾岫经过大办公室茶水间时听到人议论，推门进去，五六个同事，男的女的都有，都一脸暧昧的表情。见是顾岫，几个人脸色顿变："顾总。"

顾岫点点头，环视一圈："谁在传？"

"这……嗐，闲聊罢了。"人事经理比较会来事，笑着打了个哈哈，端起杯子先低头闪了出去。

午休时间刚过，叶开没休息，对着电脑看上午顾岫发给他的项目表。密密麻麻十几页分项，写着各项目部手头各项目的进度管理，危险节点标黄。每周五下午总结例会，各部门领导逐一述职汇报。能上会议桌的项目都是最高级别的，大部分细则在顾岫这层就被拦下了。顾岫把这表扔给叶开，是让他能在最短时间内熟悉 GC 集团。

事情其实很简单，但要吃透比较难，叶开看得两眼酸涩，明黄色的框很多，他都看出重影了。

顾岫进来时，看到叶开将眼镜推上了额头，正在喝水。

叶开坐得板正，一上午腰都没塌一下，余光瞥见顾岫，放下杯子和他问好："下午好，顾总。"

顾岫瞄了一眼他的电脑屏幕，发现他看得挺快，冷不丁地下了一个任务："陈总把所有会议权限都开放给你了。未来一个月我做什么，你就做什么。周五例会你做统筹，行吗？"

七八个职能部门，十几个项目部，周五汇报节奏极快，叶开如果看不透，到时候连速记都做不明白。顾岫观察他的脸色，见叶开愣了愣，说了个"好"字。顾岫又不经意地问："早上都有谁加你的微信了？"

叶开稍微回忆了一下，笼统地答："基本都加了。"

"朋友圈权限关了吧。"顾岫轻描淡写地说，"不要把私生活暴露在同事眼前。"

叶开似懂非懂。

在私人小群里，顾岫直白地问："谁跟别的部门的人聊实习生了？"

下面一溜儿刷屏说没有，涉外事务专员 Mary 问："是不是他自己说的？"

公关专员任佳说："傻呀，刚进公司把'裙带'两个字写脸上？"

Mary 回应道："也许是没脑子，也许就是故意想让咱们猜呢？他这样的出身，能安心打什么安分守己的算盘？"

GC 集团说白了是个家族企业，从董事会里众人就开始钩心斗角，到了下边儿各派系之间更是斗得飞起。商业集团是陈又涵的地盘，想染指的人都被陈又涵一言不合就掀桌子的霸道手段给镇住，目前还是片净土。除了商业集团，看看酒店、旅游、文娱，哪个不是乌烟瘴气，仗着点儿沾亲带故的关系恨不得把"我是某总的人"写在脸上？

这么看，也许这个新来的实习生，就是撬动陈又涵的地盘的第一枚钉子。

但究竟是他撬动了陈总裁的权威，还是他被陈又涵摁灭在烟灰缸里，还得看接下来的了。

Mary 这么一说，众人又都觉得有可能，何况叶开长得如此漂亮——电视剧里不都这么演吗？他这样的人往往心比天高，但空有一张主角脸，落的却是配角命。漂亮都是用脑子换的。

叶开浑然不知这些，只听顾岫的，把朋友圈的权限先给关了。

下午开始工作后，他继续整理项目。没过半个小时，Mary将转椅一推靠近他："小开，渴吗？"

叶开刚想说不渴，Mary自说自话："去茶水间的话，帮我带杯咖啡喽。"

叶开愣了愣，很浅、很公式化地笑了一下："好，喝什么？"

"卡布奇诺，帮我加点儿冰块，冰箱里有。放两块糖，我怕苦。"

叶开推开椅子："你们要吗？"

总裁办公室里十个人，顾岫不在，法务专员举手说要伯爵红茶加奶，其他几个人逐渐附和，任佳没吱声，柏仲站起身来拍了拍叶开的肩膀："我陪你去。"

"你记性很好啊。"柏仲撕开一袋茶叶，注入热水，"这么多人的要求，你记得清楚？"

"还好，上学记习惯了。"叶开轻描淡写地说。

"你真的还在上学？那怎么来这里实习？"柏仲没来得及看他的朋友圈。

"明年申请留学要用。"

"你打算留学？"柏仲给杯子里倒入鲜奶，听了这话后手顿了一下，有些费解。如果要上演什么争夺家产的戏码，叶开出去留学是不是也太"曲线救国"了？

"不一定。"叶开打开冰箱取冰块，语气始终很淡，以柏仲跟着陈又涵四处应酬锻炼出来的眼力见儿，柏仲居然看不透他。

两个人没聊几句，茶水间的门被推开，来人是陈又涵。

柏仲一时间很尴尬。陈又涵倒是没走进来，只对叶开很利落地招手:"来一下我的办公室。"

"我在泡咖啡。"叶开很自然地接了一句,察觉他现在和陈又涵是上下属关系,愣了一下,不自觉地看向柏仲。柏仲立刻说道:"我来,我来。"

午休时拉下的卷帘还没拉上去,门一关,彻底阻隔了所有的视线。

两个人坐上会客沙发,陈又涵笑着自嘲式地骂:"真的太累了。"

"学长,"叶开乖巧地安慰,"你说的,一千二百亿的矿也不是那么好打理的。"

"谁爱要谁要吧,我现在只想退休。"

叶开纤长的手指挥动了一下:"给你治愈魔法。"

幼稚。

叶开说完自己就先没忍住笑了。

陈又涵也闷笑出声,很配合地说:"谢谢你,治愈系的小魔法师。"言毕,他从茶几上拿起烟盒,取了一支咬进嘴里。

叶开默契地抄起打火机。砂轮滚动的声音若有似无。他低头给陈又涵点烟的样子好看极了,内敛平静,眉目舒展,目光专注,嘴角凝着一点儿若有似无的笑。

陪着陈又涵默默抽了小半支烟,叶开才开口,语气里有一股无端的心疼之意:"又涵哥哥,从前不知道你上班这么累。"

"最近事情多。两栋商住公寓马上要进入收楼阶段,另外两个盘要开盘,楼村那么大一片都需要拆迁重建,都是事。"陈又涵弹了弹烟灰,"换你来当总裁好不好?我给你切蓝鳍金枪鱼。"

"我当不了。"叶开由衷地佩服,"我看了一上午项目表,怀疑你会分身。"

陈又涵闷笑出声:"都是群浑蛋。"

"浑蛋"之一这时候推门进来,是顾岫。他一般都先敲门便直接进来，向来如此很习惯了。这一推门，三个人都是一惊。

陈又涵抬手扶额："姓顾的，回头找柏仲重新培训一下职场礼仪。"

"姓顾的"目光垂下："对不起，抱歉，不好意思。"

陈又涵咬着烟站起身，命令顾岫："把头抬起来。"

顾岫抬头。

陈又涵夹着烟吐了一口烟圈，眯眼说道："重新介绍一下，叶开，我弟弟。"

顾岫心想：老子知道，私生子！整个公司都知道！

"中午我听到些难听的话，不要让我再听到第二次。"

叶开懵懂地看向他，什么难听的话？

顾岫却立刻懂了："我马上处理。"

陈又涵抬起夹着烟的那只手，指了指顾岫，不耐烦地回忆了一下："跟我共事多久了？"

"五年。"

"五年啊，"陈又涵沉吟，烟雾中的脸冷峻又纨绔，"还行，勉强可以分享个秘密。"

顾岫一个头两个大："我不……"

他不是很想听。

"叶开是宁通商行叶通的孙子，听清楚了？"

顾岫霍然抬头，震惊地看着叶开，长期训练有素的社交礼仪直觉让他下意识地叫了一声："叶……少。"

"还是叫我叶开吧，顾总。"叶开抿着唇笑了笑。

叶开脸色很镇定，但耳朵是真红了，烧着了一般。顾岫还有工作要对陈又涵汇报，叶开对两个人点点头，故作镇静地推门出去，转个弯后便到了总裁办公室。众人的咖啡和茶都喝上了。见叶开出来，Mary端着咖啡杯说："放了两块糖的卡布奇诺怎么还这么苦呀？"

叶开反应了会儿，意识到 Mary 在给他递话："Mary 姐，我给你重新泡一杯。"

"不用啦。"Mary 对他俏皮地吐舌头。

任佳咳嗽了一声："Mary，你今天的话很多。"

"有吗？哎呀……"Mary 跷起二郎腿，端着咖啡长叹一声，"佳佳，你的母校是哪里来着？"

"'滨大'。"

"'滨大'的新闻传播专业是很棒。柏仲，你哪里的？是不是'汉大'？顾总是'清大'的，哎呀，敏华姐，你是'法大'的？"

她一个人自言自语，说得开心，任佳无数次想打断她。但这位姐心直口快惯了，若真反驳她一下，她还会说"你跟我计较什么？我性格就是这么直接的呀！"，同时还要拉上外国人扯虎皮："你看啊，我平时打交道的都是外国人，大家就都是有一说一的。"又惯会两套做派，在顾总面前一面，在陈总面前更是另一面。

任佳比较懂得明哲保身，并不想惹得一身臊。

"小叶，你是高中刚毕业？"Mary 话锋一转，引向叶开。

柏仲马上说："他明年要去留学。"

Mary 愣了一下，恼怒同事不默契。总裁办公室是什么地方？是总裁的大脑，是陈又涵的心腹和马前卒，如今空降了一个"私生子"，他们理应同仇敌忾，给他一个下马威，好帮陈又涵找找场子——是，这些陈又涵都没有明确吩咐过，但真正的心腹就是要想总裁所想，先他一步思考和解决问题。

这是 Mary 自以为的职场之道。

任佳和柏仲显然选择了明哲保身，Mary 心里暗骂他们不识时务，正还想再说什么，顾岫进来了。他无视了微妙的气氛，亲自给叶开推转椅："坐。陈总说你对财务管理这块感兴趣？明天我让沈柔带你看报表。"

叶开马上说:"没关系,我先熟悉项目。"

顾岫点了点头:"有什么问题直接和我说。等一下三点和公关部开会,有关第四季度的媒介投放方案,想参加吗?"

"是和'招采'一起吗?"

"不是,是内部汇报,通过后才会进行'招采'。你听了就知道了,运气好的话还能看到陈总发火。"

叶开没忍住勾了勾嘴角:"好。"

"对了,陈董来了,你要见见吗?"

叶开一时没反应过来陈董是谁,倒是办公室剩下几个人都是悚然一惊——陈飞一?果然!陈飞一因为极度信任陈又涵,放权给了他,很少来商业集团的楼层。今天来,一定是为了这个"私生子"!一时之间有忙着打领带的,有忙着换高跟鞋的,也有手忙脚乱地套西服外套的。

惊魂未定之余,玻璃门再度被推开,贴身秘书赵丛海推开玻璃门恭候在一侧,陈飞一西装革履地走进来,很轻易便找到了叶开。叶开马上笑了:"陈伯伯!"

陈飞一通常不苟言笑,但对叶开非常喜欢,笑着拍了拍他的肩:"前几天会上碰见你爷爷,他说你要来又涵这儿实习,我还以为是他老人家诓我,没想到你真来了!又涵这儿有什么好学好看的?你真是抬举他!"

陈又涵不来讨这个嫌,在办公室里坐着没露面,只是夹着烟忍不住笑,心想陈飞一来得还真是时候。

"怎么会?这还是爷爷帮我争取到的机会。他三月份就这么想了,就怕又涵哥哥嫌我麻烦。"叶开对长辈很乖巧,撒娇是撒惯了的,从小就被陈飞一抱在膝头,有什么好见外的?

陈飞一很高兴,又拍了拍他:"那你好好的,有什么问题直接来找我，又涵要是怠慢你……"陈飞一本想说回家揍他，但这一整层商业集团坐着的都是陈又涵的下属，公然说揍陈总裁似乎不是那么回事。叶开马上答道："不会的，又涵哥哥对我最耐心了。"

这个会面是个意外。陈飞一本就是心血来潮来一趟，之后还有正事要办，便很干脆地离开了。剩下一屋子人安静得不得了，脑中反复回放着"爷爷、伯伯、又涵哥哥"，Mary脸都青了，见顾岫言简意赅地介绍道："宁通商行，叶开。"

"宁通……"任佳呆若木鸡，肩膀被人碰了一下，发现是Mary因为站不稳而下意识地抓了一下她的手臂。

只有顾岫脸色淡定，然而也不过是表面淡定而已，内心的惊涛骇浪都快成海啸了——滑雪板是为叶开挑的，假是为他请的，斐济的岛是为他包的——陈又涵对他比对亲弟弟还亲！

顾岫轰散了面色惊疑不定的众人，着手跟几个部门老大关照叶开的身份。流言不需要他去处理，这个消息传得很快，都不用半个小时，便再也没人敢私下里对叶开窃窃私语、阴阳怪气了，反倒是等他下班的小姑娘一时之间多了许多。

叶开实习第一天，就跟着陈总裁加班到了九点多，回到繁宁空墅时已过了十点。叶开洗澡时只觉得脑筋和手指都想罢工。

他没想到同样的时长，上班一天竟要比学习一天累这么多。

起居室的空调打得很低，刚洗过澡没那么快想睡，叶开手里拿着平板电脑继续跟进项目。陈又涵跟他一块儿看，半晌，问他："无聊吗？"

"还行，死记硬背。"

陈又涵笑了："正常，慢慢跟进事项后就熟了。我让沈柔关照你，你怎么不去？她资历不错，毕马威公司出来的。"

"用不着，顾岫挺好的。"叶开漫不经心地回答，手指滑过一页，想起什么，"晚上闲着时他带我看了些报表。"

"嗯，看出什么了？"

"今年'GC'有一个五年期债券到期？"

陈又涵笑着说道："这都被你发现了。"

负债率、股息覆盖率、回款现金、到期债务、信托贷款、海外融资……叶开看得乱七八糟、一知半解。问顾岫也控制不好度，有些涉及公司运转的商业机密，为免顾岫答也不是，敷衍也不是，叶开便干脆什么都没问。

现在见陈又涵难得空下来，叶开忍不住好奇："又涵哥哥，我不是很懂，根据账面，目前预计的回款资金好像不能完全覆盖。"但他目前看到的是商业集团的数据，不包括GC集团其他业务和资金。

叶开的声音放低了点儿："我是不是看错了？"

陈又涵静了一瞬，眼里有温和的欣赏之色："没有，是这样，之后会通过银行授信再次融资。"

"楼村光拿地就用了一千五百亿，杠杆是不是高了点儿？"

"地产就是这样。'GC'在转型。商业地产的现金流是稳定的，做好楼村项目，未来商业资产的比例会慢慢提高，'GC'就可以顺利从开发商转型成商业地产运营商。今后脱身后，会逐渐把中心转移到文旅、文娱方面。"

"商业集团还不算转型成功？"

"海外资产、外省投资资产都是包袱。"说起来又是很长的学问，陈又涵不愿细聊，"睡觉了好不好？不急着在一晚上学完。"

叶开放下平板电脑："好。"

翌日又是忙碌的一天。

陈又涵的脾气果然大，一进来时整个会议室的气压都变低了。众人都低下头，只有叶开无知无觉。三个小时的会议上，陈又涵一根接一根地抽烟，虽然大卫杜夫的烟味儿淡得像空气，但这么抽也费嗓子。会议到了中途,他的嗓音就有点儿哑了,训斥到一半不得不停下来咳嗽两声。

空调开得这么低,陈又涵的衬衫却闷得软塌下来。叶开把电脑移给顾岫,推开后门出去,等回来时手里多了个小竹木托盘,托盘里是一杯冰水和两片润喉糖。

陈又涵突兀地停了下来,众人也都很蒙。叶开把杯子递给陈又涵时笑了一下,公事公办地说:"陈总,喝口水休息一下。"

因为是背对着众人,没有人看到少年的眼睛眨了眨。

柏仲带着生活秘书紧随其后,两个人手里都端着大托盘,十二个装着冰水的透明玻璃杯在会议桌中间摆好。

顾岫忙咳嗽了一声,招呼说道:"对,休息一下,休息一下。那个,柏仲,看看空调的温度是不是调得不对,怎么这么热?"

陈又涵拉开椅子坐下,右手握着冰水喝了一口,微微低下了头,夹着烟的手指在额上抵了抵。

有不怕死的人多观察了两秒,发现陈又涵的嘴角带着笑。真是活见鬼了。

再开始工作时气氛便好了很多。陈又涵习惯性地想点烟,看到叶开对他抬了抬眼神似是警示,便笑了笑,将打火机和烟都自觉地放下了。

后半段会议会议室的空气清新无比,令人闻风丧胆的呵斥声也少了许多。熬过了会议,顾岫在茶水间松口气,给陈又涵找补:"陈总他不是总这样,最近糟心事多,他……"叶开抿唇笑了笑:"他的脾气我知道。辛苦你了,以后也请多照顾他。"

这栋楼里的人都是人精,往后一个月的高级会议,各部门老大都争着抢着跟顾岫"借"叶开。白衬衫掖进西裤,窄腰长腿,脊背笔挺,叶开往那儿一坐就是各位的保命符。看着这芝兰玉树,对着这么张脸,谁还好意思发火呢?

岂止是高管们知道?总裁办公室的人心里也跟明镜似的。这两天他们高冷深沉的陈总裁动不动就去茶水间晃一圈,鸡毛蒜皮的事也要推总裁办公室的门,嘴里喊着顾岫,眼睛却看着叶开,前所未有地关心起总裁办公室一众人的婚恋生活、感情日常和精神健康状态,饭后稍一得空就去关心人间疾苦,连最近猪肉涨到十五块一斤都知道了!

陈又涵下午要出去拜访市领导。他顾不上午休,便带着顾岫和任佳一起出门,临走前扔了几个需要督办跟进反馈的项目给叶开。

叶开忙着跟各部门的人交接,水都没喝上一口,又把提交的重要文件方案先过了一遍,心里暗暗地做了批注,想着等陈又涵有时间便向他请教。

他一口气忙到了六点多才下班,叶瑾来接他吃饭。姐弟两个很久没聚,约了西餐厅吃牛排。叶瑾正在减肥,只吃了半块,连最爱的法国生蚝都舍弃了,抱着一盘油醋汁全素沙拉,难以下咽。

"妈妈让我关心关心你的身心健康。"她插起一块牛油果,想了想还是把它剔了出去,"实习怎么样?陈又涵有没有压榨你?"

"没有,他都自顾不暇。"

"看多了娱乐圈那些草包花瓶,还是陈又涵这样的男人有点儿意思。"叶瑾似笑非笑地说。

"你喜欢他呀?"叶开不经意地问。

"喜欢,"叶瑾眨了眨眼,促狭地说,"不过不是那种喜欢。"

叶开猜到她的意思,怔了一下。还没等他有所回应,叶瑾便哈哈大笑:"好啦,你还小,好孩子不要听。"

"我成年了,好吗?"叶开倔强。

"知道,知道,十八岁了不起啊?二十八岁在姐姐这里也是小孩子。"叶瑾握住了他的手背,"你住陈又涵那里,有没有什么不方便?"

"没有。"

"他真收心啦?去年就没听到他的花边新闻了。以前还听说他有私生子？鬼的私生子，这么多年藏得这么好。"

叶开放下刀叉，端起柠檬水喝了一口，淡定地说："可能寄养在国外吧。"

"真的神了，"叶瑾笑着摇摇头，"他现在单身？"

"他……"叶开不知道她问这些干什么。她是单纯地八卦，还是真的想知道？

"得了，肯定就是没让你知道。"叶瑾自己把话给接了，"你还小嘛。他的房子那么多，指不定哪一栋就金屋藏娇了，你能看出什么？"

叶开"嗯"了一声，不置可否。

"上次爷爷又来问我啊……"叶瑾尾音下沉，挺哆地哀叹了一声，"好苦恼，他还没放弃让我们两个联姻呢。"

叶开捏紧了刀叉，不动声色地问："你怎么想？"

"嗯……"叶瑾沉吟，十指交扣，柔软而慵懒地垫在下巴上，"还行，非要结婚的话，反正都不是自己喜欢的，他当然是上上选。"

银色的长柄餐具由冰冷被焐热。

叶开看着他姐姐，一时找不到合适的情绪，只问："他那么风流，你不介意？"

叶瑾耸了耸肩，对叶开眨了一下眼："我也一样啊。"

叶开："……"

"对了，"叶瑾话题一转，"周末大剧院有马修·伯恩的《天鹅湖》，有没有兴趣？"

"你有票？"

"送的 VIP 票，你要的话给你，现在买不着了。刚一上线，好位子就售罄。"

"两张，"叶开乖巧地说，"谢谢姐姐。"

叶瑾啃紫甘蓝啃得生不如死，把心思都放在了叶开身上："约了哪个女同学呀？"

"男的。"

叶瑾"喊"了一声："出息。"倏地想起什么，似笑非笑地问，"不会又是陈又涵吧？我可不想我的票便宜了这浑蛋。"

叶开无奈："大小姐，你今天一顿饭提了几十次陈又涵，你是不是真爱上他了？"

"喀，"叶瑾被呛了一口，"没有。"又说道，"你不许约他。"

"为什么？"

"少跟他走这么近。"叶瑾收敛笑意，有些认真地说，"你成年了，我反而更担心你跟着他，近墨者黑。"

"他没你想得那么不堪。"

吃完饭叶瑾送他回繁宁空墅，临分别时把舞剧票递给了他。叶开看了看票面——周六晚上七点半。

"你不去？"他打开车门，突然想起来问道。

"没时间，没人。"叶瑾耸了耸肩，"宝宝，来抱一下。"

叶开无语，看叶瑾解开安全带倾身过来搂了他三秒。

叶瑾叹气说道："教得这么好，将来不知道便宜了哪个女孩子。"

叶开抬手在她已经瘦得能摸出脊椎骨的肩背上拍了拍，笑了笑说："没关系，哪家姑娘都比不上姐姐。"

陈又涵临近半夜才回，一身很重的酒味儿，好在神志还算清醒，是顾岫送他回来的。叶开洗过了澡后一直在写作业等陈又涵回来。彼此在玄关内外照面，两个人都有点儿意外。

顾岫低头把陈又涵扶进客厅，解释说道："没有去奇怪的场合，实在是……"他不忍心细说，"进去就空腹喝了不少白酒。"

叶开愣住，一股愤怒情绪迟缓又莽撞地涌上："为什么？"

顾岫紧蹙的眉目舒展开，对叶开的天真有一种温和的怜惜之意："小开，钱不是万能的，没有哪座山峰永远是最高的。"

陈又涵不是去当孙子，嬉笑怒骂，游刃有余。只是他这样的人，能出现这样疲惫的一面就已是输了。

陈又涵坐在沙发上，低垂着头，两手深深地插入发间，听了这话后语气不善地冷斥："顾岫，你什么时候当起人生导师了？"

叶开将人送至玄关。

顾岫低声说："打电话给徐姨，让她派人来照顾。她做惯了，知道的。"他出门后仍不放心，转身再度叮嘱了一遍后才离开。

叶开点点头，轻轻关上门。陈又涵仍坐着，保持着那个姿势。

"打电话给徐姨吧，你去休息。"陈又涵抹了把脸，想起身，但稍用力就知道自己做不到，只能深吸一口气，双臂舒展地仰躺上沙发靠背。

叶开拿起陈又涵的手机，在通讯录里找到"徐姨"，拨出电话后把手机递给陈又涵，听见他疲惫而简单地交代了几句。

陈又涵看上去真的累极了，挂断电话后，很长时间都没了动静，只是握着手机双目闭合，不知是睡着了还是在养神。被扯松的领带松松垮垮地挂在身上，解开了两粒扣子的衬衫领口下，他的喉结难耐地滚动。

叶开马上问："想吐？"

陈又涵摆了摆手，手搭着额头："小开，给我倒杯水吧。"

水倒来了，陈又涵只喝了半杯。叶开从他手里接过杯子，放到了茶几上。叶开没有照顾人的经验，只能坐在一边看陈又涵，有些手足无措。

陈又涵轻笑了一下，带着倦意地叹息："去睡觉吧，好不好？"

叶开点点头，嘴里却说："等徐姨来。"过了会儿，他问，"你睡着了吗？"

"没有。"

"哦。"

徐姨来得可真慢。也对,她从陈家主宅来这儿有点儿路程。

过了会儿,叶开打量陈又涵合上的眼,又问:"现在呢?"

陈又涵忍不住笑出了声,睁开眼,转向叶开:"我不困,也不想睡,你跟我说说话吧,好吗?"

叶开松了一口气,终于有他擅长的事了。他跟陈又涵说下午在公司里的事。职场日常乏善可陈,他搜肠刮肚,陈又涵却听得入神,嘴角勾起笑意。

末了,叶开问道:"周末陪我看舞剧好不好?有空吗?"

陈又涵没问是什么舞剧,也没问具体是什么时候,只说:"好。"

徐姨派的人在半小时后抵达。

对方是位五十多岁的阿姨,是陈家的老帮佣。见到叶开,她只简单而恭敬地打了声招呼,便训练有素地往浴缸里放热水,在厨房里调蜂蜜,熬醒酒汤,做暖胃的清淡夜宵,动作轻车熟路,显然是做惯了的。

叶开不由得想,这样子醉酒后疲惫的深夜,不知道陈又涵经历过几次。他和别人一样,都只见过陈又涵意气风发的模样——那也是陈又涵唯一允许自己出现在别人面前的模样。

马修·伯恩版的《天鹅湖》享誉世界,这次巡演到宁市,反响果然很轰动。不过六点半而已,大剧院周围的交通干道已经堵成了一片红,不知道的人还以为是哪位巨星来开演唱会。

陈又涵被堵在了离大剧院停车场不过一公里的路口。已经过去了二十分钟,他降下车窗点烟,笑着说:"这好像是你第一次约我。"

叶开正在看大剧院官网上关于这部剧的图文介绍,闻言随口说:"姐姐给我的票,只是顺便。"

看芭蕾舞剧不好太随意,叶开今天穿了一件带丝光感的白衬衫,袖口挽到手肘，脖颈间反系了一块牛油果绿的方巾，配上松垂西裤和黑色帆布鞋，走的是 business casual① 的风格。陈又涵帮他挑了一款棕色皮表带的宝玑，是陈又涵自己的表。叶开戴上后觉得很喜欢，在衣帽间半举着手问："送我好不好？"

他张口要，陈又涵怎么可能说不好？但不愿给他自己用过的，大方地问："给你买新的？今年有纪念款，比这个贵。"

"我就要这个。"叶开坚持。

"这个用过了。"

叶开握着手腕低垂下目光，看着表盘上的时分针："没关系。"

夏天天黑得晚，虽然太阳已经下了山，但天还亮着，晚霞铺在天边，近处是火烧云。陈又涵在车里侧过脸，见叶开手抵着下巴，似乎在入神地阅读着什么。人和腕间的表的确般配，都漂亮而优雅。

快七点时，陈又涵的车终于进入了地下车库。找车位又绕了好几圈，等停好车，两个人都是晕头转向的，跟着指示牌好不容易找到直升梯，观众已经开始检票分流进场。表演在最大的剧场里进行——金碧辉煌的水晶灯，红丝绒软包座椅，镏金色扶手栏杆，上下两层共三千个座位。他们在 VIP 区，是舞台正对面第一排，视野极佳。

两个人找到座位，刚坐下没喘上两口气，广播里就传来了最后的开场报幕声。

灯光暗下，幕布被拉开，出现月光下皎洁的湖面，一群赤着足的雄天鹅神情骄傲地翩翩起舞，脆弱而纤细的人类王子顾影自怜，在这里邂逅了矫健美丽的头鹅。

舞台与座位距离极近，叶开几乎可以将男演员们紧绷的身体线条、眼神甚至汗水都看得一清二楚。头鹅神秘、野性、高傲，对王子若即

---

① 商务休闲。

若离。王子追逐着他,仿佛在追逐一个美丽的幻梦。

中场休息时,陈又涵跟叶开一起随着人潮往外走。

周围都是人,叶开和陈又涵并肩而行,两个人俱是身高腿长,一个漂亮清秀,一个英俊倜傥,让擦身而过的人都忍不住回头打量他们。

叶开问:"你去抽烟?帮我带瓶水。"

两个人在甬道尽头分开,一个去吸烟区,一个去洗手间。等叶开再回来时,陈又涵已经在座位上了。叶开洗过了脸,额发有点儿被打湿了。接过陈又涵递给他的冰苏打水,他渴极了,一口气喝了小半瓶。

黑天鹅上场了,一身黑衣,漫不经心地低头点烟,空气中漫溢着难以言喻、不可名状的张力。

掌声几乎不曾停下,叶开跟着众人鼓掌,心口却发堵。除了似诱似逃的张力,这里面分明还有绝望。

收尾一幕,悲剧落下。一束华美的光笼罩着他们,他们仿佛在死亡中走向了宁静。

这是一个充满痛感、黑暗的童话。

辉煌的水晶吊灯亮起,所有人都站起身,把最热情的尖叫声和掌声送给主创团队。

叶开抬手抹了一下脸。他的脸上分明没有什么多余的表情,但手指都被打湿。陈又涵笑着说:"这是谁家的小王子?嗯?泪腺坏了是不是?"

叶开抿了抿唇,从极度的入戏情绪中抽离出来。

观众从两边散场。刚流过眼泪的脸颊有些紧绷,叶开去洗手间洗脸。陈又涵则百无聊赖地边看展区边等他。

叶开情绪有点儿不对劲,洗过脸后撑着洗手台静了好一会儿,再抬眼时,从镜子里看到苍白的自己,眼眶有点儿红,看着有种易碎感。他扯出两张擦手巾擦干手,走出门。

男女洗手间左右相对，共用一片长廊休息区。长椅上坐了很多人，他与人群逆向而行，冷不丁地停住脚步。

长廊转弯处，红色丝绒软包墙边，一束射灯灯光斜照下来，叶瑾倚墙抱臂而立。

"好看吗？"叶瑾笑了笑。

叶开僵了一下，没预料到她会出现在这里。

"怎么了？"叶瑾扶住他的手臂。

剧场里冷飕飕的，两个人的手都很冷。叶开打了个冷战，回过神来。他抬眸，对上叶瑾浓妆艳抹的脸："姐姐。"

"什么眼神啊？"叶瑾笑着掐了掐他的胳膊，"我吓到你了？"

叶开摇摇头："没有，戏很好，我有点儿太沉浸进去了。"

叶瑾握了握他的肩膀："难怪魂不守舍的，我刚刚也掉眼泪了，你看我的眼妆。"她一边凑近叶开给他看，一边"扑哧"地取笑自己，"都花了。"

叶开长舒出一口气："还好。"

"你的同伴呢？"叶瑾四顾张望了会儿。

叶开短暂地沉默。

叶瑾比他年长十六岁，瞿嘉又忙，很多时候，是叶瑾长姐如母，承担了母亲的责任，相应地，也扮演了太久如同母亲的角色。在某些方面，她对叶开的期许、责任心和管控度，比瞿嘉更甚。

叶开知道她不喜欢自己跟陈又涵走得太近。上次送票时的一句"我可不想我的票便宜了这浑蛋"，看似戏言，其实是真心话。

"在大厅。"他无奈地回答。

"哪个同学？"叶瑾撩了撩头发，先是看他那条搭配的漂亮丝巾，视线往下，停留在手表上，"你新买的表？"

叶开抬起手腕，顺着她的话回答："是陈又涵的。"

叶瑾笑了笑，牵住他的手自说自话："本来呢，我是要和主创团队一起吃饭的，不过看你好像不太对劲的样子……不然我送你回去？"

她说完，感觉到叶开的手在她的手里僵了一下。

两个人顺着人潮走至大厅。

观众已经散了许多，陈又涵正在打电话。叶瑾一眼就看到了他，有些意外地说："陈又涵也在？真是挺巧的。"

"我约的是他。"叶开淡漠地回答，心跳激烈，为接下来要发生的争辩提前感到厌烦。

陈又涵挂断电话，半转过身，看到了叶瑾："这么巧？多谢你的票，表演不错。"

叶瑾俏皮地歪头："早知道是给你看，我就不送这么好的票了，浪费了不是。"

"埋汰谁呢？"陈又涵懒懒地跟她打机锋，"你一个人？"

叶瑾眼神一瞥："帮我个忙。"在两个人都没反应过来之前，她忽然放开叶开的手，在人来人往的大厅里揽住了陈又涵的腰，踮脚在他的脸颊上亲了一下。陈又涵如遭雷击，立刻便想推开她，但叶瑾很用力地攀着他的肩膀，在他耳边说："演个戏嘛，紧张什么？"

未等陈又涵再有反应，她便更紧地抱住他，很甜蜜地笑了一声，看样子是马上就要与他当众拥吻。

"叶瑾！"

叶瑾顿住，半转过脸看着叶开。他语气激烈，眼里交杂着紧张、震惊和抗拒之色。

陈又涵当机立断地推开了她，大概是怕她崴到脚，手还是绅士地在她腰后护了一下。

叶瑾捋了把头发，发现陈又涵的眼神很冷。她笑道："你们紧张什么？刚才看到了一直纠缠我的前男友，借你用用而已。"她又转向叶开，嗔怪地埋怨："没大没小，叫我什么呢？"

叶开脸色苍白，被戏耍的愤怒像潮水般退却，他精疲力竭地说："你们玩吧，我先走了。"

陈又涵追上去，错身而过的瞬间听到叶瑾吹了声口哨。

回去的路照常也堵了半个多小时。交警在一旁指挥，警示灯红蓝闪烁，汽车尾灯在眼前连成一片刺眼的红光。与外面的混乱失序相比，车厢里始终很安静。车子驶上绕城高速公路，过收费站后一路畅通地进入市中心，最终在繁宁空墅的地下停车场停下。

车子停稳的瞬间，叶开解开安全带。他迫不及待地想下车，却被陈又涵一把扣住。

"发生什么事了？"陈又涵言简意赅，这男人有惊人的敏锐和直觉，"是故事惹你生气了，还是我？还是……你姐姐？"

叶开靠着椅背安安静静地坐了会儿："没有，谁也没有。"

陈又涵盯着他看了两秒，笑了笑："想说了第一时间和我说。"

"你想当我姐夫吗？"

陈又涵怔了怔，失笑："这个问题不对。首先是我想不想跟你姐姐结婚，当不当姐夫是这件事之后顺便的结果，无所谓我想不想——不过我不想。"

"爷爷一直在撮合你们，你知道的。"

"我知道。"

"姐夫和'又涵哥哥'是不一样的。"

陈又涵仍说："我知道。"

"姐夫。"叶开叫了他一声。

陈又涵微微挑了挑眉："当不起。"

他的口吻戏谑。叶开听了，伏下身将脸埋进掌心，揉了揉，迫使自己冷静下来。

陈又涵想，叶开恐怕把他所有的这种小孩子心性，都只暴露在了自己一人面前。

在别人眼里，纵使是瞿嘉和叶瑾眼里，叶开也永远是进退有度、乖巧得令人心疼的，没有一分任性，更别提一分骄纵，把所有责任都换成自觉。

但他会在自己面前，计较一个外姓"哥哥"抑或"姐夫"的微妙区别。

"哥哥"和"姐夫"，究竟有什么区别？人还是这个人，关系还是这段关系，感情还是同样的感情，并不会改变分毫。

陈又涵完全明白，因此不假思索。但即使他不明白，他也会不假思索。只要叶开说不一样，那就是不一样；只要叶开说不想要，那就不要。

这是小孩儿才会有的思路，也是小孩儿才会有的固执。叶开要在所有人面前做大人，但在陈又涵面前不必。

陈又涵希望他永远不必。

"你当了我十八年的哥哥，后面还有八十年。不能半途而废。"

第二天，叶开很早便回了叶家。

他没让陈又涵送，自己打车回去的。叶瑾果然刚起，正在洗澡。她洗过后包着头发到楼下吃早饭，看到叶开端坐在餐桌前，面前是一杯豆浆，手里正在撕着一块叉烧包。

"哟，活见鬼了？"

用人帮她拉出椅子，她坐下，头也不回地吩咐道："榨一杯橙汁给我。"她继而看了叶开片刻，笑道："怎么这么早回家？陈又涵虐待你，不给早饭吃啊？"

有脚步声轻轻过来，叶瑾接过小托盘里的橙汁。两名用人各自安静地侍立在一侧。叶开喝了一口豆浆，用餐巾细致地擦过嘴巴和手，吩咐道："先出去吧。"

用人训练有素地退出，长餐桌旁只剩了姐弟两个人，阳光从欧式白石膏扇顶窗中洒进来，将花瓶里新鲜欲滴的奥斯汀月季染上一片金黄的光。

"昨天在大剧院，根本就没有什么前男友吧。"

叶瑾剥开一个水煮蛋，见叶开郑重其事的样子，便无语地笑了一下："什么呀，开个玩笑，搞得这么严肃。"

"那你为什么要那样？"叶开漆黑的瞳仁毫无情绪地盯着她，"你试探他？还是试一试你们之间的关系？"

叶瑾表情微滞，看样子有点儿生气了："不知道你在说什么。"

两个人打哑谜似的打着机锋。叶开观察着她的神色，原本很笃定的事情有了动摇。如果说昨天叶瑾的微表情还有迹可循，今天便是彻底消弭于无形。她到底怎么想的？

"如果你其实喜欢陈又涵……"叶开顿了顿，换了种问法，"你是不是真的不喜欢他？对他没有任何爱情的成分？"

叶瑾抿唇一笑，四两拨千斤地回道："聪明的问题。"

瞿嘉刚好进来了，看见叶开，按着他的双肩俯身在他的脸颊边亲了亲，嗔怪地说道："还知道回来！"

"没人管，他在陈又涵那儿乐不思蜀呢。"叶瑾慢悠悠地说，似笑非笑地瞥叶开一眼。

"实习怎么样？不会整天给他端茶倒水吧？"瞿嘉脸色一变。

叶开敷衍地笑："没有，怎么可能？很忙。"

"我看这段时间是有他忙的。市里公寓政策收紧，'GC'那么多栋公寓在收楼，"瞿嘉从托盘里随手抽出一份报纸，好似闲聊，"多事之秋。"

"政策收紧该紧张的也是那些将建、在建的公寓,'GC'有什么问题?"

瞿嘉翻过一页报纸,"嗯"了一声,随口说道:"宁市公寓市场多少年了,都是以办公代商住,新政策打的就是这种明修栈道、暗度陈仓的行为,好好的公寓买回去不能住人了,要不要闹事?"

"合同上既然标明了是办公……"叶开心里一紧。

叶瑾"扑哧"一笑:"哎,妈妈,你看小开,他这是什么表情?不知道的人还以为是宁通商行有麻烦。"

瞿嘉从报纸中抬起目光:"放心,维权闹事嘛,哪个开发商没遇到过?陈又涵闭着眼睛也能处理。"

叶开很克制地将胸口那股闷气缓慢地释放出来,平静地说:"又涵哥哥挺不容易的。"

"还算有责任心。"瞿嘉又开始看新闻,漫不经心地说,"也就是这点我才同意你去他身边学着看看,一个千百亿家业的继承人不是那么好当的。"

叶瑾咬着银匙闷笑:"你别吓他了,他还剩几年舒心日子?过了大二他就要开始帮爷爷打理银行喽。"

话聊到这里,瞿嘉终于放下报纸,很认真地看着叶开:"怕吗?"

"有那么专业的职业高管团队,我当个吉祥物就可以了。"叶开很熟练地露出一个乖巧的微笑。

银行和 GC 集团这种现代企业不同,银行有成熟的运作管理体系,有四海皆准的游戏规则,而 GC 集团需要舵手,需要瞬息万变的市场丛林中的捕猎者。

作业都在陈又涵家,叶开没有多停留,吃过早饭后陪着叶通喝了两盏茶,聊了聊自己的实习生活后便回了繁宁空墅。陈又涵却不在家,叶开一打电话才知道他去公司了。实习毕竟是其次,叶开哪怕每天去公司打游戏，陈又涵也能给他批一份很漂亮的实习报告。他的当务之急还是准备托福考试。报名了八月份的考试，叶开心态平和，掏出卷子定好倒计时，开始练习写作。

一口气写到下午四点，窗外罕见地下起了雷雨，叶开放下笔，才后知后觉到自己的饥饿——何止饿，简直饿得痛了。往面包机里放入两片吐司，他倚着中岛台给陈又涵发微信。陈又涵立刻回拨了个电话。

"今天比较忙，晚饭自己解决一下，我可能要九点后才能回。"

叶开怔了怔："出什么事了吗？"

"没有，小事，你记得写作业。"陈又涵在办公室里，对着落地窗外被暴雨冲刷得白茫茫的一片场景，温和地说，"下雨了，你不要随便出门，有事给我打电话，我安排人去做。"

"我没事。"

面包机"叮"的一声，弹出吐司片来。陈又涵听到了："怎么这个时候吃面包？"

"突然饿了。"叶开夹着手机，一手拿着吐司，一手握着刀子在上面抹黄油，问，"你吃饭了吗？"

陈又涵实际上忙得连口水都没工夫喝，从上午十点到现在只将将饮了几口咖啡，笑了一声回道："吃过了。要不要安排一个阿姨过去给你做饭？不要点外卖。"

背景音里有人叫"陈总"。陈又涵安静了一瞬，捂着听筒先打发了对方，才再度对着电话说："算了，我让顾岫去柏悦酒店买了给你送过去。"

叶开刚想拒绝，陈又涵却好像重新忙了起来："还有事，先不说了，晚上见。"

顾岫过了半个小时过来，公司、家和柏悦酒店都在一个商圈里，距离很近。陈又涵给了他业主卡，顾岫手上拎了两个大纸袋，印着柏悦酒店的商标。叶开请他进屋，他却连玄关都没进，只把袋子递给叶开说道："这份是常规套餐，鹅肝、高参鸡汤、芥蓝和海鲜意面。这份是金枪鱼和海胆，今天蓝鳍被订完了，委屈一下。"

顾岫这个样子像是急着去送下一家的外卖小哥。叶开怔怔地接过东西："你们吃了吗？"

顾岫反应很快地回道："吃了，当然吃了。"

"出什么事了？"

"没事，几个楼盘有人维权闹事，下面的人在处理，我们主要还是看一下舆情。"

"有人维权"是不可能让陈又涵亲自去加班的，叶开知道顾岫在刻意淡化事情的严重性，便也不再追问，懂事地说："辛苦了。"

顾岫对他笑了笑："陈总让你好好写作业，他回来要检查。"

叶开没忍住笑了一下。他独自一人端坐到餐桌前，将餐盒一一取出。包装高档且浪费，盖子揭开，热气腾腾，食材都很新鲜，并没有被焖得走味儿。他喝了一口汤，想起什么，给陈又涵拍了张照片发过去。等他吃完了陈又涵才回他，问好吃吗？

肠胃得到熨帖，叶开瘫在沙发上不欲动弹，也不想再打扰对方，索性打开了游戏。

一盘游戏没打完，手机里的通知栏蹦出了一条推送消息。

看新闻是叶通给他下达的硬性任务，他一个高中生手机里的新闻客户端多得仿佛老大爷，别人对娱乐圈八卦如数家珍，他对各级新闻娓娓道来，画风很清奇。正在游戏中，叶开分神将通知栏上滑，没想到操作失误，被队友劈头盖脸地骂。

退出游戏后，屏幕上还保留着刚才的推送信息。

"突发！商业住房变办公场所？GC集团多栋公寓爆发维权！"

暴雨如注，拉着白底黑字条幅的业主在雨中声嘶力竭地喊着，让人看了揪心。

第十章　危机

说是九点,但陈又涵临近深夜才回,轻手轻脚的,怕吵醒叶开。

没想到叶开却根本就没睡,一直在书房里刷题。听到动静,叶开光着脚跑出来迎他,手里还攥着根中性笔,看样子是已经洗过澡了,身上的白T恤衫宽大松垂,露出他修长的脖颈曲线和一点儿锁骨,衬得他很清瘦。

"怎么没睡?"

"等你。"叶开不和他兜圈子,很直白地问,"解决好了吗?"

陈又涵微微一愣,意识到他已经知道了,无奈地抿了抿唇,牵出一个很疲惫的笑容:

"很累。"

叶开认真地追问:"很棘手吗?"

能让陈又涵这样的人说累,可见事态的严重性非同凡响。但陈又涵随即轻描淡写地说:"不是什么大事,别担心。"

第二天是周一,一大早高管群就收到通知说例会取消,同时销售、市场、公关和法务顾问则都被无情地召唤进了会议室。所有人都知道了"GC"正在发生什么事,一早上连笑都不敢笑,生怕触领导霉头,整个办公室里都弥漫着一股低气压。

叶开原本是抱着笔记本和顾岫一起进去参会的,毕竟过去一周都是由他在做会议记录,今天顾岫却按住了他。

"为什么?"叶开被拒绝得茫然。

"是陈总的意思。"顾岫言简意赅,随后便跟着西装革履的高管层人员一起脚步匆匆地进入会议室。

这场会一直开了一个多小时。其间郑决帆多次进出,任佳一直在给他递交最新的情况通报。中场休息时,总裁办公室的法务顾问敏华出来喝水。叶开忍不住问:"敏华姐,什么情况?"

敏华年纪最长,是 GC 集团征战多年的老将。她一口气喝光一整杯水:"能有什么情况?按办公拿地,按商住卖——宁市这样搞了多少年?金融区走一圈,哪一栋住着人的公寓不是办公性质?政策收紧说要规范市场,前天政策出台昨天就有人维权,你觉得是什么情况?树典型,挑最肥的杀!"

叶开咀嚼着她话里的意思。敏华抄起灌满水的保温杯,压低声音说:"来了。"她深呼吸堆起笑迎了出去。门外,浩浩荡荡十数人的律师顾问团队正穿过大办公室,径直往会议室走去。

叶开透过玻璃墙看过去,看见陈又涵亲自站在会议室门口迎接。

领头的男人微胖,但严肃儒雅。两个人很快地握手,陈又涵将人请进会议室,离开前抬眸与叶开对视一眼,很快很浅地勾了一下唇。

"是总集团的许律。"柏仲出声,深呼吸放松自己,"没事,'GC'不是软柿子。"

"说句难听的,"Mary 搭腔,"这事情真不新鲜,喏,随手一搜,"她掉转电脑屏幕,"买房的时候大家都是心知肚明的,去中介市场上打听一圈就知道了,这是基本操作。"

"两年前也提过,这次是老话重提,原本不算个事,风头一过,买卖还在。闹这么大动静真是蹊跷。"文案专员石悦也加入闲聊,"维权这事情我经历过啊,一栋公寓近千个业主,光建个微信群都得大半个月,拉拉扯扯的,大家的诉求也不一样,找律师也得时间,有的业主连下律师函的钱都不舍得出,哪有一出政策,第二天立刻上街拉条幅的?"

她一说,大家都陷入沉默之中。Mary冷笑一声,压低声音说道:"不是,我听说啊,就是这么一个八卦,陈南珠以前在隶区那会儿得罪过人。"

"隶区?"柏仲微一皱眉,继而恍然大悟,"容……"

"嘘!"Mary狂打眼色,"别说出来,就这么一个八卦,听听就忘了。"

叶开淡漠地开口:"Mary姐,到这个级别了,不会揪着当年一点过节不放的,捕风捉影的事情在这个时候不要再传。"

他虽然年纪小,但那一股子气场是从小便在社交场里培养出来的,只是很平静的语气,却让人不好反驳。Mary自从知道他的身份后就有点怵他,悻悻地笑着说:"你说得也对。"

叶开对她笑了笑,转过转椅投身工作,但心绪远没有表面上那么平静,忍不住打开浏览器搜索起相关情况。维权的人再度聚集在了一起,把所有气都撒到了各涉事公寓的营销中心处。GC集团的安保团队已经赶赴各个现场,从媒体拍的实况照片看,两边虽然在对峙,但还算正常,没到剑拔弩张的程度。

相比于被针对报复,叶开更愿意相信是GC集团被树了典型。各家开发商都在看陈又涵后续的动作,也在看上面对这次事情的报道风向和口径,是杀鸡儆猴还是罚酒三杯?

会议室大门再度打开时已经是下午一点。陈又涵和许律并肩出来。陈又涵的领带松了,袖子也卷了上去,伴随着脚步传来隐约的寒暄声,嗓音哑掉，但语气仍保留着风度。

营销中心与业主代表的谈判安排在下午，对方也找了律师，履历一般，感觉是临时凑数找的。几处维权地的秩序当地已经派专人疏通维护。陈又涵没顾得上吃饭，打算带着顾岫和法务专员一起去现场看看。

叶开进入总裁办公室，敲了敲休息室的门。在职场说职场话，他跟其他人一样叫他"陈总"，问："下午我可以去吗？"

陈又涵一上午都被各位"老烟枪"腌入了味儿，刚匆匆冲了个澡，正在换衣服。听到声音，他拽着领带侧过头去，见叶开抱臂倚着门，再一错眼，总裁办公室的门被关上了。

"你去干什么？"陈又涵利索地打着领带，一副公事公办的语气。

叶开给了个很好的理由："近距离学习一下对突发公关事件的处理。"

陈又涵笑了一声，被他的理由说服，但仍然没有马上同意。

叶开保证："又不会给你添乱。"

"求我。"陈又涵说。

叶开："……"

陈又涵打好了领带，收敛了刚刚的玩世不恭样子。他正色起来，便显得深沉而极为可靠。叶开微仰起脸等着，听到他说了一句："走吧。"

顾岫已经在办公室门外等着，看见叶开愣了一下："小开也去？"

上午陈又涵特意叮嘱过，这事情太乱、太杂，不要让叶开牵涉其中，不知道为什么现在又改变了主意。叶开接过话，替陈又涵回答："是我主动要求的，我想看一下'GC'这样的公司面对突发公关事件的应对机制。"

顾岫点点头，叶开的理由很合理。显然，陈又涵也愿意拿自己的焦头烂额去给他长经验。

"去哪边？"顾岫招招手，任佳立刻递上他的公文包，里面有涉事各楼盘的资料和合同样本。

"明康西路。"陈又涵答道。

营销总监立刻带着销售、市场总监跟上，一行人步履匆匆地经过前台，后边又悄无声息地跟上了四个西装革履的黑衣保镖。一行人乘电梯下一楼，两辆商务车已经在门口等待，司机侍立在一侧。众人陆续上车，顾岫坐副驾驶位，陈又涵让叶开坐自己旁边。

车子过去的路上遇上拥堵，开了十五分钟，最后在江边停下。这是无可匹敌的位置，原身却是烂尾楼，产权错综复杂，涉及国企、区政府、村集体和已经跑路了的私人老板。陈又涵以足够的魄力和手腕拿下厘清：一共五栋，两栋五A级写字楼由GC集团自持，剩余三栋以商住的形式出售，目前是宁市CBD的西延商圈，按规划三年内会增设地铁口，加上GC集团一贯拿手的轻奢级商业配套，当初开盘就破了宁市的纪录。

正是下午两点半，阳光很晒，可能维权的人也经不住这热度，都跑去星巴克里吹空调了。陈又涵下车，在众人的簇拥中经过营销中心，一眼扫过去，厅外拉了警戒线，只有十几个人在厅内坐着。

声势浩大的一群人立刻引起了注意，顾岫小步跟上轻声说道："是媒体。"

既不敢得罪，也不敢轻慢，驱散不了，他们索性便把人请进了大厅里，好茶好果地招待着。

陈又涵点头，对顾岫吩咐："不接受采访。"

人进电梯，十来个媒体人举着话筒和录像机跟上，这都是传统媒体，还有不讲究的拿部手机和稳定器就来了。只是还没靠近便被保镖客客气气地拦了下来，有人晕头转向地问："谁呀？装什么？"

明康西路的负责人早就带着这里的营销总监等在会议室里。负责人一上午都在项目地盯着,片刻都没敢分神。手机上一直通知陈总裁在办公室如何骂人发火,到见到陈又涵的那一刻,他紧绷的神经已经到了顶端。

出乎他意料的是,今天的陈总裁居然很平静。虽然气场压得人抬不起头,但语气很沉稳。一群人坐下就开始汇报情况。从法律上来说,维权的余地是没有的。虽然以商住宣传,但实际上所有的宣传物料里并没有出现过完整、明晰的商业住房产权字眼儿。这是开发商的基本操作,没有哪一家会犯这种低级错误。众人又汇报了目前的收楼进度,原本已经收了百分之六十多,从今天开始,已经收楼的人陆续下达律师函要求退回收楼书。

"退。"陈又涵言简意赅,"观望、安抚,满足一切合理要求,等官方报道定性。"

要紧的不是这几栋楼。哪怕所有业主要求全额全息退款,GC集团也能接受,大不了自持。GC集团的重点是下半年的开盘项目,规模在五万户以上,这个节骨眼儿上只能低调温和地冷处理这次事件,谁在背后推波助澜他秋后自会算账,但那个项目绝对不能出问题。

负责人又请示了几个问题,一晃眼已经过去了两个多小时。近五点时,业主又开始聚拢。条幅重新被拉起,写的字触目惊心,什么"还我血汗钱""我们要住的,不要办公的""无良奸商丧尽天良"等等。陈又涵手里端着一纸杯咖啡,站在窗边扫了一眼,对安保处负责人说:"给他们送水。"

借着送水的工夫,他们一行人下楼,陈又涵被簇拥着,突然停下脚步。

他在找叶开。

叶开落在后面,全程没有说话,只是很安静地听着、看着,有时在手机上做备忘录。

"小开。"陈又涵叫他。

叶开从手机屏幕上抬眸,看见一众高管都在等他,便加快脚步跟上,站在陈又涵身侧。

"好玩吗?"陈又涵低声问。

顾岫一头雾水外加一脸震撼的表情。

"他们的房子会出问题吗?"叶开问,关心的角度和其他人都不同。

陈又涵笑了笑,语气温和:"不会。"

他跟自己下辈子又没仇,做什么断子绝孙的事情?

陈又涵顺便要考察一下项目地,他之前还没工夫来看交付的楼。商业配套部分未完工,三楼的裙楼和连廊被封着,一行人必须从四楼下到一楼转出。媒体没散,都从刚才那阵气派中察觉到了不同寻常的味道,见陈又涵出来,都像蚂蚁般涌了上去,人数不知为何多了几倍,黑压压的话筒几乎要戳到人脸上。

陈又涵对他们很快地点头致意了一下,笑得淡漠,笑容近乎无,但举手投足都商务而绅士。顾岫和郑决帆挡在他身前,再往前是保镖。媒体自顾自地提问,把影像和声音都收录进去。

"请问你是什么身份?是 GC 集团的负责人吗?你今天到项目地是不是要对业主有所交代?"

"商业住房风波不是 GC 集团的首创,更不是独创,你作为负责人怎么想?对未来市场您又持有什么态度呢?"

更有人不专业地问:"坑了这么多钱,您晚上睡得好吗?"

郑决帆听到问题差点儿翻白眼。

动静惊动了门口的人群,业主纷纷聚拢,黑压压的百十来号人,摩肩接踵,个个伸长脖颈问道:"谁呀? GC 集团的谁来了?"

保安不动声色地维持着秩序,生怕过度保护触怒了他们敏感的情绪。右侧通道被打开，陈又涵护着叶开先走。

这时候不知谁喊了一嗓子："就是他！GC集团继承人！奸商！还我血汗钱！"

这一嗓子如惊涛拍岸，顿时惊起无数波澜。人群冲上台阶，项目地的保安都没反应过来，一声连着一声的骂声瞬间摧毁了所有的理智与沟通的可能。陈又涵脸色微变，在保安的掩护下用力护着叶开，强硬地往旁边通道挤着。

"拦住他！别让他跑了！！"

热浪之下，激愤的情绪急剧升温，四个保镖真的带少了，保安又欠缺经验，场面已经难以维持，人群从四面八方挤压过来。陈又涵当机立断地把叶开推给其中一个保镖："先带他走。"

郑决帆在嘈杂声中艰难地保持风度："对不起，暂时无可奉告，请等待正式公告。抱歉，抱歉，请让一让……"

"砰！"

不知道是谁手中的矿泉水瓶砸了出来。

或许是陈又涵对叶开的保护让他吸引了众人的注意力，水瓶明显是冲叶开而来，坚硬的塑料瓶盖准确砸上了叶开的额角。他吃痛低呼一声，有点儿蒙，还没等反应过来，又是一声重响！

温热的液体流下，叶开抬手捂住额头，掌心湿了。他垂眸看了一眼，是血。

陈又涵愣了一下，心口重重一抽，攥着叶开的手失去力道，指尖几乎发麻，连尾音都在颤抖："小开？小开？！"

叶开眨了眨眼，血流过眼角。保安护着他，但他还是觉得眼前的人影摇摇晃晃的。

影影绰绰中，视线里似乎只剩下陈又涵穿着白衬衫的背影，他身上的白衬衫已被汗水浸透，他的动作因为不顾一切地推开顾岫而显得失控,他的声音里充满了震怒之意——

"凭什么?!你们到底凭什么?!"

人群一下子安静下来,一时间都有些畏惧地看着陈又涵阴沉可怕、近乎扭曲的面容。

在沉默气氛中,仅仅只过了凝滞的一秒,便有人声嘶力竭地吼:"带人来看我们的笑话!奸商!恶商!下地狱吧!"这句话犹如引信引爆炸弹,因为暴力而迟疑的人群再度狂热起来。

陈又涵的眼底一片赤红,浑身的暴虐气息在血液中流窜,高大如山一般的保镖被他大力推得几乎倒地。

"拦住他!"顾岫当机立断,"拦住陈总!"

所有人如梦方醒,全部一拥而上,有拉陈又涵的,有挡住人群的。高管们根本不管用,顾岫不要命地拖住陈又涵,用尽全身力气禁锢住他的双臂,同时疯狂向郑决帆使眼色。

"冷静!嘘——冷静!小开没事!"顾岫咬牙切齿地压低声音,"媒体都在,你发疯给谁看?!"

晚了。

所有画面都被媒体一清二楚地捕捉到了。

光凭一句"你们凭什么",媒体就可以写一篇围剿的檄文。

叶开左眼被热血糊住,人群挤得他难受。保镖护着他,但也是左支右绌,眼看便要支持不住。

叶开捂着额头,在人群中准确找到了陈又涵。

叶开的声音很轻,但陈又涵听清了。

他说:"又涵哥哥,我没事。"

叶开在车上没忍住吐了一回。车上没准备相关东西,众人都很蒙,陈又涵用自己三万多元的西装给他当呕吐袋。吐过一回没歇几分钟,叶开又干呕了起来。陈又涵病急乱骂人,劈头盖脸地问司机怎么开车的。

顾岫赶紧打圆场："可能是脑震荡。"

叶开眼前发黑，看什么都有重影。左半边脸都是血污，在他苍白的脸上显得触目惊心。口袋巾被当成帕子捂住伤口，到医院前已经被浸透，但好在血是止住了。

这里是 GC 集团和港资合作的私立医院，商务车在门诊部停下时，院长已经领着院里最资深的外科医生和护士团队等在门口。顾岫在电话里没交代严重性，只说患者被重物砸伤，因为是很重要的人，需要院方立刻清理出就诊通道。

担架病床都准备好了，顶级的团队严阵以待，电动车门被大力滑开，陈又涵下车。

院长与陈又涵在开业庆典和几次酒会上见过，对方每次都是倜傥从容，天生的明星气派，今天却很狼狈，不仅衣着凌乱出过了汗，眼底也是寒冷一片。一转眼，陈又涵回身扶起伤患。院长再看时，这位大少爷的脸色已经变得温和，暴虐的气息也收敛了。

院长迎上去，见伤患的神容虽然苍白却平静，便问道："意识还清醒吗？"

外科主任跟上，听见陈又涵飞速而镇定地说道："三十五分钟前被砸中，当场就流血站不稳，在车上吐了两回，体温低，看东西有重影，眼前发黑，O 型血。"

叶开没忍住勾起了嘴角，被放上担架车时被陈又涵逮了个正着。

陈又涵说："还笑。"

外科主任立刻意识到众人小题大做了，忙宽慰说道："可能是轻度脑震荡，问题不大，不必过于担心。"

院长拿眼色警告他，娴熟地在话里找补："这个症状可大可小，做了检查才能下定论，紧张些也是正常的。"

会议室里已经泡好了茶，准备了水果，供 GC 集团一行人休息，但陈又涵根本就没这个心思，公司的事一刻都等不得，他把顾岫等人都赶了回去，只有自己留了下来。

护士为叶开做了清理和消毒，伤口不深，大约成年人半个指节长，在发际线后面的位置。为了方便包扎，护士把那边的头发剃掉了一点儿。瞿嘉赶过来时，护士已经缝合好了伤口，在给叶开包纱布。

陈又涵坐在叶开跟前，手肘支着膝盖，一贯注重风度的人此刻下巴上却已经冒了青楂儿。也许是被护士弄疼了，叶开很轻地哼了一声，瞿嘉立刻冲了进去："宝宝？是不是疼？"

叶开保持着姿势不动，乖乖地说："妈妈。"

陈又涵这才发现瞿嘉的存在，站起身迎接："阿姨。"

瞿嘉没理他，径直问叶开："怎么样了？做过检查了吗？护士，严不严重？会不会留疤？"

"留不留疤要看个人体质，有的人是疤痕体质，就会增生。"护士手上动作变得轻柔，她看了叶开一眼，笑道："留疤也没关系，头发会挡住。"她将胶带贴好固定，收拾好镊子和绷带，"好了，去做检查吧。还想吐吗？"

瞿嘉一听脸色都变了："吐？"

"可能有点儿轻微脑震荡。"护士拘谨地说，瞥了陈又涵一眼，觉得自己可能说错了话。

叶开站起身，晕了一下，闭着眼扶了一下额头。

陈又涵沉稳地说："靠着我。"

医生安排做核磁共振。做检查的几分钟，瞿嘉和陈又涵一起坐在长椅上等。她搭着二郎腿，被红色羊皮高跟鞋包裹的脚面到小腿都绷得笔直，就像她此刻的气场一样锋利。

"我会直接把小开接回家里。"

陈又涵安静了一瞬,沙哑着嗓音说:"好。"

"他的东西你有空安排人收拾收拾,挑个时间送过来。"

陈又涵又干脆而艰涩地回道:"好。"

"后续实习取消,他需要静养。"

陈又涵没有挣扎,深呼吸,再度说了个"好"字。

他从未在瞿嘉跟前如此好说话过,从态度、情绪到语气,处处都浸满了一股颓丧的顺从感。瞿嘉终于忍不住发难:"我把小开交给你,不是让你带他去那么危险的维权现场。他小,你也不成熟?他胡闹,你也跟着脑子糊涂?"

陈又涵抹了把脸,眼底红血丝未退:"抱歉,对不起,是我的错。"

他这副模样,瞿嘉反而发不出脾气,一肚子火气都哑在了自己心里。静了几个呼吸,瞿嘉语气生硬地关心人:"'GC'现在这个情况,你抽得开身?"

"交给助理了。"

顾岫早就被他打发回了公司,陈又涵只为自己争取到了两个小时时间而已。

瞿嘉硬邦邦地说:"你留在这里也没用,不如回去收拾烂摊子。"

陈又涵听后,自嘲地勾了勾唇。他在媒体面前发了疯,失了态,未来七十二小时的舆情可能会把他搞死。这的确是烂摊子,是从他上任接手以来经手的最糟的烂摊子。

"确定小开没事了,我就回去。"

过了五分钟,叶开扶着墙很慢地走出来。他有点儿困,精神不济。陈又涵看出来了,不敢轻举妄动,轻声征求意见:"扶你去躺会儿好不好?"

叶开点了点头。

这附近有个VIP休息室已经被清理了出来。就这几步路的工夫,叶开说:"饿。"

陈又涵马上回道:"马上去给你买吃的。先喝点粥垫垫?看过报告后回家再吃好的。"

叶开"嗯"了一声,躺在了休息室的病床上。房门被关上,叶开睁开眼,看到瞿嘉心疼的眼神。他垫着枕头半坐起身,抿了抿唇:"对不起,妈妈,让你担心了。"

瞿嘉在床沿坐下:"我跟陈又涵说过了,接下来的实习你就不去了,安心在家里准备托福。开学就高三了,尽量这一次就考个满意的成绩。等开学以后你就安心准备高考吧。"

他是瞿嘉高龄生下的孩子,瞿嘉又严厉又宠爱地教养了十八年。发生了这样不愉快的事,瞿嘉只是这样的处理方式,已经算是克制。叶开还以为她会迁怒于陈又涵,给他难堪。

叶开点点头,心里松了一口气,弯起的眼里有乖巧笑意:"考到'清大''京大'有奖励吗?"

瞿嘉笑了一声:"你野心不小啊。"

"如果考到了呢?"叶开固执地问,眼睛黑而明亮。

"好,如果真考到了顶尖大学,你想要什么?"

"满足我一个愿望,"叶开盯着瞿嘉,"无条件满足的那种。"

瞿嘉只当他是小孩子撒娇,随口应承下来。叶开打开手机语音备忘:"要录音的。"瞿嘉哭笑不得,只好将刚才的对话又重复了一遍。叶开点击保存,像煞有介事地说:"邮箱存一份,硬盘存一份,网盘再存一份。"

瞿嘉好笑地拿过他的手机。

"别删!"叶开想抢手机。

"谁删了?"瞿嘉好笑地睨他一眼,"合同要双方收到才能生效,妈妈帮你存一份。"

医生拿着片子敲响房门，后面跟着拎着纸袋的陈又涵。

"没事，轻度脑震荡，这两周静卧休息，不要运动，也不要过度用脑，饮食上忌口，多吃点儿清淡滋补的东西。额头上的这个伤啊……"这点小事本身用不着外科主任来叮嘱，但陈又涵这个大少爷就站在他身后，外科主任只好硬着头皮事无巨细地说，"我等一下开两管祛疤痕凝胶，等伤口结痂后每天涂一下，问题不大。不要吃辛辣刺激性食物，色素重的也少吃。"

陈又涵放了心，陪着叶开喝完小半份粥，回到公司时，刚好过了两个小时。

已经过了下班时间，但高管没人敢走，都各自在办公室里待命。郑决帆今晚上已经做好了带公关部工作通宵的打算。监控视频已经被调出，他直接联系了几家媒体高层要到了现场的媒体拍摄画面，陆续拿到原片后一看，拍摄角度和完整性各不同，但陈又涵骂人的话无一例外都很清晰。只有两家媒体录到了维权人群先使用暴力的画面。

陈又涵一进办公室，郑决帆就汇报："向媒体都打过了招呼，但现场手机拍摄的画面已经流到了网上。"

陈又涵点点头，解开钢表带，毫不怜惜地随手扔到了办公桌上，又扯下领带吩咐道："冷处理，盯好各个平台，今晚肯定有媒体下场。"转过身，他又对顾岫说道："让你查的事情有眉目了吗？"

"是美晖。"顾岫对郑决帆点头，示意他出去把门带上。

办公室里只剩下两个人，顾岫才接着说："美晖早就收到了新政策的风声，'GC'被刻意瞒住了。"

这里面含了多重未竟之意。美晖一直是 GC 集团在省内的头号劲敌，双方的定位和战略都极像，陈又涵接手公司后在公关方面占了先机，之后便开始在市场上处处压他们一头。自从陈南珠带头在集团公关部搞分裂，加之宁市班底大换血，GC 集团不知不觉被边缘化，如今人走茶凉，GC集团曾经的风光之处，而今倒成了卡在喉间的鱼刺。

"找人事专员查近期高管动向，有谁出去面过试，有谁接洽过猎头。"陈又涵冷漠地把杯中剩下的水倒进花盆，又捏着喷壶漫不经心地喷了点儿水，语气平淡地说，"尤其是从上到下各级营销口的负责人，从总监开始查。"

顾岫没想到这层，随即明白过来。今天这一出戏精准地朝叶开而去，对方明显是提前得了消息又认识人的。吩咐完公事，陈又涵拿起打火机点了一支烟，狠狠吸了一口："让安保部找到那个砸叶开的人，摸清底细。"

"你……"顾岫愣住，不可思议地瞪着他，"你想干什么？"

陈又涵没明确回答，而是面无表情地问："如果叶开真的出了事，你觉得我会怎么做？"

顾岫不敢说话，更不敢与陈又涵对视，低头消化了一阵，艰涩地说："我明白了。"

陈又涵没有温度地笑了笑："现场还有同伙，一起摸出来。"

"都是业主，"顾岫傻傻地说，"什么同伙？"

"顾岫，'清大'还是有些东西教不了你的。"陈又涵摁灭烟起身，"团伙作案，拿钱生事。找证据移送法律机关，一个都别放过。"

"美晖自己的几个公寓屁股都没擦干净，你找战略部的顾明总要资料，让郑决帆找媒体曝光，精装修问题业主维权了这么多年，是时候送他们一程。"

顾岫欲言又止。

"你想说什么？"陈又涵倒了杯水，眼底有淡淡的黑眼圈，但姿态闲适。

顾岫诚实地说："你好可怕。"

结果看了战略部的顾明总给他的资料后，顾岫觉得陈又涵何止可

第十章 危机

怕，简直恐怖！一整个硬盘里面全是美晖的负面消息。照片、录音、业主访谈，有些已经上了法庭，文字记录非常清晰；有些已经私了，私了的手段触目惊心。桩桩件件，全部事无巨细地分门别类整理好了，扔给媒体当晚就能出专题。这是针对消费者的，还有更深的问题，工程、消防、用地审批……

顾岫惊悚地抬起头，看着战略部的老大："什么？！"

顾明总拍了拍他的肩膀，说出了陈又涵曾经传递给他的一句至理名言："战略部，不仅仅是拿地。"

"我不会有事吧？"

硬盘加密、电脑加密、网络加密，所有资料只允许在这台电脑上查看，要拷贝的话必须知道密钥。顾明总笑而不语："挑你用得着的拿。"

顾岫拷好了资料要去找郑决帆，正碰上对方一阵风似的跑过来。

玻璃门被猛地推开，落地窗前，陈又涵背对两个人站着。

他半转过身，眼底晦暗不明。

郑决帆喉结滚动，喘了口气后沉稳地说："全平台热搜。"

热搜的词条很统一，透着一股开发商的傲慢之意——GC 你们凭什么？

陈又涵点点头，表示自己知道了，也没问郑决帆怎么处理。公关部的人已经动作起来，他作为总裁只负责定调，如果事事插手，那郑决帆干脆不要干了。

顾岫把资料交给郑决帆："可不可以搅浑舆论？打舆论战，咱们没道理被动挨打。"他忍不住愤怒，"是对方先动的手，把完整版视频放上去说不定舆论可以反转。"

陈又涵笑了笑，弹掉指间的烟灰。拖美晖下水救不了 GC 集团，无论怎么报复，GC 集团在市场和舆论上已经陷入被动了。所有人都会对开发商和资本家的傲慢口诛笔伐。哪怕是他重要的人、无辜的人先受伤，舆论也不会倒向他。金钱和阶层让他的人生顺风顺水，享尽荣华富贵，他便也天然地失去了在这种语境下恳请一个公平公正待遇的资格。

个人的情感在社会议题的巨大语境下，不过是一把枪。

他背对着落地窗，窗外是宁市不落的繁华景致，江岸两侧灿如星辰，亮着灯的游轮来回穿梭，CBD里的所有楼体都在发光。这是一整场浩瀚的金钱醉梦，映衬着他，托举着他。

陈又涵，顾岫眼里站在繁华正中心的男人，夹着烟对他半勾起嘴角："诸位，对不住，准备好和我一起降职降薪吧。"

黑GC集团的词条在晚上八点半登上各平台热搜榜，众多门户网站进行了通知栏和头条推送。郑决帆已经做好了所有的商务沟通，只要陈又涵点头，这些东西将会消失得轻而易举。但陈又涵没有同意这个方案。他无意于跟群众展示资本更深刻的傲慢和凌辱手段。

"防民之口甚于防川，他们有情绪，就让他们发泄。"

缥缈缭绕的烟雾半掩住陈又涵冒了胡楂儿的面容。

"但现在黑料层出不穷，很多媒体出来浑水摸鱼。"顾岫在手机上翻看评论跟帖。

陈又涵笑了笑："总要让人吃饭。"

他又吩咐郑决帆："把下场的媒体整理个清单出来，梳理之前和他们的公关往来记录。一条报道都不要撤，一份车马费都不要给。等事情结束后，你请他们吃顿饭，走公司的账。"

郑决帆微一愣怔后便点头："明白。"

"完整版视频不放吗？"

"要放，但不是现在。"陈又涵沉吟。

"为什么？"顾岫茫然。他坚信正义与公理，这么显而易见的来龙去脉，为什么不公之于众？

陈又涵无奈地哼笑一声："你想打谁的脸？"

"顾总，你不会想现在就去和围观群众吵架吧？舆论从不存在越辩越明。"郑决帆拍了拍他的肩膀。

顾岫点开几条互动多的报道，发现几条"未知全貌不予置评""莫名其妙，陈又涵怎么会突然发火？不敢说""现在社会事件打脸来得太快就像龙卷风，观望一会儿"之类的理智评论开始被赞到了中前排。

陈又涵摁灭烟，垂眸沉吟了会儿。顾岫发现这男人冷静得离谱儿，眉目深沉，眼底是一片让人读不懂的暗影。

"等舆论冷下来，再放视频和公告。公关部干得不错，奖金可以被少扣点儿。"

郑决帆诚惶诚恐："别给我连降三级就行。"

"放心，你和顾岫的职位我会尽力稳住。"

陈又涵拍顾岫的肩膀："你留下，老郑回去继续盯着。"

郑决帆走出办公室，顺手带上了门。陈又涵走向休息室，顺手开始解衬衫扣子，沉稳地吩咐道："把你挑的美晖资料说一下。"

顾岫打开笔记本。他的逻辑思维非常强悍，在战略部的十几分钟里已经梳理出了这次可以用的报道材料，以美晖一直被诟病的"精装房货不对板"为核心，精准、集中、脉络清晰，最后收尾在美晖新开盘的楼盘上，涉及政府方面的一个案例都没用。

他很快地汇报完，以为陈又涵会问他一些案例细节，但陈又涵看上去似乎早就心中有数，连一点儿疑惑都没有，便点头首肯："给郑决帆，先不要在微博放，在门户网站上慢慢铺垫，等这次事件平息了再送他们上热搜。"

顾岫看着他脱下衬衫。他知道陈又涵身材好，宽肩窄腰，肌肉线条利落，但当面看到还是很受冲击。

顾岫"啪"地盖上笔记本，相当迷惑地问："你干什么？"

陈又涵把衬衫扔在转椅上，慢悠悠地说："洗澡，看护小朋友。"

顾岫："……"

亏得一路畅通，陈又涵到叶家时还没过九点半。他洗过澡，刮了胡子，换了衣服，喷了香水，发型也重新定过，从兰博基尼上下来时风度翩翩，像男模在拍广告大片。

叶家灯火辉煌，陈又涵在高近三米的水晶吊灯下等了会儿，被用人迎进内厅书房。

叶通在整理信件和日记。他正在写回忆录，打算明年出版。

陈又涵进去后没出声，陪着等了一会儿。叶通放下一封信，用回忆似的口吻说："家道中落的时候我还小，听父亲说叶家人丁凋零，各地的商行钱庄陆续被挤兑抢占，他抱着我辗转多地，直到遇到了你的太爷爷，之后才有了宁通商行起死回生的机会。"

陈又涵没敢说话，姿态谦卑地聆听着。

"陈、叶两家是从战火年代走出来的交情，说来也巧，"叶通微微一笑，"怎么这几代下来，咱们两家都是一脉单传？"

这话不好接，叶通也没打算让他接，放下信后抬眸，温和地说："小开在楼上，医生让他静养，他还在写题，你上去劝劝他，他还是比较听你的话。"

陈又涵心里松了一口气，斟酌着说："现场有媒体拍到了画面。"

叶通摘下眼镜走出书房。陈又涵跟在他身后，看他沉吟了会儿后放松地说："用得上就公布，他又不是什么见不得人的金贵少爷。"

三楼，两个用人正守在客厅里，见陈又涵来了都起身问好。陈又涵将手指竖在唇边示意她们安静，低声说："这里交给我。"见用人们下了楼，他才拧开门把手走进卧室。

叶开戴着耳机坐卧在床头，闭着眼睛，可能是在练听力。

陈又涵悄无声息地靠近他，抬手摘下耳机，戏谑地说："小天才，你也太用功了吧。"

"你怎么来了？"叶开坐直了点儿。

陈又涵问："伤口还疼吗？"

麻药劲儿过了，被缝了几针的伤口开始隐隐作痛，叶开点点头，又摇摇头："还可以。你处理好了？我看到热搜了。"

叶开不止看到热搜了，还控制不住地上去跟人辩论吵架，最后被气得差点儿原地爆炸，脑袋"嗡嗡"直疼。

"没有，今晚可能要工作通宵。我是来负荆请罪的，"陈又涵笑着摇了摇头，"刚才差点儿没活着走出你爷爷的书房。"

"你又不是故意的。"叶开说，胳膊肘不知道往哪里拐。

"凶一点儿才好，"陈又涵低声回答，"就算是用烟灰缸砸我，我也没意见。"

叶开摘下另一边耳机，从聒噪的脱口秀中分出神来，问："'GC'会有问题吗？"

"怎么这么问？"

"债券到期，你原本是打算用流花湖开盘回笼的资金来覆盖回款吧？出了这件事，流花湖的楼可能卖得不是那么好了。"

陈又涵笑容淡了些，玩世不恭地说："与其担心楼盘，你还不如担心担心我。"

"你又怎么了？"叶开的语气很怀疑，像揪住坏学生的教导主任。

"坏学生"自我检讨："可能要被连降三级。"

"三级？"

总裁、副总裁、助理总裁、总经理——陈又涵要真被连降三级，那就成陈总经理了。

"还是干一样的活儿,钱可能连车都养不起。"陈又涵似笑非笑,似真似假地叹了一口气。

叶开冷漠地说:"宝石拿回去挂网上卖掉。"

陈又涵笑出声:"不行,那是给你的生日礼物。"

门被敲响,门外站着叶瑾。她手里拿着托盘,托盘里是一碗纯白馥郁的美龄粥。

见到陈又涵,她倒不是很意外。

"妈妈怕你饿,让厨房熬的粥。"叶瑾把碗放下,交肘握着托盘站在床边。

叶开端起碗,用勺子小口小口地喝了起来。等他喝完粥,叶瑾吩咐用人上来收拾,自己和陈又涵一起走楼梯下楼,没头没尾地问:"小开最近情绪还好吧?"

陈又涵不知道她为什么这么问,随口答了句"挺好的"。

叶瑾转而问:"那天亲了你一下,你什么感觉?"

陈又涵被她问得无语,两手插在裤兜里吊儿郎当地回:"你想听什么?意犹未尽?心跳加快?还是眨眼之间爱上你?"

叶瑾笑了一声,抬手拨了一下头发:"你喜欢我一下也没问题吧。"

"来,妹妹,跟我念,"陈又涵一字一顿漫不经心,眸中的神色却含着一种戏谑的认真,"我不喜欢你。"

叶瑾夸张地叹了一口气,客套地微微笑道:"那很遗憾。"

舆论战一直持续到了后半夜,经过各种真真假假的爆料,网上的言论已经相对温和。陈又涵在办公室囫囵睡了个觉,一早便去董事会干架了。上午九点GC集团的官方微博发布了一则盖了公章的声明,简单清晰地说明了现场冲突的来龙去脉,对公寓维权一事,只说GC集团会遵从政府的政策和法律,并对每个业主负责,随后公布了现场的完整视频。

一些摇摆不定的"吃瓜"群众看到这个反转,立刻转身变成高高在上的理智人士,开始对昨晚的骂战进行冷嘲和清算。

视频里有人提及叶开。陈又涵没有让人进行二度剪辑,就这么直接剖白在了所有人面前。即使有多名网友爆料,表明叶开只是一名在校学生,同时身份显赫,与此事毫无关系,众人都想挖他的身份。可惜的是,无论众人如何深挖,网上都没有出现过他的任何一张清晰的照片,至于名字、身份、年龄更是语焉不详。

还没到正式复盘的时候,但郑决帆知道保护叶开的身份这部分的开支已经超过了预算。

到中午,总集团的人事任免通知终于下达,面向所有董事和员工公示。

因陈又涵先生个人出现重大失误,经董事会决议,现免除其 GC 商业集团总裁职务,并扣除全年奖金。陈又涵先生今后将以 GC 商业集团总经理的身份行使管理职权。

正常来说,顾岫和郑决帆一个作为总裁助理,一个作为公关部负责人,都是要承担连带责任的。然而陈又涵做到了他的承诺,保住了他们的职位和薪资,只是扣除他们本季度的奖金。

公告一出,整个集团哗然。陈又涵二十三岁进公司,二十八岁正式接手商业集团,六年时间逐步定下 GC 集团未来十年的战略目标,完成产业结构升级和资产重组,履历、手腕、业绩都相当漂亮,是无可挑剔的掌舵人,这是他唯一一次犯错——而且低级得令人匪夷所思。

陈又涵欣然领命,下午和公关部开了一个简短的中段复盘会,接着便拎着西装回陈家领罚去了。

陈飞一早就把现场视频看过了很多遍,细枝末节都不曾放过。他从前知道叶开和陈又涵关系好,但从来没想到,陈又涵会因为叶开而在媒体面前控制不住情绪。陈又涵不应该是这种分不清轻重的人。

家法不家法的,说出去惹人笑话。这种落后于时代的东西,陈飞一不屑于再用,但打还是要打。没称手的武器,陈飞一抄起鸡毛掸子劈头盖脸一顿抽。陈又涵一边忍痛一边笑,英俊的脸上满是玩世不恭的神色。陈飞一没打出什么成效,先把自己给打喘了,坐在椅子上黑着脸,半晌,狠狠扫掉杯子。

贴身秘书赵丛海沉默着,心里哆嗦了一下。

陈又涵温和地宽慰人:"老了呀,歇一歇再打。"

赵丛海:"……"

从前陈飞一一脚能把陈又涵踹飞,如今只能不痛不痒地抽几下鸡毛掸子。

陈飞一知道自己不能跟他斗气,否则折寿,第无数次后悔,咬牙切齿地说:"早知道就多生几个!"

陈又涵慢悠悠地说:"您要早生几个我还得谢谢您,你说你当初那么果断干什么?"

话音刚落,鸡毛掸子就冲他飞了过来。陈又涵顺手接下,捋了捋上面的鸵鸟毛后递给赵丛海,说道:"赵叔,麻烦您收好,回头免得他老人家睹物思人。"

陈飞一气笑:"思人?思你?你少来我眼前晃悠,我就烧高香了!"

赵丛海忙打圆场:"又涵!你少说几句。"

陈又涵笑了笑,深深地看了陈飞一一眼。陈飞一虽然只是六十出头,但操劳了半辈子,身体已不如从前,这些年血压也高了起来,已经经不起折腾。

陈又涵点起烟抽了一口,低沉而温和地说:"少为我生气,我也没这么差。"

确实如此。

陈飞一绷着的怒容有点儿挂不住，他生硬地挥了挥手："滚，滚，滚，别在我眼前现眼！"

陈又涵没走，又抽了两口烟，说道："流花湖的楼盘如果卖不好，我打算把帕岛的度假村处理掉。"

叶开问得很对，流花湖就是回款的关键所在。

陈飞一沉吟："你看着办吧。"

"度假村和航线一起打包，年初我就有这个打算，项目虽然优质，但运维和开发成本都高。有了楼村，这些海外资产都是累赘。"

其实陈又涵的内心不是不惋惜的。帕岛是距离最近的度假天堂，这是旅游集团的重要优质资产，如果没有这次的事，陈飞一也不可能同意卖。

打也打了，罚也罚了，陈飞一无可奈何，沉沉地叹了一口气："你还是冲动了。"

"和叶开没有关系。"陈又涵勾了勾唇，"美晖不想让咱们好过，背后还有别的人顺水推舟，没有这次事情他们也会有别的招。小开是替'GC'挡了一灾。"

周五下午三四点，每间办公室的上空都弥漫着一股心浮气躁的气息，连GC集团这样的公司也不能免俗。忽而两百多人的大办公室里传来一声低呼，接着便像海浪那样一波接一波地涌动，有人站了起来，有人伸长脖子，有人交头接耳地问发生了什么事。

其实并没有什么事，不过是突然有人送了两三百杯奶茶而已。

前台工作人员站起身迎接。顾岫早就打过招呼，来人要一路放行。她笑容甜美地招呼："叶少。"

没人教她如此称呼，但她实在已经绞尽脑汁地想了一整个下午，也始终没想好究竟该如何称呼叶开。

叶开穿一身桑蚕丝衬衫，胸口有定制品牌独特的蜜蜂图标，下身是水洗淡蓝烟管牛仔裤，裤腿挽了两圈，脚上是经典高帮帆布鞋，经过她身边时有淡淡的鼠尾草和海洋香味儿。虽然年纪差得有点儿悬殊，但前台工作人员还是察觉到自己红了脸。

"陈总还在开会，您可以在总裁办公室里等。"她领着叶开穿过办公室。众人都在分奶茶。讲道理，没有什么比一杯充满卡路里的奶盖水果茶更能庆祝即将到来的周末。

"破费了，"柏仲为他拉开椅子，寒暄道，"伤好了吗？"

躺了两个星期，再不好叶开就要疯了。他昨天刚考完托福，趁周五过来拿实习报告，线上订好了两张电影票，是偏文艺的剧情片。他很喜欢，去年影片在香岛上映时就特意去看过，这次大规模公映，他想重温一次。

顾岫不在，应该是在和陈又涵开会。叶开侧身看了一眼对面的大会议室："进去多久了？"

"一个多小时吧。"柏仲看了一眼手表，"快了，要不你先坐会儿？"

叶开点点头，态度恰到好处的礼貌和熟络："不打扰了，我去那边。"

"那边"是指陈又涵的办公室。虽然陈又涵已经被降职成总经理，一个商业集团可以找出十三个和他平级或在他之上的高管——包括顾岫，但总裁办公室还是被他堂而皇之地霸占着。

叶开没坐多久，会议室门终于开启，十几个人鱼贯而出。陈又涵大步流星、气势迫人，看到众人都在喝奶茶，便知道叶开已经到了。

两个星期没见，不知为什么，他放慢了些脚步。但二十米的距离，他不过慢慢走了五六米，便再度匆忙起来——比原本更匆忙。

顾岫在陈又涵身后慢慢悠悠地走着，经过行政处，拿起小姑娘桌上一杯没拆封的饮料，似笑非笑地念道："芝士草莓，太甜了吧。"

"好喝呀。"行政处的小姑娘咬着吸管嘬了一大口，眨眨眼睛不太懂地与顾岫对视。

"好喝，"顾岫顺走那杯饮料，一边走一边拎着晃了晃，"就是喝多了会牙疼。"

叶开坐在单人沙发椅上假寐，手支着腮，耳朵里塞着开了降噪功能的耳机。黑发柔顺，呼吸清浅，眼睫在眼窝处投下一片浅浅的阴影。他最近嗜睡，经常觉得困，在考场做阅读都忍不住打哈欠。陈又涵要是晚来一会儿，他说不定真能在这儿睡着。

光线很明亮，因而眼前被身影遮得稍暗时便很容易分辨。叶开维持动作没变，眼睛也没睁，只是抿着唇笑，嘴角出现一个很浅的小梨窝。

陈又涵摘下他的耳机："还装。"

叶开的眼睫轻颤，双眼终于慢悠悠地睁开，里头盛着清浅的笑意。

陈又涵撩起他伤口附近的额发看了一眼，问："伤好得怎么样？"

叶开的伤口早就拆了线，现在额头上只剩下淡淡的印记。

"会不会留疤？"

叶开很幼稚地回："伤疤是男人的勋……"

陈又涵毫不怜惜地拍了他的脑袋一下："笨。"

"啊，"叶开捂住头，"我脑震荡啊！你不怕一巴掌把我拍死吗？！"

"你洪福齐天，"陈又涵轻慢地敷衍，"祸害遗千年。"

叶开气死了，压低了声音愤怒地说："早知道不请你看电影了！"

"看电影？"

"嗯。"叶开点点头，又问他，"要加班？"

陈又涵正在对帕岛度假村和航线的资产价值进行重盘，这么大的项目不是那么好出手的，在债券到期前 GC 集团还有不到四个月的时间。

"几点的电影票？"

"八点二十。"

陈又涵舒出一口气，估算了一下会议进度，竟无法承诺，只能说尽量。

叶开又说："我还订了餐厅。"

塔尖上，米其林三星餐厅，百米高空三百六十度环形透明落地窗，是宁市视野最好的法国料理餐厅，位子在两个月前就被订完了。

陈又涵愣怔片刻，低声说："我真的走不开，对不起。你跟同学去吃好不好？还是带叶瑾去？"

叶开的情绪肉眼可见地低落下去。

陈又涵不得不低头去哄："对不起，明天，嗯？明天一定有空。"

叶开深呼吸，面无表情地问："你知不知道今天是什么日子？"

陈又涵第一反应是有关叶开的什么重要日子，但不对，不是生日，不是出成绩，不是拿 offer[①]，也不是比赛。

没等陈又涵想起来，叶开就冷冰冰地说："是你的生日。"

陈又涵忘得一干二净。他每天斡旋在美晖和虎视眈眈地想要便宜叨走帕岛度假村的资本之间，根本无暇顾及这种无足轻重的日子。他自己不在乎的日子，叶开会替他在乎。就好像如果有一天是叶开不想过生日了，他仍然会郑重其事地在日历上标注备忘、送出祝福。

"我……"陈又涵张了张唇，更多的话还没说出口，便听叶开说："生日快乐，又涵哥哥。"

陈又涵语无伦次："对不起……不是，谢谢。"

叶开笑了一声，用清朗干净的少年嗓音乖巧地说："虽然眼看着又老了一岁，不过你在我心里永远是二十五岁。"

---

① 录取通知书。

陈又涵："你故意的吧？"

叶开笑得肩膀发抖。

一个人去那种地方吃饭怪傻气的，但人均八千多的餐费已经先行支付。叶开拨通施译的电话，简明扼要地发出邀请。虽然知道当了替补，但施译还是欣然领命——米其林三星餐厅啊，不吃白不吃！

窗外夜景斑斓，侍应生优雅地用白帕子托着红酒，轻声细语地为他们推荐。叶开意兴阑珊，礼貌地拒绝了佐餐酒。他得保持清醒。

施译用过了餐，因为之后有事，只能婉言谢绝了叶开的观影邀请。

电影院就在楼下，叶开孤身一人不紧不慢地走向检票口。

陈又涵在会议间隙收到叶开拍的照片——精致的摆盘、漂亮的夜景和优雅旖旎的氛围，他长吁一口气，自嘲地笑了笑，回复："帮我谢谢施译代替我过生日。"

叶开没理他，冷酷地把电影票二维码截图分享过去。电影开了场，叶开抱着爆米花和可乐，特别自在地进了观影厅。

他其实看过这部电影，剧情已经烂熟于心，前来重温，纯是为了那些漂亮的镜头语言。影片进行到中段，花团锦簇的茉莉花墙下，女主角跃入冰蓝泳池，一段梦境般的蒙太奇镜头后，叶开身边的空位被人坐下。

李先生的花园，雨后的青柠，淡淡的烟草……

叶开嘴角上翘，爆米花从左手换到右手。电影场景倏然转变，黑夜里的灯光像星星，迎来一段蹁跹的长镜头。

银幕光勾勒着陈又涵的侧脸曲线，从深沉的眉骨到挺直的鼻梁。银幕上，镜头从黑夜推向日出，光影在陈又涵的脸上缓慢滑过，随即又陷入阴影中。

他竟然睡着了。

陈又涵竟然累到在电影院里睡着了。

女主角用英文说:"你知道,我爱你。"

男主角说:"天亮了,Juliet,再见。"

陈又涵大概天天都是后半夜睡,每天除了工作就是漫长窒息的会议,才会连自己的生日都记不起。但他又记得叶开拆线复诊的日子,记得叶开托福考试的日子,记得让顾岫给叶开写一份漂亮的实习报告。

片尾字幕开始滚动,放映厅灯光大亮,这部片子卖得不好,寥寥几个观众陆续起身。陈又涵从深沉的睡眠中清醒,但暂时没睁开眼。

叶开问:"电影好看吗?又涵哥哥。"

陈又涵开口,嗓音有点儿哑,半认真半开玩笑地说:"挺'好睡'的。"

"生日快乐,我给你唱生日歌吧。"叶开说。

片尾曲特别长,特别好听。银幕右侧保留了一个小小的放映窗,画面一直是茉莉花墙、淡绿色的茂密叶丛和星罗棋布的白色小花。镜头顺着花墙一直往前走,没有尽头。

保洁阿姨拄着扫把拿着簸箕,面无表情地看着他们。

陈又涵在电影院沉闷的空气中捕捉着那一丝令人印象深刻的鼠尾草香味儿。

叶开喝了一口那杯冰块已经化了的很难喝的可乐,清了清嗓子。

"Happy birthday to you.[①]

"Happy birthday to you.

"祝你幸福,祝你快乐。

"happy birthday forever.[②]"

歌声停下,陈又涵笑了一声,轻轻地给他鼓掌。

---

① 祝你生日快乐。

② 永远生日快乐。

两个人终于起身,保洁阿姨如释重负,站在道旁侧过身,目送他们离场。

片尾曲放完了,放映窗里的茉莉花墙也走到了尽头。

陈又涵问:"电影讲的什么?"

"Almost a love story.①"

"蛋糕呢?"

"放冰箱里了,我亲手做的。"叶开顿了顿,戏谑地说,"你很期待呀。"

陈又涵克制地表达嫌弃之意:"你放过我吧,好难吃。"

叶开大概也是有自知之明的:"意思一下,别吃得那么认真。"

十点多的商场已经开始清场关门,人很少,两个人乘坐扶梯下楼,一层,又一层。

---

① 大致是一个爱情故事。

番外　沾光

当叶瑾的一对龙凤胎正是满地乱爬的年纪时,她的事业也刚好到了关键期。

由她一手创办起来的公司"昂叶"既做艺人经纪业务,也进行影视方面的投资、出品和制作。"昂叶"的经纪业务向来名声响亮,艺人梯队建设得好,在影视方面的投资也是眼光独到、稳扎稳打。但她先是在前两年不得已把重心放到了家里的宁通商行上,之后又经历了怀孕生子的大事。紧接着"昂叶"遭遇了旗下一线艺人跳槽违约、二线流量偶像被狗仔爆出恋情、主投的影视剧演员出事等一系列焦头烂额的问题。到如今,"昂叶"虽不至于倒闭,但也确实伤筋动骨了。

叶瑾是个心高气傲的人,当初拒绝了家里让她协理生意的邀请,好不容易闯出了自己的一片天,现如今很难袖手旁观。但小孩儿也要人陪。她不是一时心血来潮随便生两个孩子来玩玩,当初忍了多大的痛苦,她还历历在目。叶家用人虽多,个个资证齐全,手脚妥帖,自然能把她的宝贝照顾得很好,但陪伴一事,却无法让他们代劳。

实在忙不过来时,叶瑾就让叶开顶上。

叶开哪有带小孩儿的经验?别看他已是穿西装打领带也不违和的

年纪,从宁通商行总部大堂一路穿行至专属办公室,听着一路此起彼伏的"叶总"也面不改色的,但是一面对叶瑾家的这两个宝贝,还是只有挠头的份儿。

"我说……"他蹲下身,商量着问,"我们去动物园好不好?"

"不——要——"宝贝们异口同声。年长十分钟的哥哥指责道:"这个月已经去过五次动物园了!"

"那看马戏?"

"马戏晚上才演。"妹妹说道,掰着手指含糊地说,"十月份才换节目单,现在这个宝贝已经看了二十一……九十三次了。"

叶开扶了下额——银行家后代里出了个不会数数的。

"那你们想干什么呢?"他两手搭在膝盖上好脾气地问,身上的白T恤衫被穿堂风吹动。

现如今已入了夏,正是最热时,爷爷身体抱恙,瞿嘉和叶征陪他赴海外疗养,偌大的别墅里,一时便只听得到叶开低沉的哄孩子的声音。庭院里的知了声倒聒噪得十分应景。

"你来想,这是妈妈交给你的任务,不是我们的。"哥哥表示不想替他动脑子。

叶开果然站起身认真思考起来,在屋子里踱着步。吊钟的疏枝散叶在白墙上描下淡影。他自这淡影中走过第二个来回时,哥哥和妹妹已经有了定论。

"他肯定要带我们去找又涵哥哥。"妹妹小小声说。

"那我们还是去找又涵哥哥好不好?"叶开思考结束后,得出的结论一如既往。

妹妹摇头晃脑地说:"就知道。"

叶开不猜她的哑谜,摸出手机递过去:"你们谁给他发条语音?问问他有没有空。"

哥哥接过了手机。才三岁多的小不点儿，脸还没屏幕大呢，却煞有介事地长按听筒键，一字一顿口齿不清地问："又涵哥哥，你今天忙吗？我们和小开舅舅都很想你。"

叶开伸一根手指戳戳他的额头，笑道："怎么还扯上我了？"

"本来就是你想找他。"

"那是因为我搞不定你们。"叶开对自己的本事很有数。

陈又涵那边想必是不方便，过了一会儿才用文字回复："又涵哥哥今天不忙，你让小开舅舅带你们来'GC'找我。"

哥哥的眉毛在打架，他十分为难地发了条语音回去："uncle[①]，你讲了什么？我们不识字啊。"

叶开好笑地拿回手机，扫了一眼后有了决定："走，我们现在就去找陈又涵！"

"哦！"虽然是十次里面会发生八次的标准剧本，但兄妹两个还是很雀跃，双双举高手欢呼一声，也不问陈又涵会带他们去干什么——总而言之，又涵哥哥总有办法。

不怪他们跟陈又涵亲近，陈又涵虽然看上去很凶，用小开舅舅教的形容词来说，大约是"冷峻"，但对他们可真有耐心。

不过，根据两个小不点儿自己的观察，这当中的耐心又有所区别：如果是小开舅舅跟他们一起去呢，陈又涵就会更好说话一点儿；但如果小开舅舅没空，只有他们两个被托管过去，那么场面就会急转直下，变成陈又涵打个响指召唤助理："你来带。"

妹妹经常有些不切实际的幻想。有一次，她吃着冰激凌，忽然叹一口气，脸上愁云惨淡："唉，要是又涵哥哥是爸爸就好了。"

相比起来，哥哥则要老成许多，大惊失色地说劝阻道："You are

---

① 叔叔。

crazy!^① 别让小开舅舅听到！"

但是晚了，小开舅舅还是听到了。正是下班抵家的时间，他听完暂未吭声，而是将公文包放下，慢条斯理地洗净手后，将两个人一左一右圈进臂弯里："什么话别让我听到？"他明知故问，身上带着香水的尾调和落日、暖风的气息。

哥哥垂着眼睫不答，还是妹妹童言无忌、天马行空，一出口便是恐怖片的效果："我已经知道了！又涵哥哥其实就是爸爸！"

"Nope.[②]"叶开用遗憾且相当冷酷的语调说出这两个音节。

"可是只有爸爸才会经常来找我们，陪我们去看大鱼，给我买公主裙！"妹妹言之凿凿地说。

"还有送我们乐高，陪我们去恐龙馆、玩过山车。"哥哥也开始摇摆不定，锁着眉认真地回想，"难道是真的？"

叶开认真听完，屈起手指在两个人额头上分别弹了一下。

"啊。"兄妹两个双双捂脑壳，眼中一片茫然。

"听好了，小鬼，"叶开拧拧他们两个人的脸蛋，一字一顿地说，"不好意思，那都是因为沾了我的光。"

龙凤胎："……"

天啊！小开舅舅也太自大了！

直到为时五分钟的"谈话"结束，叶开才起身，将穿了一天的西服脱下。家中的老管家贾阿姨一边接过他的灰色西服，一边笑道："衣服也不换，就忙着陪他们玩。"

叶开侧脸回眸，摘下宝玑腕表，笑道："这么离谱的误会，当然要第一时间纠正。"

---

① 你疯啦！
② 不。

为了接送小孩儿，叶家添置了一辆埃尔法保姆车。但既然是去见陈又涵，叶开便觉得不必麻烦司机。在自己日常代步的帕拉梅拉上安装好儿童座椅后，他亲自开车去 GC 集团。

"又涵哥哥星期天还要工作，跟妈妈一样。"妹妹一边掰着巧克力威化饼干，一边碎碎念道。她跟叶开一样喜欢吃甜食，为了避免食物碎渣到处乱掉，她已学会了给自己系上柠檬黄的围兜，再在小小的膝头上垫一方大大的纸帕。

"要叫又涵叔叔。"叶开不知道第几次纠正她。

"不要！我要跟你叫得一样。"

"小学人精。"叶开扶着方向盘，自后视镜中乜她一眼，"他本来就是我哥哥。"

"咦。"妹妹做了个鬼脸，"可是舅舅都这么大了，还整天'又涵哥哥'地叫，羞羞。"

叶开哭笑不得："小鬼，管天管地管到我头上了？"

车子滑下思源路驶上主干道时，叶瑾打了电话过来。

"在去找陈又涵的路上？"

叶开挂上蓝牙耳机："刚出门。"

"你除了这一招儿也没别的招儿了。"叶瑾埋汰道，"少让他们吃甜食啊，不能对他们有求必应。"

"知道了。"

"省得到时候跟你一样，还没换牙呢就有一嘴蛀牙。"

叶开"啧"了一声："非得添这一句啊？"

叶瑾笑了一声："好了，我到会议室了，见了陈又涵帮我道声谢。"

谁也说不清陈又涵到底帮她带过几次小孩儿，他带他们逛过海洋馆，买过小裙子，一起看过守岁的烟花，就连游轮也一块儿玩过。那次叶瑾心血来潮买了张环大西洋的套票,又毫不意外地临时放了鸽子,便只好让叶开和陈又涵代劳。两个大男人怎么对付得了精力旺盛的两岁幼崽呢?于是他们带了一个足有六人的专业育儿团队上船。即使如此,远程视频会议中,GC集团的高管们还是看到了陈又涵离开镜头前去哄小孩儿的场景。

在那静止画面的一分钟里,他们对着套房玻璃门上反射出的瓦蓝色海水面面相觑,听到他跟其他男人一样,用轻柔的声调叫小孩儿"宝宝",哄他们不许在地毯上乱爬。众人心里皆想,陈董一个能骂哭男下属的人,没想到哄起小孩儿来倒这么温柔,且游刃有余。他们哪里想过,陈董那是一回生二回熟。

将帕拉梅拉停进GC集团地下车库的专属车位后,叶开打开后座车门,将两个小孩儿从安全椅中解放出来。两个小孩儿落了地,像青蛙一样蹦跳一阵,一左一右地牵上叶开的手。在牵住前,妹妹表演了一个平地摔,茫然地哭了两秒,又自己憋住了,仿佛想起了有正事要做。

"又涵哥哥应该在开会,上去后不许吵闹,安安静静地等他,好吗?"叶开温声说道。

"我要给他跳舞,可以吗?"妹妹眼泪汪汪地问道。她为了这支舞,出门前特意换了蓬蓬的公主裙,还戴了一个镶着花环的头纱。

叶开护他们进电梯,弯下腰给她抹掉腮上的眼泪,回道:"当然可以。"

周日的办公楼十分安静,电梯一路未停,径直上到了陈又涵所在的楼层。他的专属办公室在最里面,黑色实木门上镶嵌着一张印有"常务董事"字样的银色金属名牌。办公室的百叶帘合着,里头隐约传出一点儿交谈声。叶开冲两个小不点儿"嘘"了一声,推开会客室的玻璃门,说:"在这里等他。"

这处会客室是用来招待前来拜访陈又涵的客人的,不大,窗明几净,落地的开放式矮柜里,陈列着一些书刊杂志,唯有一格嵌了个黑胡桃木的收纳盒。不等叶开动作,两个小孩儿已经席地而坐,熟门熟路地抽出那个盒子,从里面找出绘本、彩色铅笔和白色涂画卡。

"听绘本。"哥哥说,"上次银河飞船的故事,还没讲完。"

叶开甘愿被他指使,翻到上次留了书签的那一页,念了几行,听到妹妹冷不丁地开口问:"妈咪说,小开舅舅从小就看英文的绘本,为什么我们的不是英文的?"

"先学好普通话,再谈其他。"叶开公事公办地说道。

像他们这种出身的小孩儿并不愁英语教育,上个什么国际学校,直把英语当第一语言,反倒是普通话只学得浅尝辄止,会对话就行,至于对音韵语境之美的领悟,则听天由命了。因此,瞿嘉才及时调整了他们语言教育的策略方向,先学好普通话,再谈其他。

"小开舅舅小时候听谁讲绘本?"

"当然是外婆,偶尔是你们妈咪。"

"又涵哥哥不给你讲吗?"

叶开翻过一页,无情地说道:"他是英文白痴。"

陈又涵早送了客,倚门而立看了会儿,听到这一句,也不辩解,勾唇笑了笑,摇一摇头。叶瑾怎么会指望小开能把小孩儿带好?明明他自己也根本就没长大。

陈又涵带笑的气息在这静谧之处还是很鲜明,小朋友们不察,叶开却敏锐地察觉到了,收了绘本起身:"这么快就忙好了?"

"听到你的声音,就先送他们走了。"

叶开透过窗子朝走廊投去一瞥,果然看到两个正离开的背影。其实那两个人有自知之明,听到了会客室里的动静,又看到刚刚还一派商务从容的男人忽然间变得心不在焉,自然心领神会,直说临时有事,先告辞。

"在谈正事?"叶开问。

"正事。"

"啧啧。"

陈又涵失笑一声,蹲下身将妹妹抱起,点点她的鼻子说道:"没办法,是谁在电话里说想我的?"

妹妹举起手语气嗲嗲地说道:"我,我。"

刚才那场是商务会客,陈又涵穿得跟平日上班无异,西装革履,领带系得一丝不苟,抱起小孩儿时,衬衣袖口自腕骨处露出了一圈窄窄的白色表带,棕色的万年历陀飞轮表十分矜贵雅致。

叶开看了两眼,拧开水瓶喝水时,不免将唇角扬了起来。

"笑什么?"陈又涵捕捉到了他的神情。

"没什么,只是觉得……"叶开清了清嗓子,说,"你挺擅长骗小孩子的。"

"什么叫骗?"陈又涵似笑非笑地问道。

"快四十的人了,还让三岁小朋友对你哥哥长哥哥短的,不是骗是什么?"

陈又涵像是恍然大悟,大手盖着妹妹的小小后背,绅士地点点头:"那当然要多谢小开舅舅训练得好。"

图书在版编目（CIP）数据

高温不退 / 三三娘著 . — 武汉：长江出版社，
2023.7
ISBN 978-7-5492-8910-3

Ⅰ.①高… Ⅱ.①三… Ⅲ.①长篇小说－中国－当代
Ⅳ.① I247.5

中国版本图书馆 CIP 数据核字（2023）第 096666 号

高温不退 / 三三娘 著

出　　版	长江出版社
	（武汉市解放大道 1863 号　邮政编码：430010）
市场发行	长江出版社发行部
网　　址	http://www.cjpress.com.cn
责任编辑	罗紫晨
策划编辑	鹿玖之　周　周
特约编辑	周　周
封面设计	Laberay
印　　刷	大厂回族自治县德诚印务有限公司
版　　次	2023 年 7 月第 1 版
印　　次	2023 年 7 月第 1 次印刷
开　　本	880mm×1230mm　1/32
印　　张	9.75
字　　数	243 千字
书　　号	ISBN 978-7-5492-8910-3
定　　价	49.80 元

版权所有，侵权必究。如有质量问题，请与本社联系退换。
电话：027-82926557（总编室）　027-82926806（市场营销部）